btb

Aus Freude am Lesen

Irgendwo in Kanada: Der neunjährige Phin hat es nicht leicht. Die Scheidung seiner Eltern läuft auf Hochtouren, der Vater reist pausenlos durchs ferne Europa, Klassenrowdy Lyle hat ihn schwer auf dem Kieker, und als ob das nicht schon genug wäre, nervt ihn auch noch Psychologe Dr. Barrett, zu dem ihn seine besorgte Mutter geschickt hat, da sie seine größte Leidenschaft, den Schutz von Tier und Natur, für zu extrem hält. Phins Traum ist ein Planet, auf dem Menschen und Tiere friedlich zusammenleben – und dafür tut Phin alles, was in seiner Macht steht. Als ein Frosch aus Australien in einem kleinen Aquarium in seiner Schule festgehalten wird und dieser offenbar an Heimweh und Einsamkeit leidet, entwickelt Phin mithilfe seines besten Freundes Bird einen Plan, der sich gewaschen hat …

Carla Gunn, 1967 in Miramichi geboren, studierte Psychologie an der Universität von New Brunswick in Fredericton, wo sie heute gemeinsam mit ihrem Lebensgefährten, ihren zwei Söhnen und ihren drei schwarzen Katzen lebt. »Der Froschflüsterer« ist ihr erster Roman.

Mehr Informationen über die Autorin finden Sie unter: www.carlagunn.ca

Carla Gunn

# Der Froschflüsterer

Roman

*Aus dem Englischen*
*von Norbert Jakober*

btb

Die Originalausgabe erschien 2010 unter dem Titel
»Amphibian« bei Coach House Books, Canada.

MIX
Papier aus verantwortungsvollen Quellen
FSC
www.fsc.org
FSC® C083411

Verlagsgruppe Random House FSC-DEU-0100
Das für dieses Buch verwendete
FSC®-zertifizierte Papier *PamoHouse*
liefert Arctic Paper Mochenwangen GmbH.

1. Auflage
Deutsche Erstausgabe März 2012,
btb Verlag in der Verlagsgruppe Random House GmbH, München

Umschlaggestaltung: semper smile, München
Umschlagmotiv: © Sascha Burkard / iStockphoto
Satz: Uhl + Massopust, Aalen
Druck und Einband: CPI – Clausen & Bosse, Leck
NB · Herstellung: BB
Printed in Germany
ISBN 978-3-442-74115-1

*Für meine Söhne*
*und andere erstaunliche*
*Zwei- und Vierbeiner*

Heute Vormittag bekamen Bird und ich Ärger. Wir taten so, als wären wir Spione und hätten die Aufgabe, die kodierten Botschaften unseres Feindes zu entschlüsseln. In unserem Klassenzimmer der vierten Klasse ist Mrs. Wardman der Hauptfeind. Wir waren ziemlich sicher, dass sie geheime Verbündete unter den Schülern haben musste, aber wir wussten nicht, wer sie waren. Um das Rätsel zu lösen, verfolgten wir aufmerksam Mrs. Wardmans Anweisungen. Zu dem Zeitpunkt, als unsere Geheimoperation aufflog, sah unsere Liste so aus:

1. Kelsie, halt den Mund. (Daneben hatte Bird einen Mund in einer Hand gezeichnet. Es sah wirklich krass aus.)
2. Ryan, spiel nicht mit deinem Ding. (Mrs. Wardman sagte das zu Ryan, als er gerade seinen X-Men-Radierer auf dem Tisch drehte.)
3. Gordon, es ist Zeit für deine Medikamente.

Die Liste muss wohl von meinem Schreibtisch gerutscht sein, während ich eine Spinne am Fenster beobachtete. Ich dachte gerade, hoffentlich entdeckt sie nicht irgendein gemeiner Typ. Wenn Lyle sie erwischte, würde er ihr die Beine einzeln ausreißen. Wie ich so darüber nachdachte, dass Spinnen recht nützliche und interessante Tiere sind, bemerkte ich plötzlich etwas deutlich Größeres, aber weniger Interessantes als die Spinne: Mrs. Wardman. Sie stand direkt vor mir und sah auf mich herunter. Einen Moment lang wusste ich nicht, was das zu bedeuten hatte, aber dann wurde es mir klar.

»Phin!«, sagte sie. »Hörst du mir überhaupt zu? Wo schaust du denn schon wieder hin?« Als ich den Mund aufmachte, um mich herauszureden, sah ich, dass sie die Liste bemerkt hatte. Sie bückte sich ganz langsam, beinahe wie in Zeitlupe, und hob sie auf. Dann richtete sie sich wieder auf, sah mich an und hob die Augenbrauen. Als Nächstes blickte sie zu Bird. Sie sagte kein Wort, aber ich wusste, dass wir in Schwierigkeiten steckten.

Es dauerte nicht lange, bis Mrs. Wardman sich rächte. Sie setzte Bird in die erste Reihe um. Jetzt sind seine Sachen in Kaitlyns Tischfach verstaut und Kaitlyns Sachen in Birds Fach. Kaitlyn mochte das Bild von Dr. Evil in Birds Tischfach nicht, deshalb radierte sie es aus. Zu allem Überfluss war Kaitlyn vergangene Woche nicht in der Schule, weil sie Läuse hatte, und ich bin mir nicht sicher, ob sie die Läuse wirklich los ist.

In meinem Federmäppchen habe ich einen riesigen blauen Radierer mit den Worten *Großer Fehler* darauf. Genau so war dieser Tag. Wenn ich einen Radierer für das Leben hätte, würde ich den ganzen Vormittag ausradieren. Leider habe ich aber das Gefühl, dass derjenige, der diesen Tag gezeichnet hat, den Bleistift ziemlich fest aufs Papier gedrückt hat; wahrscheinlich könnte ich radieren, so viel ich will – aber an dem zurückbleibenden Bleistiftabdruck würde man immer noch sehen, wie furchtbar der Tag war.

Als ich nach Hause kam, telefonierte meine Mutter gerade. Bestimmt interviewte sie jemanden für einen Artikel. Sie ist Journalistin. Vormittags arbeitet sie in einem Bürohaus, aber am Nachmittag ist sie meistens zu Hause. Manchmal, wenn sie von einem Interview kommt oder mit jemandem am Telefon gesprochen hat, ist sie richtig traurig. Sie erzählt mir nicht, warum, sondern sagt nur: »Eine schlimme Geschichte, Phin.« Das heißt so viel wie: Sprich mich nicht an, bis ich aus dem Schlafzimmer wieder rauskomme.

Ich legte mich auf das Sofa in ihrem Arbeitszimmer und schaute zur Decke hinauf. Ich zählte die Gesichter, die ich im Verputz entdeckte. Sieben. Und ein Muster, das aussah wie eine Maus.

Als sie mit Telefonieren fertig war, sagte meine Mom: »Warum ziehst du denn so ein Gesicht, Phinnie?« Also erzählte ich ihr, dass Bird umgesetzt worden war und ich nun neben Kaitlyn und Gordon sitzen musste, mit denen ich gar nicht richtig befreundet war.

»Oh, das ist aber schade, Schatz«, sagte meine Mutter, »aber vielleicht tut es dir ganz gut, zur Abwechslung einmal neben jemand anders zu sitzen.«

»Aber ich mag Kaitlyn nicht besonders – ich will neben Bird sitzen. Es gibt in der Schule sowieso nicht so viel, was ein bisschen Spaß macht.«

»Ich weiß, es gefällt dir nicht, Phin, aber du kommst schon klar damit. Und sieh's mal so – Schwierigkeiten formen den Charakter.«

»Was zum Teufel heißt denn das?«

»Na ja, als ich so alt war wie du, da hat mir Opa eine Geschichte erzählt. Einst fand ein Mann einen Schmetterlingskokon und dachte sich, dass er dem Schmetterling helfen würde, wenn er den Kokon aufschnitt. Das Problem war nur, dass der Schmetterling noch nicht weit genug entwickelt war, um zu schlüpfen. Er hatte verkümmerte Flügel und konnte nicht fliegen. Was Opa damit gemeint hat, war, dass es wichtig ist, seine eigenen Kräfte zu gebrauchen – es macht stark.«

»Na ja, das kann schon sein, aber mein Training ist momentan ein bisschen zu hart, finde ich.«

»Was dich nicht umbringt, macht dich nur stärker.«

»Oder es macht dich zum Krüppel«, sagte ich. »Und was dich doch umbringt, macht dich tot.«

»Aber denk doch mal an den ganzen Charakter, den du dir dadurch formst.«

»Ich hab auch so genug, noch mehr brauch ich nicht.«

Meine Mom lachte. »Das stimmt, du bist wirklich ein ganz besonderer Charakter.«

Ich verdrehte die Augen und ging in mein Zimmer, um mit meinen Reull-Geschichten weiterzumachen. Auf dem Planeten Reull gibt es viele verschiedene Arten von Katzen. Eine habe ich gezeichnet, sie heißt Elektrische Katze, und man möchte ihr lieber nicht über den Weg laufen. Ich habe aufgeschrieben, was passiert, wenn man sie versehentlich als Haustier zu sich nimmt. Dann passieren erschreckende Dinge, weil ihr Körper nämlich auf elektrische Geräte wie Fernseher und Mixer reagiert und überall so viel Strom durchjagt, dass alles kaputtgeht. Eine Elektrische Katze taugt einfach nicht als Haustier.

Meine Katze ist Fiddledee. Sie ist eine schwarzweiße Schönheit mit echt blauen Augen. Ich suchte in meinem Schrank nach ihr, weil sie dort manchmal auf meinen Stofftieren schläft, aber heute war sie nicht drin. Also schaltete ich den Fernseher ein, um zu schauen, was auf dem Green Channel lief. Der Green Channel bringt Sendungen über Tiere und die Natur und darüber, wie die Menschen die Umwelt zerstören. Das Leben auf der Erde steckt in ziemlichen Schwierigkeiten. Oder besser gesagt in sehr großen Schwierigkeiten. 25 Prozent aller Säugetierarten stehen bereits auf der Roten Liste der bedrohten Tierarten.

Das ist mit ein Grund, dass ich mir für das neue Jahr vorgenommen habe, zumindest ein Tier vor dem Aussterben zu bewahren. Ich habe eine Sammlung von Katzenschnurrhaaren in einer Streichholzschachtel, Federn von verschiedenen Vogelarten und etwas Eichhörnchenfell. So habe ich wenigstens ihre DNS.

Einmal habe ich auf dem Green Channel einen Film darüber gesehen, wie Tiere trauern. Wenn in Afrika ein Elefant stirbt, kommen manchmal bis zu hundert Elefanten von überallher und trompeten um den toten Elefanten herum, die Rüssel hoch erhoben. Dann decken sie das tote Tier mit Zweigen zu. Wenn ein junger Elefant stirbt, geht die Mutter oft gar nicht mehr vom Grab weg. Elefantenmütter lieben ihre Kinder. Einmal hat ein Mann in Afrika mit seinem Traktor ein Elefantenjunges aus einem Schlammloch gezogen. Die Elefantenmutter kam daraufhin zu dem Mann und wischte ihm mit dem Rüssel den Schlamm von den Kleidern.

Voriges Jahr, als ich acht war, starb mein Opa MacKeamish. Bereits ein paar Monate davor ging mein Vater. Aber er ist nicht tot. Es fühlt sich nur manchmal so an.

Heute nach der Schule blieb ich nicht noch eine Weile auf dem Spielplatz, wie ich es manchmal mache. Bird war mit seiner Mutter nach Hause gegangen, und außerdem sah ich Lyle drüben beim Klettergerüst. Ich wollte nicht an ihm vorbeigehen, denn ich fühlte mich nicht stark genug, um zu riskieren, dass er mich piesackt. Meine Mutter sagt, dass Lyle zu Hause nichts anderes gelernt habe, als sich so idiotisch zu benehmen, und dass ich ihm einfach aus dem Weg gehen solle. Sie sagt, dass ich in meinem Leben immer wieder irgendwelchen unterbelichteten Typen begegnen würde, die einem das

Leben schwer machen. Warum quält sie mich mit solchen Worten? Die Lyles in meinem Leben werden offenbar immer größer und immer mehr – und das soll mir Mut machen?

Manchmal stelle ich mir vor, dass Lyle richtig schlimme Sachen passieren – zum Beispiel dass er von Geiern zerfetzt wird oder bei lebendigem Leib verbrennt. Einmal habe ich zu ihm *Póg mo thóin* gesagt, das heißt so viel wie *Leck mich sonstwo*. Es ist Gälisch, und ich hab es von meinem Großvater gelernt. Lyle sah mich nur ziemlich verwirrt an. Er versteht kein Gälisch. Überhaupt ist er nicht besonders gut in Sprachen. In der Französisch-Stunde fragte er Mrs. Wardman einmal, was *je ne sais pas* heißt, und sie sagte: *Ich weiß es nicht*. Da wurde er richtig zornig und zeigte ihr hinter ihrem Rücken den Stinkefinger.

Jedenfalls hätte ich es heute nicht ausgehalten, mich auch noch von Lyle piesacken zu lassen – und das lag daran, dass ich schon genug Ärger mit Mrs. Wardman hatte. Es passierte in der Mathe-Stunde, als es um Logik ging. Als Erstes lasen wir folgenden Satz: »Paula teilte zum St. Patrick's Day siebenundvierzig Bonbons aus.« Und dann diesen: »Paula bekam fünfzig Bonbons zum St. Patrick's Day.« Daraufhin mussten wir zehn Aussagen lesen und beurteilen: W für wahr, F für falsch oder V für vielleicht. Bei der Aussage »Jeder, der ein Bonbon von Paula bekam, hat ihr auch eines gegeben« schrieb ich V für vielleicht, aber Mrs. Wardman strich es durch und schrieb W für wahr darüber.

Ich wusste nicht, warum Mrs. Wardman das getan hatte, also fragte ich sie. Sie erklärte, da Paula mehr Bonbons bekommen habe, als sie selbst ausgeteilt hatte, müsse sie von jedem eines bekommen haben, dem sie eins gegeben hatte.

»Aber wie können wir das so sicher wissen?«, fragte ich.

»Phin«, sagte sie, »das ist einfach logisch. Setz dich wieder hin und denk darüber nach.«

Das tat ich auch. Ich strengte mich wirklich an, aber es kam mir trotzdem nicht logisch vor. Warum konnte man mit absoluter Sicherheit sagen, dass Paula von jedem ein Bonbon bekommen hat, dem sie eins gegeben hat?

Ich ging noch einmal vor zu Mrs. Wardman und sagte, dass ich darüber nachgedacht hätte, dass es mir aber immer noch nicht logisch vorkomme.

Mrs. Wardman seufzte. »Es *ist* aber logisch, Phin«, antwortete sie. »Hier, ich zeige dir die Lösung in meinem Buch.« Sie zeigte mir die Seite, und tatsächlich stand es genau so da, wie sie es gesagt hatte.

Ich ging zurück auf meinen Platz und dachte weiter darüber nach, aber logisch erschien es mir immer noch nicht. Und so zeichnete ich, einfach um nachzuprüfen, ob ich richtig gedacht hatte, hundert Strichmännchen und zog einen großen Kreis um siebenundvierzig davon – das sollten die sein, denen Paula Bonbons gegeben hatte. Dann zog ich einen großen Kreis um fünfzig andere Strichmännchen, von denen Paula ein Bonbon bekommen haben konnte. Ich ging mit meiner Zeichnung zu Mrs. Wardman und zeigte sie ihr.

Sie seufzte wieder und verdrehte die Augen. »Phineas«, erklärte sie, »es sind aber fünfzig Kinder in Paulas Klasse, nicht hundert. Aber jetzt genug davon – setz dich bitte hin und nimm dein Sozialkunde-Heft heraus wie alle anderen. Mrs. L'Oiseau wird gleich kommen.«

Ich sah, dass sie sauer auf mich war, also ging ich zurück auf meinen Platz. Dass sie jetzt sauer auf mich war, machte mich zornig, und dieser ganze Logik-Kram war für mich sowieso *Cac* – auf Gälisch das, was die meisten Leute ungefähr einmal am Tag machen.

Meine Laune wurde besser, als Mrs. L'Oiseau da war. Sie ist Birds Mutter und arbeitet in einem Programm als *Thumbody* für Schulkinder – das heißt, sie kommt in alle Schulen in der Stadt, um den Kindern zu sagen, dass jeder etwas Besonderes ist und solche Sachen. Heute trug sie einen komischen Hut und war als großer Daumen verkleidet, obwohl sie in meinen Augen mehr wie eine große Erdnuss aussah.

Sie gab jedem ein Blatt Papier und ließ uns den Daumen in ein Stempelkissen drücken, um einen Abdruck zu machen. Ich stellte mir vor, wie es sein musste, wenn man ins Gefängnis kam – und eigentlich war die Schule ja so eine Art Gefängnis. Ich zeichnete Augen und Schnurrhaare in meinen Daumenabdruck und machte eine Katze daraus. Bird malte Zähne in seinen Abdruck, und das sah sehr seltsam aus. Dann schnitten wir unsere Abdrücke aus, hefteten sie auf runde Plastikscheiben und machten Anstecker daraus, die wir uns ans Hemd steckten.

Birds Mutter erklärte uns, dass jeder von uns etwas Besonderes sei, weil jeder seinen eigenen Daumenabdruck habe, und dass keine zwei Daumenabdrücke auf der Welt genau gleich wären. Mir war zwar nicht ganz klar, warum wir deshalb etwas Besonderes sein sollten, aber ich behielt es für mich. Es gibt auch keine zwei Würmer, die genau das gleiche Hautmuster haben, und niemand hält sie für etwas Besonderes. Im Green Channel erfuhr ich, dass der Mensch zu fünfzig Prozent die gleiche DNS hat wie ein Wurm. Wir sind genetisch auch zu fünfzig Prozent wie Bananen.

Nach der Thumbody-Stunde war die Schule aus. Es war mir irgendwie peinlich, als ich Bird und seine Mutter zusammen zu ihrem Auto gehen sah, weil sie immer noch als großer Daumen verkleidet war. Ich dachte mir, es könnte nicht schaden, wenn ich mich ein bisschen für Bird schämte, weil es ihm überhaupt nicht peinlich war. Dabei wurde ich sogar rot. Bei mir sieht man das aber auch besser, weil Bird so eine dunkle Haut hat, dass es gar nicht richtig auffällt, wenn er rot wird.

Als ich nach Hause kam, arbeitete meine Mutter in ihrem Büro, aber sie telefonierte nicht. Ich war immer noch sauer wegen der Logik-Aufgabe, und so erzählte ich es ihr. Meine Mom gab mir recht. Sie sagte, dass Mrs. Wardman etwas als gegeben annahm, das gar nicht in der Aufgabe stand; sie ging davon aus, dass nur fünfzig Kinder in Paulas Klasse wären.

Ich fragte: »Aber ist es nicht dumm, einfach von irgendwas auszugehen, ohne dass man es wirklich weiß? Es heißt doch: *Assume makes an ass of u and me*, nicht wahr?« Das habe ich von Bird gehört, und der hat es von seinem Cousin. Von dem hat er auch gehört, dass der Penis von jemandem – er hat aber nicht dieses Wort verwendet, sondern ein anderes – genau so groß ist wie der Abstand zwischen dem Zeigefinger und dem Daumen, wenn derjenige den Buchstaben L mit der Hand macht. Das stimmt aber nicht, ich hab's nachgeprüft.

Meine Mutter meinte, dass *ass* kein besonders schöner Ausdruck sei und dass ich das nicht sagen solle.

»Was ist daran so schlimm?«, fragte ich. »Es ist doch mehr eine Beleidigung für Esel als für Menschen.« Ich tat so, als hätte ich keine Ahnung, dass *ass* nicht nur Esel, sondern auch noch etwas anderes heißt. Ich war immer noch wütend auf Mrs. Wardman. Also stellte ich mir ihr Gesicht auf einem Arsch vor – auf einem Eselarsch, nicht auf dem eines Menschen.

Meine Mutter sagte, dass Leute eben manchmal Fehler machen, auch Lehrer, und dass es in dem Fall nicht so klug sei, sie darauf aufmerksam zu machen. Manchmal sei es besser, einfach still zu sein und sich insgeheim zu denken, dass man recht hat, statt es laut kundzutun. Darüber muss ich noch nachdenken. Wollen es die Leute denn nicht wissen, wenn sie sich irren? Was gefällt ihnen daran, etwas Falsches zu denken?

Ich sagte zu meiner Mutter, wenn ich mich in irgendetwas irren würde und jemand würde mir sagen, wie es wirklich ist, dann wäre ich froh. Sie meinte, sie würde sich immer bemühen, mir zu sagen, wenn ich mich irre. Ich glaube, das tut sie wirklich, und darüber bin ich froh.

Dann ging ich in mein Zimmer, um ein bisschen zu zeichnen und nicht mehr daran denken zu müssen, ob Paula nun von allen Kindern ein Bonbon bekommen hat, denen sie eins gegeben hat. Wer teilt überhaupt am St. Patrick's Day Bonbons aus?

Ich zeichnete einen Oster, das war eine Tierart, die früher von den Gorachs gejagt wurde, die sich übrigens für die intelligentesten Wesen im Universum halten. Besonders schätzten sie am Oster seine Schnauze mit den fünf Nüstern, die sie als Behälter für Bleistifte und Kugelschreiber benutzten, aber auch als Düsen für ihre Sprinkler. Dazu ließen sie sie viele Wochen lang trocknen und bestrichen sie dann, um sie wasserdicht zu machen, mit einem Leim, den sie aus dem Magen von Wanstschildkröten gewannen. Die Wanstschildkröten haben übrigens einen gewölbten Bauch und kriechen deshalb noch viel langsamer als die Schildkröten bei uns auf der Erde. Sie sind besonders weise, weil sie es nie eilig haben.

Der Oster ist heute ausgestorben. Die anderen Lebewesen von Reull sind darüber super-unendlich traurig, denn sie wissen, dass mit dem Aussterben des Osters ein weiterer Faden für immer aus dem Netzwerk des Lebens gerissen wurde.

Dann zeichnete ich das Netzwerk des Lebens, das Reull an seinem Platz im Universum hielt. Viele Fäden waren noch ganz, aber eine Menge waren schon zerrissen. Es dürfen nicht mehr viele zerstört werden, sonst fällt der ganze Planet in den leeren Raum.

Heute mussten wir mit Fiddledee zur Tierärztin gehen. Ihre Kacka ist rot, und Mom sagt, dass das nicht gut sein kann. Die Tierärztin heißt Dr. Karnes. Sie ist ziemlich dick und hat einen ganzen Berg Haare, die in alle Richtungen abstehen wie eine Löwenmähne. Dadurch sieht ihr Gesicht noch breiter aus, als es sowieso schon ist.

Dr. Karnes hat Fiddledees Herz abgehorcht, ihren Körper nach Knoten und Geschwüren abgesucht und sie auf einer Waage gewogen, die aussah wie die im Lebensmittelladen. Dann hat sie ihre Temperatur gemessen. Wenn meine Mutter das bei mir macht, nimmt sie dafür ein Gerät, das sie mir ins Ohr steckt. Sie drückt auf einen Knopf, und das Gerät piept, daraufhin nimmt sie es heraus und liest ab, was draufsteht.

Fiddledee hatte es nicht so gut. Dr. Karnes steckte das Thermometer woandershin, und ich sage nur so viel: Es war nicht Fiddledees Mund. Ich hielt sie fest, während die Tierärztin das machte, weil Fiddledee mir am meisten vertraut. Die Tierärztin meinte, ich würde ihr damit das Gefühl geben, dass alles in Ordnung sei.

Ich sah Fiddledee in die Augen. Sie erinnerte mich an die Katzen auf diesen Geburtstagskarten, bei denen die Augen so extrem hervortreten, als wären sie überrascht darüber, wie alt du schon bist. Ich glaube, ich weiß jetzt, wie der Fotograf das macht, dass ihre Augen so aussehen.

Als es vorbei war, ließ ich Fiddledee los. Sie sprang sofort in ihren Tragekorb, was ich komisch fand, weil Mom und ich zu Hause ziemlich lang gebraucht hatten, um sie hineinzubekommen.

Dr. Karnes sagte, sie könne nicht sicher sagen, ob Fiddledee etwas fehlte. Sie meinte, wir sollten sie beobachten und in einem Monat wiederkommen, um zu überprüfen, ob sie abgenommen habe. Außerdem sollten wir regelmäßig in ihrem Katzenklo nachsehen, ob wieder rote Kacka drin sei, und ein frisches Stück mitbringen, wenn es rot aussieht. Ich hoffe, dass Fiddledee nichts fehlt.

Als wir aus der Tierarztpraxis hinausgingen, kam uns ein Mann entgegen, den meine Mutter kennt. Er hatte einen Hund dabei, der von einem anderen Hund gebissen wurde und genäht werden musste. Meine Mutter stellte mich dem Mann vor, der Brent heißt. Ich sagte hallo, aber mehr zu dem Hund, weil ich das Gefühl hatte, dass er der Nettere war.

Auf dem Green Channel haben sie gesagt, dass ein Mensch herausfinden kann, ob er der Rudelführer ist, indem er ein Spielzeug oder ein Leckerli seines Hundes in den Mund nimmt und stolz damit herumspaziert. Vielleicht wäre es auch besser, wenn man nur so täte als ob. Wenn der Hund dann knurrt oder sich auf einen stürzt, steht man in der Rangordnung unter ihm. Wenn er gar nichts tut oder nur spielen will, ist der Mensch der Rudelführer.

Ein anderer Test ist, das Futter des Hundes mit dem eigenen Speichel anzufeuchten und es dem Hund dann anzubieten. Wenn er es frisst, dann akzeptiert er den Menschen als Anführer, wenn er aber knurrt oder es nicht frisst, dann ist er dominant. Um das Futter des Hundes anzufeuchten, reicht es, darauf zu spucken.

Ich streichelte Kooch über den Kopf, den Rücken und die Schnauze, und es schien ihm zu gefallen. Gehorsame Hunde sehen aus, als würden sie lächeln. Wenn man will, dass ein dominanter Hund anpassungsfähiger wird, kann man sein Maul hin und wieder zu einem Lächeln auseinanderziehen, dann fängt er an, sich weniger dominant zu fühlen.

Das funktioniert auch bei Menschen. Wenn jemand ein lächelndes Gesicht macht, verspürt er gerade keine zornigen oder dominanten Gefühle. Das habe ich auf dem Discovery Channel gesehen.

Manche Biologen denken, dass sich ein lächelnder Mensch weniger dominant fühlt, weil sich das Lächeln viele tausend Jahre vor dem Angstgesicht entwickelt hat. Wenn man vor seinem Feind Angst hatte, dann lächelte man, um zu zeigen, dass man keine Bedrohung war. Aber ich glaube, Menschen sind große Lügner. Manche lächeln, damit du glaubst, sie wären keine Bedrohung, aber dann fallen sie plötzlich über dich her. Lyle zum Beispiel lächelt dich manchmal an, als wäre er dein Freund – und im nächsten Moment hat er dich im Schwitzkasten oder tritt dir gegen das Schienbein. Sein Lächeln soll dich nur dazu verleiten, dass du unvorsichtig wirst. Meine Mom sagt, dass es bei ihr im Büro so ähnlich zugehe.

Brent trug ein hellgrünes Hemd mit einer dunkelgrün-violetten Krawatte. Er sah aus wie ein Kobold, einerseits wegen des vielen Grüns, andererseits auch weil er ziemlich klein ist – viel kleiner als meine Mutter, die für eine Frau sehr groß ist. Sie ist sogar ein kleines bisschen größer als mein Vater, und sie ist viel größer als der Mann namens Brent.

Ich hatte das Gefühl, dass Brent einer von diesen Erwachsenen ist, die Kinder eigentlich nicht leiden können, aber so tun, als würden sie sie mögen. Mir sind Leute lieber, die keine Kinder mögen und auch gar nicht so tun, als täten sie es – wie Mr. Byers, dem der große Apfelbaum gehört, auf dem Bird und ich gern herumklettern. Bei Mr. Byers weiß man wenigstens, dass man ihm aus dem Weg gehen muss, weil er einen sonst vielleicht am Ohr packt und zum Direktor schleppt, so wie er es mit Justin gemacht hat, als der einmal vom Baum fiel und in seinem Garten landete.

Doch bei Leuten wie diesem Brent sagt die Stimme etwas anderes als das Gesicht. Sie nennen einen ein »nettes Kerlchen«, aber man sieht deutlich, dass sie das Gegenteil denken. Er erinnerte mich an die Schnappschildkröte mit der rosa Zunge, die aussieht wie ein Wurm und mit der sie Fische anlockt, ehe sie zuschnappt.

Später fragte ich meine Mutter, ob sie diesen Mann wirklich mochte. Sie sagte, dass sie sich gern mit ihm unterhalte.

»Wird dieser Mann dein Freund?«, wollte ich weiter wissen.

Sie zögerte einen Moment – einen zu langen Moment, wenn du mich fragst. Dann sagte sie: »Phin, ich bin einfach gern mit ihm zusammen. Wir haben viel gemeinsam. Hör zu, Phin, wenn ich einmal einen Freund haben sollte, dann würde ich dich damit nicht einfach so überraschen, okay?«

»Gut«, sagte ich, »denn unangenehme Überraschungen sind schlecht für meine Homöostase.« Das Wort habe ich in der Zeitschrift *Discover* gelesen, und ich hatte noch keine Gelegenheit gehabt, es anzuwenden. Die Homöostase ist das physiologische Gleichgewicht, und wenn dieses gestört ist, fühlt man sich unwohl und unternimmt etwas dagegen. Wenn einem zum Beispiel kalt ist, dann zittert man und holt sich einen Pullover. Ich will gar nicht daran denken, was ich unternehmen würde, wenn Mom mit diesem Mann zusammenkommen würde.

Außerdem wären meine Mutter und er ein ziemlich kurioses Paar. Sie würden sich von den meisten anderen Säugetieren unterscheiden, weil das Männchen für gewöhnlich größer ist als das Weibchen. Es gibt zwar auch ein paar Säugetierarten, bei denen das Weibchen größer ist, aber nur ein klein wenig. Zum Beispiel die Tüpfelhyäne. Die weibliche Tüpfelhyäne muss größer sein, um das Männchen daran zu hindern, ihre Welpen zu fressen.

Unter den Arten, bei denen das Weibchen viel größer ist als das Männchen, sind viele Spinnen. Zum Beispiel ist das Weibchen der Radnetzspinne bis zu zwölf Zentimeter lang, aber das Männchen nur fünf bis sechs Millimeter. Es ist so klein, dass es im Netz des Weibchens leben und ihr Futter stehlen kann, ohne dass sie es merkt. Normalerweise paart es sich mit der weiblichen Spinne, während sie gerade frisst und dadurch abgelenkt ist. Wenn sie das Männchen doch bemerkt, frisst sie es einfach auf. Ich kann nur hoffen, dass es Brent auch so gehen wird.

Mein Vater sieht besser aus neben meiner Mutter, aber sie haben sich getrennt, als ich acht war. Ich lebe bei meiner Mom, weil er viel reist. Er ist Auslandskorrespondent. Jetzt ist er gerade in Helsinki. Dort ist es sechs Stunden später als hier. Das heißt, dass mein Dad in der Zukunft lebt.

Gestern Abend habe ich Landschaften und Naturkatastrophen auf Reull gezeichnet. Es gibt dort Stachelbeben, das sind Naturkatastrophen, bei denen Stacheln aus der Erde wachsen. Virex ist ein Virus, der dazu führt, dass alles, was man berührt, größer und größer wird, und wenn es auf drei Meter angewachsen ist, explodiert es, und deine Haut verfärbt sich dadurch zuerst violett, dann blau, dann rot und am Ende grün. Glührex ist ein Virus, der einen immer heißer und heißer werden lässt – aber man fängt nicht an zu brennen, sondern schmilzt einfach, bis nur noch eine Pfütze aus zerlaufenen Flüssigkeiten übrig ist.

Ich zeigte die Zeichnungen meiner Mutter, und sie meinte: »Wow, Phin, das ist wirklich fantasievoll. Passieren eigentlich auch schöne Dinge auf Reull?«

»Natürlich«, sagte ich, »es gibt zum Beispiel die Treibinsel, ein Stück Land, das sich ständig bewegt. Die Leute, die dort wohnen, gehen vielleicht in der Nähe von Kanada schlafen und wachen am nächsten Tag vor Australien oder Grönland wieder auf. Das Problem ist, dass sie oft für das Wetter nicht richtig angezogen sind und deshalb manchmal im Bett erfrieren oder sich zu Tode schwitzen.« Dabei musste ich an Lyle denken. Es wäre wirklich praktisch, wenn er ab morgen auf der Treibinsel wäre.

In der Mittagspause schaukelte ich und spielte dabei ein Spiel in meiner Fantasie – bis Lyle daherkam. In dem Spiel befand ich mich über einem großen Gully und musste so hoch schaukeln, dass meine Füße eine bestimmte Wolke am Himmel berührten. Wenn ich sie nicht erreichte, würde ich in den Gully gesaugt werden, in dem Gehirnfresser lebten. Das Spiel machte mir großen Spaß, bis Lyle kam und mich von der Schaukel herunterstieß. Ich landete in dem Gully mit den Gehirnfressern und wurde richtig sauer. Also rief ich ihm irgendwelche gälischen Worte zu und am Ende noch ein Schimpfwort, das er verstand. Wenn Lyle sich in einer Grube mit Gehirnfressern befände und sie monatelang nichts anderes zu fressen hätten außer ihm, dann müssten sie bestimmt verhungern. In diesem Moment wünschte ich mir, ich wäre eine Moschusschildkröte, die einen ziemlich unangenehmen Geruch von sich gibt, wenn sie von einem Raubtier angegriffen wird. Aber das Einzige, was gerade stank, war Lyle.

Lyle lief zu Mrs. Wardman. Ich sah, dass er mit ihr sprach, und wusste gleich, dass er petzte. Mrs. Wardman hörte ihm zu, dann sah sie zu mir herüber und winkte mit der Hand, damit ich zu ihr käme. Während ich zu ihr hinübertrottete, gingen mir siebzehn Gedanken durch den Kopf. Dann dachte ich, dass siebzehn Gedanken ganz schön viele waren, und damit waren es bereits achtzehn.

Mrs. Wardman sah mich streng an. »Stimmt es, dass du ein Schimpfwort zu Lyle gesagt hast? Ich will gar nicht wissen, welches es war, weil es schon genug ist, dass du es einmal gebraucht hast. Das darf nicht noch einmal vorkommen, ist das klar, Phin?«

Ich nickte, aber ich war richtig sauer. Ich hatte Lyle nicht verpetzt, weil er mich von der Schaukel geschubst hatte – warum schwärzte er mich dann an, weil ich etwas zu ihm gesagt hatte? Er ruft mir andauernd Schimpfwörter nach, und zwar nicht hinter meinem Rücken wie ein paar andere Jungen. Zumindest in dieser Hinsicht ist Lyle ziemlich ehrlich. »Mir egal«, sagte ich zu Mrs. Wardman, aber so leise, dass sie es nur in ihrem Unterbewusstsein hören konnte.

Ich wünschte mir dringend, dass Rote Feuerameisen über Lyle herfallen würden. Ihr Stich tut genauso weh wie der Stich einer Wespe. Das Problem ist, dass es hier kaum Rote Feuerameisen gibt. Sie leben normalerweise an Orten, wo es wärmer ist. Aber vielleicht würden sie durch die Erderwärmung weiter nach Norden kommen und irgendwann hier bei uns landen.

Ich musste an den Klimawandel denken und daran, dass sich die Erde langsam aufheizt. Die Wissenschaftler sagen, wenn sich die Erde um mehr als zwei Grad erwärmt, dann wird das für uns alle ziemlich ungemütlich. Sie erwärmt sich übrigens schneller, als man bisher gedacht hat. Bei dem Gedanken begann ich innerlich zu zittern. Als ich Bird erzählte, dass ich mir Sorgen machte, wollte er mich ablenken und schlug ein Spiel vor; er wollte so tun, als könnten die Lehrer mit den Augen Laserstrahlen erzeugen, und wir müssten ihnen ausweichen. Aber mir war überhaupt nicht danach.

Ich steckte mir ein Holzstückchen zwischen die Zähne, damit mein Mund so aussah, als würde er lächeln, aber es funktionierte nicht. Bird meinte, ich sähe aus wie ein Halloween-Kürbis, dann steckte er sich ebenfalls ein Holzstück zwischen die Zähne. Darauf sah ich etwas Schwarzes zu seinem Mund kriechen.

Ich sagte: »Äh, Bird, ich glaube, du solltest das Holz aus dem Mund nehmen.«

»Warum?«, fragte er, aber es klang mehr wie *Auummm.*

»Weil dir gerade etwas in den Mund kriecht, und es ist etwas, das die Leute vielleicht in Kambodscha essen, aber wir hier essen so was eigentlich nicht.« In Wahrheit essen achtzig Prozent der Weltbevölkerung irgendwelche Insekten, und das heißt wohl, dass sie nicht so ungesund sein können, aber kurz bevor ich Bird das sagen wollte, sah er den Käfer auch. Er schleuderte das Holz richtig weit weg und traf einen Fünftklässler am Rücken. Der Junge drehte sich um und schubste den Jungen hinter ihm, der überhaupt nicht wusste, was los war. Bird zitterte richtig. Als die Glocke klingelte, schüttelte er sich immer noch. »Echt krass«, sagte er immer wieder, »echt krass.« Da musste ich ganz echt ein bisschen lächeln.

Den Rest des Tages machten wir fast nur langweilige Sachen, darum dachte ich mir ein Spiel aus, um nicht einzuschlafen. Jedes Mal, wenn Mrs. Wardman sagte, dass wir einen Schnellhefter aus dem Tischfach nehmen sollten, griff ich mit geschlossenen Augen hinein. Wenn ich beim ersten Versuch den richtigen erwischte, bekam ich fünfzehn Punkte. Wenn ich ihn beim zweiten Versuch herauszog, waren es zehn Punkte. Für den dritten Versuch gab es fünf Punkte, für den vierten gar keinen mehr. Das Ziel des Spiels war, bis zum Ende des Tages mindestens fünfzig Punkte zu schaffen. Ich kam nur auf fünfundvierzig.

Das einzig Gute an diesem Nachmittag war das stille Lesen. Ich las ein Buch über Delfine. Darin stand, dass eine Delfinmutter manchmal eine Delfin-Hebamme hat, wenn sie ihr Junges zur Welt bringt. Die Hebamme schiebt das Baby an die Oberfläche, sobald es da ist, damit es Luft holen kann. Und ich habe noch etwas anderes daraus erfahren: Wenn man das Atemloch eines Delfins zustopft, dann fühlt sich das für ihn so an, als würde man uns Mund und Nase gleichzeitig zuhalten. Ich fragte mich, was das wohl für ein Gefühl war, und hielt für einen Moment den Atem an, um es herauszufinden, aber dann dachte ich mir, dass das wahrscheinlich nicht das Gleiche war.

Nach der Schule wartete meine Mutter mit dem Auto auf mich, um mich abzuholen, aber ich sagte ihr, dass ich heute lieber zu Fuß ging.

»Ach Phinnie«, sagte sie, »jetzt bin ich schon mal da.«

Ich sagte: »Aber ich möchte wirklich lieber laufen.«

Meine Mutter seufzte. »Na schön, dann gehst du eben zu Fuß nach Hause.«

Es war gut, dass ich das tat, denn unterwegs sah ich eine Einkaufstüte aus Plastik neben der Straße liegen. Ich hob sie auf und steckte sie in meinen Rucksack, damit sie nicht zum Meer geweht wurde, wo eine Meeresschildkröte oder ein Albatros daran ersticken könnte. Albatrosmütter füttern ihren Nachwuchs manchmal mit Dingen wie Plastikverschlüssen oder Lego-Steinen, die sie auf dem Wasser treiben sehen und für etwas Essbares halten. Jedes Jahr sterben Tausende Jungtiere, weil sie sich an so einem Gegenstand verschlucken und entweder ersticken oder verhungern. Ich fragte mich, ob derjenige, der die Plastiktüte weggeworfen hatte, nicht daran gedacht hatte.

Als ich heimkam, war meine Mutter nicht da. Nach ein paar Minuten tauchte sie auf und erzählte mir, dass sie sich ein wenig mit meiner Lehrerin unterhalten habe. Das ist nie eine gute Nachricht. Ich atmete tief ein und hielt die Luft an, so lange ich konnte. Dabei erinnerte ich mich an die Dreierregel. Die Regel besagt, dass man drei Minuten ohne Sauerstoff überleben kann, drei Tage ohne Wasser und drei Wochen ohne Essen. Ich achtete aber darauf, die Luft nur so lange anzuhalten, bis ich bis fünfzehn gezählt hatte, weil ich mir nicht sicher war, ob die Regel wirklich gilt.

Meine Mutter hatte immer noch nichts Genaueres gesagt, also holte ich wieder tief Luft und machte das Gleiche noch einmal. »Phin«, sagte sie schließlich, »was tust du da?« Ich antwortete nicht sofort, weil ich noch die Luft hinauslassen musste, die ich eingeatmet hatte. Sie verschränkte die Arme.

Als die ganze Luft draußen war, sagte ich, dass ich nur atmete und darauf wartete, dass sie zur Sache kam. Sie meinte, das wolle sie tun, aber sie würde lieber damit warten, bis sie meine volle Aufmerksamkeit hätte. Ich sagte, dass ich ihr nie meine volle und ganze Aufmerksamkeit widmen könne, weil ich einen Teil davon immer für Handlungen wie Atmen und Blinzeln aufwenden müsse. Dazu meinte sie, die meisten Leute könnten das nebenher machen, ohne besonders darauf zu achten. Ich sagte, das könne ich nicht, weil ich alles immer ein bisschen im Auge behalten müsse, für den Fall, dass etwas außer Kontrolle geraten würde.

Dann kam sie zur Sache. »Ich habe gehört, dass du heute ein paar ganz spezielle Wörter verwendet hast, Phin. Worum ist es denn da gegangen?«

»Lyle hat mich gestoßen. Zweimal.«

»Nun, davon habe ich nichts gehört. Hast du es Mrs. Wardman gesagt?«

»Nein.«

»Das hättest du aber tun sollen. Lyle muss lernen, wie man sich benimmt. Du würdest ihm sogar einen Gefallen tun, wenn du es deiner Lehrerin sagen würdest.«

»Ich will ihm aber keinen Gefallen tun.«

»Du weißt, was ich meine, Phin. Du würdest damit allen helfen«, fügte meine Mutter hinzu.

Ich erzählte ihr daraufhin, dass Lyle mich schon öfter geschubst hatte. Sie wurde sehr still, und ich sah, dass sie wütend war. Sie erklärte, dass sie mit der Lehrerin darüber sprechen würde und dass ich mich von dem Jungen fernhalten solle, so wie sie es mir schon öfter geraten hatte. Ich sagte, das würde ich ja ständig versuchen, aber das Problem wäre, dass Lyle auch Beine hat. Und ein paarmal hat mich Mrs. Wardman zu einer Gruppenarbeit mit Lyle eingeteilt – obwohl ich ihr gesagt hatte, dass meine Mutter mir die Anweisung gegeben habe, mich von dem Jungen fernzuhalten.

Dann kam der Teil, von dem ich hoffte, dass er nicht kommen würde. »Was hast du überhaupt zu Lyle gesagt?«

»Lady«, antwortete ich.

»Du hast ihn *Lady* genannt?«

»Ja.«

»Seit wann ist *Lady* denn ein Schimpfwort?«

»Seit der vierten Klasse.«

»Oh«, sagte sie. »Nun, wie wär's, wenn du ihn beim nächsten Mal, wenn du ihn beleidigen willst, einfach *Mann* nennst?«

Ich verdrehte nur die Augen. Manchmal kapiert sie einfach nichts, aber ich war froh, dass das Thema wenigstens beendet war.

»Mom«, sagte ich, »wenn ich mich auf die Couch lege, könntest du dich dann bitte mal anschleichen und mir die Nase und den Mund gleichzeitig zuhalten?«

»Warum?«, fragte meine Mom mit überraschter Stimme und ebenso überraschtem Gesicht.

»Tu's einfach, bitte.«

»Das klingt aber ein bisschen unheimlich, was du da von

mir willst, Phin. Ich muss schon einen guten Grund haben, dass ich so was mache.«

»Was ist denn daran unheimlich?«

»Na ja, es klingt ganz danach, dass du ersticken willst, und weißt du, ich hab dich eigentlich sehr gern. Außerdem will ich nicht für den Rest meines Lebens im Gefängnis sitzen. Ich habe Reportagen über ein paar Frauen da drin geschrieben, und ich glaube nicht, dass sie besonders nett zu mir wären.«

»Ja, klar, Mom, klar.«

»Im Ernst, warum willst du, dass ich das mache?«

»Ich habe heute in einem Buch gelesen, wenn man einem Delfin das Atemloch zustopft, dann fühlt er sich ungefähr so wie wir, wenn man uns die Nase und den Mund gleichzeitig zuhält. Ich will wissen, was das für ein Gefühl ist.«

»Oh, okay«, sagte meine Mutter. Ich legte mich also auf die Couch und schloss die Augen. Ein paar Minuten später hielt sie mir mit der Hand die Nase und den Mund zu – aber nur für ein paar Sekunden. Länger wollte sie es nicht tun, doch ich glaube, ich weiß jetzt ein bisschen besser, wie sich das für einen Delfin anfühlen muss. Nicht gut.

Heute in der Mittagspause liefen Bird und ich an den Rand des Spielplatzes zum Apfelbaum. Der Baum hat einen waagrechten Ast, und wenn man darauf sitzt, ist es, als würde man auf einer Bank sitzen, nur viel höher. Außerdem wippt der Ast ein bisschen auf und ab, wenn man sich bewegt.

Bird und ich passten auf, dass wir nicht auf der Seite des Baumes runtersprangen, auf der Mr. Byers wohnt. Zu Anfang des Jahres war uns in der Schulversammlung gesagt worden, dass wir nur auf der Seite des Apfelbaumes spielen dürften, die bei der Schule liegt. Mrs. Wardman ging sogar extra mit uns hinaus und zeigte uns, wo wir uns aufhalten durften und wo nicht.

Bird fragte: »Können wir hierhingehen, Mrs. Wardman?«

»Ja«, antwortete sie.

»Und hierhin?«, fragte Bird weiter. »Dürfen wir hier auch sein, Mrs. Wardman?«

Sie sagte: »Nein.«

»Und wie ist es hier, Mrs. Wardman?«, fragte er. »Können wir hierhergehen?«

»Können tust du schon, Richard, aber du darfst es nicht, und das war die letzte Frage, die dir zustand.«

Richard ist Birds richtiger Name. Alle nennen ihn Bird, weil sein Nachname L'Oiseau ist, und das heißt auf Französisch Vogel, also Bird. Bird gefällt sein Spitzname besser als sein richtiger. Es ärgert ihn, dass ihn Mrs. Wardman nicht so nennen will, deshalb nennt er sie auch nicht so, wie sie es gern hätte – aber nur dann, wenn sie es nicht hören kann.

Bird hörte auf zu fragen. Aber als Mrs. Wardman für einen Moment nicht herschaute, trat er dorthin, wo wir eigentlich nicht sein durften, und sprang schnell wieder zurück, bevor sie es bemerken konnte. Aber ihm passierte gar nichts, als er dort stand, wo er eigentlich nicht sein sollte.

Ich will Mr. Byers sowieso nicht zu nahe kommen. Wenn ich ihn sehe, stellen sich mir die Nackenhaare auf.

Einmal hatte ich Silly-Putty-Knete in den Nackenhaaren kleben. Ich weiß nicht, wie sie da hinkam – ich glaube, ich hatte vergessen, sie wegzuräumen, bevor ich ins Bett ging, und mich dann aus Versehen draufgelegt. Als ich am nächsten Morgen aufstand, klebte die Knete in meinem Nacken.

Ich ging zu meiner Mutter, und sie sagte: »Du meine Güte, Phin, du bist ja ganz grün.« Sie versuchte die Knetmasse mit Wasser und Seife abzureiben, aber damit löste sie sich nicht.

Dann versuchte sie es mit Babyöl, und damit ging ein bisschen was raus, aber das Problem war, dass sie mir zugleich die Haare im Nacken ausriss.

Ich schrie, weil es wehtat, und dann sagte ich: »Toll, Mom, und wie soll ich es jetzt wissen, wenn ich vor jemandem Angst habe?«

»Phin«, sagte sie, »manchmal schaffst du mich wirklich.« Das sagt sie oft. Aber im nächsten Moment lächelt sie.

Als wir auf dem Ast des Apfelbaumes saßen, erzählte ich Bird, dass ich Lyle hasste, nachdem er mich gestern geschubst hatte und mich dann auch noch verpetzte, weil ich ihn *Lady* genannt hatte. Dann sagte ich, dass ich Lyle gern einen *F… er* nennen würde, und zwar ins Gesicht, nicht hinter seinem Rücken.

Das F-Wort ist eines der ersten Wörter, die mir einfallen, wenn ich richtig sauer bin. In der dritten Klasse mussten wir einmal Wörter aufschreiben, um unsere Französisch-Partnerschüler zu beschreiben, und das einzige Wort, das mir einfiel, war das F-Wort, weil ich den Jungen wirklich nicht leiden konnte. Vielleicht war es gut, dass ich nicht wusste, wie das Wort auf Französisch heißt – vor allem nachdem er mich gebissen hatte. Als er das tat, schrie ich das F-Wort, aber nur in meinem Kopf.

Als ich heute Morgen aufwachte, hörte ich ein hässliches Geräusch – es klang wie ein Wolf, der zu heulen versuchte, nachdem er einen von diesen Geburtstagsparty-Krachmachern verschluckt hatte. Und das direkt vor meinem Bett.

Ich hatte ein bisschen Angst vor dem, was ich vielleicht zu sehen bekäme, wenn ich die Augen aufmachte – womöglich ein Rudel Wölfe, die eine Geburtstagsparty feierten und deren

Torte ich sein sollte –, aber als ich einen Blick riskierte, stand meine Mutter vor mir. Das hässliche Geräusch kam von ihr. Sie lächelte, also dachte ich mir, dass sie sich wohl nicht verschluckt hatte, und fragte sie, was sie da mache.

»Ich jodle, Phin«, erklärte sie mir.

»Aber du bist doch gar nicht auf einem Berg«, sagte ich. »Du stehst vor mir und machst dieses schauderhafte Geräusch. Ich dachte, du wärst ein Wolf, dem irgendwas im Hals stecken geblieben ist. Wenn du ein Wolf wärst, müsstest du ein Alphatier sein, weil dich die anderen sonst angreifen würden, wenn du solche Laute von dir gibst.«

Da sich meine Mutter offenbar für hässliche Geräusche interessierte, erzählte ich ihr, dass ich in einer wissenschaftlichen Doku gesehen hatte, wie Forscher eine Menge Leute in verschiedenen Ländern fragten, was für sie die hässlichsten Geräusche seien. Die Top Five waren:

5. das Öffnen einer Metallschublade
4. das Kratzen von Holz auf Holz
3. das Reiben von Metall auf Metall
2. Styropor, das über Styropor schleift
1. das Kratzen von einem Gartenwerkzeug auf einer Schieferplatte – das gleiche Geräusch, wie wenn man mit dem Fingernagel über eine Tafel kratzt

Ich sagte zu Mom, dass ihr Jodeln bestimmt ganz weit oben auf der Rangliste gelandet wäre, wenn es die Wissenschaftler in ihrer Studie berücksichtigt hätten.

»Haha«, rief sie. »Ich finde jedenfalls, dass ich ziemlich gut bin. Aber egal, ich soll dir eine Nachricht überbringen. Dein Vater hat mir gemailt. Er ist in der Schweiz und schreibt eine Geschichte darüber, wie der Permafrostboden in den Alpen schmilzt. Er sagt, ich solle dich grüßen und von ihm mal so richtig knuddeln.« Dann nahm sie mich in die Arme und drückte mich fest; es kam mir vor als hätte mich ein verrückter Grizzlybär in seinen Pranken. Ich sagte, sie solle aufhören, bevor ich noch Angst bekäme.

Beim Frühstück überlegte ich, wie nahe die Schweiz dem Land ist, in dem ich lebe, und so ging ich in mein Zimmer und holte meinen Globus heraus, der Entfernungen anzeigen kann. Dazu berührt man einen bestimmten Punkt mit einem elektronischen Stift, dann einen anderen Punkt, und der Globus sagt einem, wie weit die zwei Orte voneinander entfernt sind.

Mein Vater hat ihn mir zu meinem letzten Geburtstag geschenkt, damit ich immer weiß, wie weit er gerade von mir weg ist. Ich glaube, er dachte sich, dass es leichter für mich wäre, wenn ich immer wüsste, wo auf der Erde er genau ist, aber leider ist es nicht so. Jetzt sehe ich nicht nur, wie weit weg er ist, sondern ich weiß auch noch genau, wie viele Kilometer es sind. Das ist so, als würde man nicht nur wissen, dass man eine Spritze bekommt, sondern auch noch, wie tief sie ins Fleisch eindringt. Die Roboterstimme sagte: 5 403 Kilometer.

Ich fragte mich, welche Tierarten als erste sterben werden, wenn der Permafrost schmilzt, und so setzte ich mich, während meine Mutter duschte, an den Computer und suchte in Google. Mom hat mir gesagt, dass ich für die Suche die wichtigsten Begriffe eintippen müsse. Also schrieb ich *Tiere*, *Permafrost* und *schmilzt*, und es kamen 217 000 Treffer. Unter einem stand, dass beim Schmelzen des Eises Kohlenstoff freigesetzt würde, der seit der Zeit des Pleistozän da eingelagert sei. Wenn er an die Oberfläche kommt, gelangt er als Kohlendioxid und Methan in die Atmosphäre, und da Methan ein zwanzigmal stärkeres Treibhausgas ist als Kohlendioxid, geht die Erderwärmung dadurch noch schneller vor sich, als die Wissenschaftler eigentlich dachten.

In dem Artikel stand, dass das keine gute Nachricht für das menschliche und tierische Leben auf dem Planeten sei. Das machte mir Sorgen. Es fühlte sich an, als würde ich innerlich schrumpfen, sogar mein Herz.

Ich schaltete den Computer ab, als ich meine Mutter nach unten kommen hörte. Sie sah mich in ihrem Arbeitszimmer sitzen und fragte, was ich hier tue. Ich erklärte, dass ich etwas über das Schmelzen des Permafrosts gelesen hatte.

»Phin«, sagte sie, »du solltest jetzt deine Schneehose und die Stiefel anziehen, weil hier nämlich heute sicher nichts schmelzen wird – es hat minus 29 Grad.«

»Aber«, erwiderte ich, »macht es dir denn keine Sorgen, dass der Permafrostboden schmilzt? Der *Permafrost*?«

»Doch, Phin, manchmal schon, aber im Moment habe ich keine Zeit, um mir darüber Gedanken zu machen. Also komm jetzt, wir müssen los – und zwar flott!«

Sie gab mir meine Jacke und die Schneehose, und ich zog mich an, aber was meine Mom sagte, ergab für mich trotzdem keinen Sinn. Wenn ein hungriger Grizzlybär daherkommt, während man gerade beim Picknick sitzt – wäre es dann klug zu sagen, ich habe jetzt keine Zeit, um Angst zu haben, weil ich mein Sandwich erst aufessen will?

Als ich am nächsten Morgen in die Klasse kam, fiel mir sofort auf, dass zwei Dinge anders waren als sonst. Das Erste war, dass Mrs. Wardmans Tisch zu weit rechts stand. Ich sitze in der letzten Reihe, in der sieben Tische stehen. Die mittlere Reihe hat acht Tische und die erste Reihe normalerweise wieder sieben. Aber heute hatte sie acht. Ich zählte zweimal, um sicher zu sein. Acht.

Das Zweite, was mir auffiel, war, dass etwas auf dem Erzähltisch stand, von einem weißen Tuch zugedeckt. Es hatte ungefähr die gleiche Form wie die große Schachtel, in der ich meine Reull-Zeichnungen aufbewahre.

Als alle auf ihren Plätzen waren, sah ich an dem zusätzlichen Tisch ein Mädchen sitzen, das ich schon draußen auf dem Gang gesehen hatte. Ich achte normalerweise nicht besonders auf Mädchen, aber sie war mir aufgefallen, weil ich sie noch nie gesehen hatte und weil sie ziemlich groß und dick war.

Mrs. Wardman ging zu ihr und stellte sich neben ihren Tisch. »Kinder, das ist Mitty«, sagte sie. »Sie ist ab heute in unserer Klasse. Bitte begrüßt sie bei uns.« Und dann riefen wir alle im Chor: »Hallo, Mitty.« Einerseits tat mir Mitty leid, andererseits freute ich mich, dass sie da war. Leid tat sie mir, weil sie einen komischen Namen hatte und außerdem dick war, was bedeutete, dass Lyle sie sicher nicht in Ruhe lassen würde. Mir fielen auch gleich ein paar schlimme Dinge ein, die sich auf Mitty reimen, und mir war klar, dass sogar Lyle, der seine Gehirnzellen nur dafür verwendet, sich irgendwelche Gemeinheiten auszudenken, früher oder später darauf kommen musste. Mitty konnte sich eindeutig auf etwas gefasst machen.

Andererseits war ich aber auch ein bisschen froh, dass Mitty da war, weil ich und ein paar andere in der Klasse es dadurch vielleicht etwas leichter haben würden, nachdem Lyle nun wahrscheinlich ein neues Opfer hatte. Ich hatte zwar ein schlechtes Gewissen, weil ich mich darüber freute – aber kein so schlechtes, dass ich den Gedanken ganz verdrängt hätte. Vielleicht ist es das, was die Leute meinen, wenn sie sagen, dass keiner gern allein ist mit seinem Schmerz. Wenn der Schmerz sich auf mehrere verteilt, ist er vielleicht nicht so schwer zu ertragen. Ungefähr so, wie wenn wir in einer Lesegruppe zu fünft sind statt zu dritt und man dadurch nicht so oft von Mrs. Wardman aufgerufen wird.

Nachdem wir Mitty begrüßt hatten, sangen wir die Nationalhymne »O Canada«. Dann verkündete Mrs. Wardman, dass wir noch einen neuen Freund bekommen würden – ein Klassenhaustier. Sie bat uns, unsere logischen Fähigkeiten einzusetzen, um herauszufinden, was unter dem Tuch sei. Mir wurde ein bisschen mulmig, als sie das sagte, weil ich an das letzte Mal denken musste, als wir eine Logik-Übung gemacht hatten. Sie gab uns zehn Minuten Zeit, um aufzuschreiben, was wir glaubten, dass darunter sei.

Mir gingen neun Gedanken durch den Kopf:

1. Es gibt nur wenige Tiere, die sich gut als Gefährten für den Menschen eignen.
2. Eines davon ist die Katze.
3. Wir können achtmal kleinere Dinge sehen, als Katzen es können.
4. Ein anderer guter Begleiter des Menschen ist der Hund.
5. Es kann keine Katze und auch kein Hund sein, weil beide irgendwelche Laute von sich geben würden.
6. Ein Pferd wäre auch ein möglicher Gefährte für den Menschen.
7. Auf dem Tisch da vorne hätte kein Pferd Platz.
8. Manche Leute meinen, dass Schweine gute Gefährten für den Menschen wären.
9. Wir sollten unsere Gefährten nicht essen.

Ich schrieb aber nur einen Gedanken nieder: Es ist keine Katze, kein Hund, kein Pferd und kein Schwein. Ein anderes Tier, das unter dem Tuch sein könnte, fiel mir nicht ein, weil ich alle Tiere ausgeschlossen hatte, die als Gefährten für den Menschen infrage kamen.

Mrs. Wardman forderte uns auf abzugeben, was wir geschrieben hatten. »Okay«, sagte sie dann, »seid ihr bereit für die große Überraschung?« Alle Kinder riefen ja, und Gordon fiel fast von seinem Sessel, als er hochsprang und sich zurückplumpsen ließ, weil der Sessel dabei ein Stück nach hinten kippte. Mrs. Wardman ermahnte ihn, dass er achtgeben solle, weil er leicht nach hinten fallen und sich den Kopf aufschlagen könne.

Dann zog sie langsam das Tuch weg. »Es ist ein … Frosch! Wer ist darauf gekommen?«, fragte sie. Niemand hob die Hand. »Begrüßt unser neues Klassenhaustier, alle zusammen!«, forderte sie uns auf.

Ich hob die Hand. »Ja, Phin?«, sagte Mrs. Wardman, und ich fragte sie, was für eine Art Frosch er sei. Er sah aus wie ein Korallenfinger-Laubfrosch, aber ich war mir nicht hundertprozentig sicher. Er war kleiner als meine Hand und schillerte grünlich türkisfarben wie ein Korallenfingerfrosch, aber diese Frösche sind nachtaktiv, und ich konnte mir nicht vorstellen, dass Mrs. Wardman ein Tier aussuchen würde, das den ganzen Tag schlief und in der Nacht wach war, wenn wir gar nicht in der Schule waren.

»Es ist ein Korallenfinger-Laubfrosch«, sagte Mrs. Wardman.

Sie fügte an, dass Frösche ausgezeichnete Haustiere wären, weil sie ruhig seien und nicht viel Pflege bräuchten. Wäre ein Stein dann nicht auch gut geeignet? Das sagte ich aber nicht laut, weil Mrs. Wardman denken würde, es sei sarkastisch gemeint. Das war es wirklich nicht, ich meinte es völlig ernst; trotzdem behielt ich es lieber für mich.

Mrs. Wardman sagte, dass nun der Name für unseren Klassenfrosch ausgelost werden sollte. Nachdem es sicher ein Korallenfingerfrosch war, wusste ich, dass er männlich sein musste, weil er eine graue Kehle hatte und die Weibchen eine weiße Kehle haben. Jeder von uns schrieb einen Namen auf ein Blatt Papier und warf es in den Wahltopf. Ich entschied mich für *Knuddel*. Diesmal wollte ich sarkastisch sein, denn ich würde keinen Ärger bekommen, weil ich meinen Namen nicht auf den Zettel schreiben musste.

Bevor Mrs. Wardman sich dem Topf widmete, fragte sie, wie groß die Chancen wären, dass unser Vorschlag angenommen würde. Gordon rief: »Eins zu dreiundzwanzig«, und Mrs. Wardman lobte ihn: »Ja, Gordon, du hast recht, gut gedacht.«

Aber sie und Gordon hatten beide unrecht, weil ich Katherine und Amy in der Reihe vor mir hatte sagen hören, dass sie beide für *Kermit* gestimmt hätten. Das bedeutete, dass ihre Chancen zwei zu dreiundzwanzig standen, aber auch das nur dann, wenn nicht noch jemand anders von uns denselben Namen ausgesucht hatte.

Mrs. Wardman griff in den Topf und zog einen Zettel heraus. »Der Name unseres Klassentieres ist… Knuddel!«, verkündete sie. Sie lächelte, und einige von uns klatschten und jubelten. Mrs. Wardman fragte, wer Knuddel ausgesucht hätte, womit ich nicht gerechnet hatte. Ich hob langsam die Hand, und sie sagte: »Hübscher Name, Phin, gratuliere.« Dann schlugen wir unsere Lesebücher auf Seite 123 auf.

Niemand schien es komisch zu finden, dass ein Frosch, der völlig still war, den ganzen Tag schlief, kaum Pflege brauchte und den man nicht streicheln konnte, Knuddel heißen sollte. Manchmal funktioniert Sarkasmus ganz einfach nicht.

Heute bekam ein Mädchen richtig Ärger in der Schule. Ihr Name ist Jody, und sie wurde dabei erwischt, wie sie zu anderen Kindern sagte, dass sie höher springen würden, wenn sie Minzbonbons lutschten. Die Lehrerin meinte, dass sie so für Doping und Drogen werben würde und dass wir hier an der Schule null Toleranz gegenüber Drogen hätten. Jody bekam einen Verweis und begann so fürchterlich zu weinen, dass ihre Mutter kommen und sie abholen musste.

Mir tat Jody leid, darum fiel es mir schwer, mich auf die Rechtschreibübung zu konzentrieren. Es ging diesmal um Tiere. Eine Aufgabe lautete: »Löwen leben im D.......«

Ich hob die Hand, und Mrs. Wardman kam zu mir. Ich fragte sie, ob das eine Fangfrage sei, weil es kein Wort für Savanne gäbe, das mit D beginnt. »Phin«, sagte sie, »die Lösung lautet Dschungel. Schreib einfach *Dschungel* hin.« Dann ging sie zu ihrem Tisch zurück.

Ich überlegte, ob ich besser für mich behalten sollte, dass Löwen nicht im Dschungel leben, weil sie sowieso schon sauer auf mich war. Das wusste ich, weil ihre Augenlider gezittert und sie tief Luft geholt hatte, als sie mir sagte, dass ich *Dschungel* hinschreiben solle.

Ich dachte ein paar Sekunden darüber nach und erinnerte mich an das, was meine Mutter mir gesagt hatte – dass ich Mrs. Wardman vielleicht lieber nicht darauf hinweisen sollte, dass sie im Unrecht war. Aber dann kam ich zu dem Schluss, dass Mrs. Wardman die richtige Lösung kennen sollte. Sie war die Lehrerin, und es war nicht gut, wenn sie den Kindern über viele Jahre etwas Falsches erzählte. Also hob ich wieder die Hand.

»Was gibt's, Phin?«, fragte Mrs. Wardman. Sie sagte das von ihrem Tisch aus, und das machte die Sache ein bisschen heikel für mich. Ich wollte meine Lehrerin nicht laut korrigieren, aber nachdem ich mich gemeldet hatte, musste ich irgendwas sagen.

»Die Lösung für Aufgabe sieben kann nicht Dschungel sein«, sagte ich, »weil Löwen nicht im Dschungel leben. Sie leben im Buschland und in der Savanne.«

Dann fiel mir plötzlich noch etwas anderes ein, und leider blieb es nicht in meinem Kopf, sondern fiel mir sozusagen direkt vom Gehirn in die Kehle. Mir blieb gar nichts anderes übrig, als diese Worte auszuspucken, weil ich sonst daran erstickt wäre. Sobald sie draußen waren, hätte ich sie am liebsten wieder eingefangen, zurück in meinen Mund gesteckt und hinuntergeschluckt. Doch es war zu spät. Die Worte »und Frösche sollten nicht in einem Käfig leben, sondern in einem Feuchtgebiet« waren schon gesagt und flogen zu Mrs. Wardmans Ohren. Ich konnte nur noch hoffen, dass sie nicht allzu gekränkt sein würde.

Mrs. Wardman sagte ein paar Sekunden lang gar nichts. Sie sah mich nur an und erklärte dann ganz leise, so dass sich ihr Mund dabei kaum bewegte: »Phin, dann lass um Himmels willen den Satz aus.« Sie erwähnte mit keinem Ton das, was ich über Frösche gesagt hatte.

Also ließ ich den Satz mit dem Dschungel aus. Ich hätte mir gleich denken können, dass es eine dumme Übung sein würde. Auf der ersten Seite war ein Bild von einem Eisbären und einem Pinguin, die auf derselben Eisscholle sitzen. Auf derselben Eisscholle! Sie leben an verschiedenen Enden der Welt, um Himmels willen. Da trifft man sich nicht so leicht auf einer Eisscholle.

Letzte Nacht konnte ich einfach nicht einschlafen. Ich versuchte alles Mögliche. Ich zählte Schafe. Aber ab Schaf Nummer 1011 stießen die Schafe gegen den Zaun, über den sie springen sollten. Ich glaube, das kam daher, dass ich nach tausend Schafen ein bisschen müde wurde und sie nicht mehr hoch genug springen ließ. Je mehr Schafe gegen den Zaun krachten, umso wacher wurde ich.

Dann versuchte ich es damit, mir nettere Dinge vorzustellen. Ich dachte an die Tiere auf Reull. Dort lebt das Wirbelauge, das ein großes Auge hat und dazu noch mehrere kleine an den Enden seiner Tentakel. Damit kann es in alle Richtungen sehen, wenn es im Kreis herumwirbelt. Nichts kann es überraschen, weil es seine Tentakel auch um Ecken ausstrecken kann, um nach Gefahren Ausschau zu halten. Wirbelaugen haben sehr wohl Feinde, aber sie werden nur sehr selten erwischt, nicht einmal nachts, weil sich ihre Augen beim Schlafen abwechseln – die eine Hälfte schläft am Tag, die andere in der Nacht.

Das erinnerte mich an die Delfine hier auf der Erde. Bei ihnen schlafen die linke und die rechte Gehirnhälfte abwechselnd, sodass immer ein Teil achtgeben kann, ob von irgendwoher Gefahr droht. Wale, Robben und Seekühe machen es genauso, aber sonst gibt es kein Säugetier auf der Welt, das diese Methode anwendet.

Die Familie *Delphinidae* hat fünfunddreißig verschiedene Arten, und fünf davon sind nach der Roten Liste der bedrohten Tierarten mehr oder weniger stark gefährdet oder gar vom Aussterben bedroht. Die anderen sind zum Teil vielleicht auch gefährdet, aber die Wissenschaftler haben nicht genug Informationen über sie, um das mit Sicherheit sagen zu können.

Viele Vogelarten können ihre Gehirnhälften ebenfalls getrennt schlafen lassen. Das Auge, das von der wachen Gehirnhälfte gesteuert wird, bleibt offen, und das andere ist zu. Wenn Vögel in Gruppen schlafen, dann schläft bei den Tieren am Ende der Reihe immer nur eine Gehirnhälfte, während bei den Vögeln in der Mitte beide Hälften schlafen, weil sie sich sicher fühlen.

Jetzt musste ich an das Gefühl von Sicherheit denken und fragte mich, ob sich Knuddel wohl sicher fühlte. Ich machte mir Sorgen, dass er in seinem Terrarium einsam sein könnte, so ganz ohne Artgenossen. Vergangenen Sommer besuchten meine Mom und ich eine Marshmallow-Grillparty im Amphibienpark, wo es drei verschiedene Froscharten gibt. Als es dunkel wurde, machten sie richtigen Lärm. Aber für Knuddel in seinem einsamen Käfig gab es in der stillen Schule nichts zu sehen und zu hören – vor allem in der Zeit, in der er hellwach war. Das machte mich ziemlich traurig, und so ging ich zu meiner Mutter.

Sie saß in ihrem Arbeitszimmer und sah nicht einmal von ihrem Computer auf, weil sie wusste, dass ich es war, der hinter ihr stand. Als ich klein war, hatte sie oft zu mir gesagt, ich solle keine Gesichter hinter ihrem Rücken schneiden, weil sie auch am Hinterkopf Augen habe und es sehen könne. Ich glaubte ihr das, weil es einen Fisch namens Vierauge gibt, der zwei Augen hat, mit denen er die Welt über Wasser sieht, und zwei Augen für unter Wasser.

Noch bevor ich auch nur ein Wort gesagt hatte, seufzte meine Mutter. »Was gibt's, Phin?«, fragte sie. »Warum bist du noch wach, wo ich dich doch vor einer Stunde zu Bett gebracht habe? Wie willst du dich morgen in der Schule konzentrieren können, wenn du nicht ausgeschlafen bist? Weißt du nicht, dass ich eine Menge Arbeit zu erledigen habe, wenn du im Bett bist?«

Sie sagte das mit einer rauen Stimme, dabei hatte sie noch

nicht einmal das Schild umgehängt, auf dem »Ich bin eine tickende Zeitbombe« steht. Manchmal trägt sie dieses Schild, um mir zu signalisieren, dass ich ihr lieber nicht auf die Nerven gehen sollte. Ich hasse es, wenn sie mir zehn Fragen hintereinander stellt, weil ich sie mir alle in der richtigen Reihenfolge merken muss, damit ich sie korrekt beantworten kann. Nach der dritten oder vierten Frage wird es richtig schwierig, und noch schwieriger ist es, sie alle schnell genug zu beantworten, weil sie mir meistens gar keine Zeit dafür lässt.

Als ich mich einmal bei ihr darüber beklagte, erklärte sie, dass einige der Fragen rhetorisch seien – das heißt, sie werden aus einem anderen Grund gestellt, als dass man sie beantwortet. Als Beispiel nannte sie die Frage »Warum gerade ich?«, wenn einem etwas Schlimmes passiert. Das sei mehr der Ausdruck eines Gefühls als der Wunsch, eine Antwort darauf zu bekommen. Aber wenn ich sage »Warum ich?«, dann möchte ich meistens schon eine Antwort haben. Andererseits bekomme ich fast nie eine, also ist es vielleicht doch eine rhetorische Frage.

Das Problem mit Moms Fragen ist, dass ich meistens nicht weiß, welche echt sind und welche rhetorisch. Das waren jedenfalls meine Antworten auf ihre Fragen:

1. Ich mache mir Sorgen um Knuddel.
2. Ich kann nicht schlafen.
3. Das ist kein Problem, die Schule ist leicht.
4. Ja.
5. Ja.

Aber alles, was ich erwiderte, war: »Ich kann nicht schlafen, weil ich mir Sorgen um Knuddel mache« – was eigentlich zwei ihrer Fragen auf einmal beantwortet.

»Phin«, sagte sie, »Knuddel geht es sicher gut. In seinem Terrarium kann ihm nichts passieren.«

»Aber dass er in dem Terrarium ist – genau das macht mir ja Sorgen. Ich glaube nämlich, dass er dort leidet.«

»Phin«, sagte sie, »er ist ein Frosch! Ein Frosch! Er weiß nicht einmal, wo er ist.«

»Warum denkst du das? Niemand kann es wissen!«

»Phin, du musst aufhören, Tiere als vierbeinige Menschen zu betrachten. Verstehst du, was ich meine?«

»Ja«, antwortete ich. »Aber was ist daran falsch? Warum zum Kuckuck glaubst du eigentlich, dass Tiere nicht leiden und keine Angst haben? Ich weiß genau, dass sie auch traurig sein können. Auf dem Green Channel hab ich schon viele Sendungen darüber gesehen.«

»Phin, bitte – es ist spät. Geh bitte wieder ins Bett und versuche, an was Schönes zu denken.«

»Hab ich schon. Ich kann trotzdem nicht schlafen. Und ich weiß, dass heute wieder so eine Nacht ist, in der ich überhaupt nicht schlafen kann – kein bisschen.« Dann kam mir plötzlich ein Gedanke, und ich lief zu Fiddledees Katzenklo, um nachzusehen, ob rote Kacka drin war, weil ich schon zwei Tage nicht nachgesehen hatte. Ich hob etwas davon mit der Schaufel auf und betrachtete es sorgfältig. Es sah sehr schwarz aus, und ich war erleichtert.

Meine Mom sagte: »Um Himmels willen, Phin, geh jetzt bitte die Treppe hinauf und leg dich ins Bett.« Ich lief schnell nach oben, weil sie inzwischen ziemlich sauer aussah, und dachte mir, vielleicht waren ja bei ihr ein paar Gehirnzellen durcheinandergeraten und sie würde sich gleich auf mich stürzen. Aber dann seufzte sie und sagte: »Gehen wir beide ins Bett und schlafen wir ein bisschen.« Das hieß, sie ließ mich in ihr Bett steigen, in ihr wirklich großes Bett.

Ich sagte: »Ich hab dich lieb, Mom.«

»Ich hab dich auch lieb, Phin«, antwortete sie. »Und jetzt schlaf schön.«

Ich sagte nichts mehr, weil ich nicht wollte, dass sie wieder wütend auf mich wurde, und ich dachte mir, dass das vielleicht das Beste war, was ich aus dieser Nacht machen konnte. Ich kuschelte mich eng an sie, und sie legte ihren Arm um mich und küsste mich auf den Nacken.

Aber ich machte mir trotzdem weiter meine Gedanken. Ich glaube, manche Leute ertragen es nicht, dass Tiere ganz ähnlich empfinden wie Menschen. Wahrscheinlich ist es für meine Mom schon schwer genug, über das zu schreiben und zu lesen, was anderen Menschen auf der Welt passiert – da will sie nicht auch noch an die Tiere denken. Der Gedanke, dass so viele Tiere auf der Erde traurig sind und leiden, ist einfach mehr, als sie ertragen könnte.

Heute früh weckte mich meine Mutter mit den Worten: »Guten Morgen, Dornröschen.« Sie küsste mich auf die Wange, und ich schlug die Augen auf. »Was darf ich Ihnen zum Frühstück bringen, Sir?«, fragte sie mit Bleistift und Notizblock in der Hand.

»Wie wär's mit Toast und Erdnussbutter?«, antwortete ich. Ich war wohl noch nicht richtig wach, denn im Nachhinein fiel mir ein, dass ich beschlossen hatte, keine Erdnussbutter mehr zu essen. Gestern Abend hatte ich die Zutaten auf dem Glas überprüft und festgestellt, dass Palmöl drin ist. Ich sagte meiner Mutter, sie solle den Toast mit Erdnussbutter vergessen, wegen des Palmöls.

»Aber du bist doch gar nicht allergisch gegen Palmöl«, warf sie ein.

Ich sagte: »Sind dir die Orang-Utans denn egal?«

»Wie meinst du das?«, fragte sie.

Ich erklärte ihr, dass unsere Erdnussbutter mit Palmöl hergestellt wird und dass Palmöl von Palmenplantagen kommt, die auf dem Land errichtet werden, wo vorher die Orang-Utans gelebt haben. Jetzt sind die Orang-Utans vom Aussterben bedroht, weil ein großer Teil ihres Lebensraums zerstört ist.

»Aber Phin«, erwiderte sie, »wir haben die Erdnussbutter doch schon gekauft, darum helfen wir den Affen überhaupt nicht, wenn wir sie jetzt nicht essen.«

»Sie sind keine gewöhnlichen Affen«, sagte ich, »sie sind Menschenaffen. Außerdem geht es ums Prinzip.«

Meine Mutter seufzte. »Okay, Phin, wenn du keine Erdnussbutter willst, was möchtest du dann?« Im nächsten Moment fiel ihr ein, dass sie ja Kellnerin spielte, und ihre Stimme wurde wieder freundlich. »Es tut mir leid, Sir«, sagte sie, »die Orang-Utan-freie Erdnussbutter ist leider aus – gibt es sonst irgendetwas, das Sie möchten?«

»Mom«, sagte ich, »in der Erdnussbutter sind keine Orang-Utans drin – sie wird aus Palmöl gemacht, das von Plantagen kommt, wo früher Orang-Utans gelebt haben, und deshalb sind sie sehr stark gefährdet!«

Meine Mutter knallte den Notizblock zu und sagte, dass ihre Nerven auch sehr stark gefährdet seien. »Du kannst Orang-Utan-freie Cornflakes haben. Sie stehen auf dem Tisch.« Dann ging sie hinaus.

Meine Mutter versteht es einfach nicht, und ich weiß nicht, warum das so ist. Oder vielleicht weiß ich es doch: Ich glaube, sie hat einfach zu viel zu tun. Immer hat sie es eilig. Ich dagegen habe nicht zu viel zu tun, und deshalb weiß ich, dass es in der Ordnung der Primaten über 400 Arten gibt, von denen ein

Drittel mehr oder weniger gefährdet ist. Die Orang-Utans sind stark gefährdet oder schon vom Aussterben bedroht. Mittlerweile ist es so weit, dass alle noch lebenden Tiere der fünfundzwanzig am stärksten gefährdeten Primaten-Arten auf einem Footballfeld Platz fänden.

Und ich weiß noch etwas. Ich weiß, dass es Knuddel nicht gut geht. Und ich weiß auch, dass ich irgendwas dagegen tun muss.

Heute in der Schule überprüfte ich Knuddel sorgfältig auf mögliche Anzeichen einer Krankheit. Frösche können Pilzkrankheiten bekommen, dann trocknen sie aus und nehmen ab. Ich mache mir wirklich Sorgen um ihn, aber ich glaube nicht, dass er Gewicht verloren hat. Ja, er sieht sogar so aus, als wäre er dicker geworden, aber das könnte auch daran liegen, dass er heute auf einer weißen Papierunterlage sitzt, während er vor ein paar Tagen eine schwarze hatte.

Den Trick mit Schwarz und Weiß habe ich von meiner Mutter gelernt. Einmal probierte sie im Einkaufszentrum Hosen an; eine war weiß, und sie fragte mich, ob sie in der weißen Hose dicker oder dünner aussehe. Sie sah eindeutig dicker aus, also sagte ich ihr, dass sie in dieser Hose am besten aussehe. Meine Mutter vertraut meinem Urteil immer, denn sie meint, dass ich mit meinen neun Jahren unfähig zu einer diplomatischen Lüge bin.

Später fragte ich sie, wie man es sich erklären kann, dass sie in der weißen Hose dicker aussieht, und sie sagte: »Was meinst du damit – ich sehe dicker aus? Du hast doch gesagt, ich sehe in der weißen Hose am besten aus.«

»Du siehst darin auch am besten aus.«

»Aber ich sehe dicker aus?«

»Ja.«

»Das klingt ziemlich unlogisch.«

»Du siehst besser aus, wenn du dicker aussiehst.«

»Phin«, sagte sie, »Frauen wollen nicht dicker aussehen, sie wollen dünn aussehen.«

Meine Mutter erzählte mir, dass die Leute in unserer Kultur fänden, dass dünnere Frauen jünger und besser aussehen. Deshalb möchte sie Kleidung, in der sie jung und hübsch aussieht.

Ich erklärte ihr, dass Tiere immer versuchen, möglichst groß und dick auszusehen, weil es dadurch weniger wahrscheinlich wird, dass sie angegriffen werden. Der Ochsenfrosch zum Beispiel bläst sich auf, um größer und stärker zu erscheinen, der Kugelfisch macht es genauso.

Meine Mutter seufzte. »Na dann ist es ja gut – also werde ich heute wenigstens nicht gefressen.«

Mrs. Wardman musste Knuddels Unterlage auswechseln, weil er darauf gekackt hatte. Froschkacka ist bräunlich, und man sieht darin, was sie gefressen haben. Ich sah Teile von Grillen in Knuddels Kacka. Wir wechseln uns alle beim Füttern ab, und ich komme erst wer weiß wann dran, weil es nach dem Nachnamen geht und meiner mit W anfängt. Na ja, eigentlich weiß ich schon, wann ich drankomme. Ich bin Nummer zweiundzwanzig, und wir sind gerade bei Nummer neun.

Die anderen Kinder freuen sich darauf, Grillen in Knuddels Terrarium zu werfen, aber ich nicht. Ich muss immer daran denken, dass der arme Knuddel eingesperrt ist, ein Korallenfinger-Laubfrosch aus Australien, der gefangen, in eine Kiste verpackt und mit dem Flugzeug in ein fremdes Land geschickt wurde, um jetzt sein Leben in einem kleinen Terrarium zu fristen, mit nur einem einzigen kleinen Ast, auf den er klettern kann, von lauter hässlichen Gesichtern umgeben, die ihn durch die Glaswand anstarren. Darüber kann ich mich kein bisschen freuen – im Gegenteil, es ist supertraurig. Knuddel sollte in seiner natürlichen Umgebung in Australien leben, zusammen mit anderen Korallenfingerfröschen.

Das war alles, was ich denken konnte, und als ich von der Schule heimkam, war ich immer noch ziemlich aufgewühlt. Um mich zu beruhigen, ging ich zu Pete's Pond in Afrika – also nicht wirklich, nur virtuell. Ich tippte die Internet-Adresse ein, und die Seite, auf der man die Tiere dort live beobachten kann, öffnete sich. Da es in Afrika gerade Nacht war, konnte ich nicht viel sehen, aber ich hörte einige Geräusche. Ich schloss die Augen und stellte mir vor, ich wäre jetzt dort.

Als ich heute früh aufwachte, hatte ich das Gefühl, dass etwas wirklich Schlimmes passieren würde. Meine Brust fühlte sich leer an, und mein Bauch tat weh, fast so als würde mein Herz an einem Faden bis in den Bauch hineinhängen. So ein Gefühl habe ich normalerweise nie, außer wenn ich mitten in der Nacht aufwache, aber dann ist es am Morgen wieder weg.

Mir war richtig schlecht, ich konnte kaum etwas frühstücken, und als mich meine Mom vor der Schule absetzte, sagte ich ihr, dass es immer noch nicht besser sei. Ich wurde dieses ungute Gefühl einfach nicht los. »Phin«, sagte sie, »so geht es mir auch manchmal, aber wenn ich so ein Gefühl habe, heißt das nicht, dass dann wirklich etwas Schlimmes passiert. Unsere Gedanken und Gefühle können so etwas nicht bewirken, meine nicht und deine auch nicht, Phin. Du kannst nicht zaubern.«

Ich fragte sie, woher sie das so genau wüsste, und sie antwortete: »Wenn meine Gedanken irgendetwas bewirken könnten, dann würden in meinem Büro ein paar Leute mit Riesenohren und ohne Mund herumlaufen. Aber das ist bis jetzt noch nicht passiert.«

»Der Mondspinner hat wirklich keinen Mund. Er ist ein Schmetterling, der sich nur paaren und Eier legen kann, danach stirbt er, weil er nicht fressen kann«, erzählte ich ihr.

»Phin«, sagte meine Mutter, »du verblüffst mich immer wieder.« Dann ließ sie mich aus dem Auto springen, weil sie sonst zu spät zur Arbeit kommen würde. Ich wollte nicht aussteigen, aber ich tat es.

Ich sah Bird drüben bei den Wippen. Er hing mit zwei Jungs aus der zweiten Klasse rum. Der Junge mit den weißen Haaren zeigte Bird gerade das T-Shirt, das er unter der Jacke trug. Auf dem Shirt war ein Bild von einer Tafel, wie sie beim Augenarzt hängt, mit Buchstaben, die zuerst ganz groß sind und dann in jeder Reihe kleiner werden. Darauf stand »Ichsehdoofe-LeutedieaufmeinT-Shirtglotzen«. Bird lachte, als er es entziffert hatte.

Bird, die beiden Jungs und ich spielten noch ein bisschen Versteinern, während wir auf das Klingeln warteten. Ich war immer der Fänger, weil ich einfach nicht schnell laufen konnte. Mein Kopf und meine Brust fühlten sich schrecklich schwer an. Ich vermutete, dass der Teil des Gehirns, der normalerweise die Beine steuert, wahrscheinlich mit dem Gedanken beschäftigt war, dass etwas Schlimmes passieren würde.

Irgendwann hatte ich genug davon, immer den anderen nachzulaufen, also stieg ich die Leiter zur Rutsche hinauf und machte im Kopf eine Liste der schlimmen Dinge, die passieren konnten:

1. Mrs. Wardman könnte von Außerirdischen entführt worden sein, die ihr das Bewusstsein der Außerirdischen in den Körper einpflanzten.

2. Meine Mutter könnte eine nekrotisierende Fasziitis bekommen von dem Schnitt am Finger, den sie sich zugezogen hat, als sie eine Benachrichtigung aus meinem Rucksack zog.
3. Heute könnte eine Art aussterben, von der alle anderen Arten abhängen. Das würde das Ende des Lebens auf der Erde bedeuten.
4. Mir könnte eine spontane menschliche Selbstentzündung passieren.

Auch wenn mein Verstand es nicht für sehr wahrscheinlich hielt, dass diese Ereignisse eintreten würden, redete mir meine Fantasie ein, dass es trotzdem geschehen könnte. Das beunruhigte mich noch mehr, und meine Brust schnürte sich so eng zusammen, dass es wehtat. Ich hatte das Gefühl, dass sie sich sogar violett verfärbte. Der einzige Weg, den Schmerz zu stoppen, war, mir meine Brust zuerst hellviolett vorzustellen und dann weiß. Manchmal, wenn ich mich sehr konzentriere, kann ich mir meine Brust wirklich ganz weiß denken, mit nur ein paar violetten Flecken, aber diesmal klappte es nicht. Außerdem wollte ich gar nicht, dass meine Brust weiß wurde, weil ich dann nicht auf das Schlimme vorbereitet gewesen wäre, das passieren würde. Violett ist eine gute Farbe, wenn man schnell reagieren muss.

In der ersten und zweiten Stunde wollte mir mein Verstand einen Streich spielen. Er wollte mir einreden, dass meine Mutter vielleicht recht hatte und dass heute überhaupt nichts Schlimmes passieren würde. Meine Gedanken verliefen ungefähr so: »Es wird etwas Schlimmes passieren« (82-mal), dann kam: »Es wird nichts Schlimmes passieren« (3-mal). Danach ging es weiter: »Es wird etwas Schlimmes passieren« (54-mal), und dann wieder: »Sei nicht albern, es wird nichts Schlimmes passieren« (23-mal). So ging es weiter, bis die »Etwas-Schlimmes-Gedanken« gleich oft kamen wie die »Nichts-Schlimmes-Gedanken«, und am Ende waren die »Nichts-Schlimmes-Gedanken« sogar häufiger, sodass ich mich wieder fast ganz normal fühlte. Die Schmerzen hörten auf, und meine Brust wurde fast weiß.

Mein Verstand hätte mich fast überlistet. Fast, aber nicht ganz – was ein Glück war, denn in diesem Moment stellte sich die Theorie meiner Mutter als falsch heraus. Früher habe ich mitgezählt, wie oft sich meine Mutter irrte, aber in letzter Zeit passiert es zu oft. Heute hatte sie schon wieder unrecht gehabt. Ganz genau wie mein Gefühl es mir gesagt hatte, passierte tatsächlich etwas Schlimmes – etwas sehr, sehr Schlimmes: Knuddel machte auf einmal merkwürdige und richtig laute Geräusche. Ich wusste, dass das ein Notsignal war.

Mrs. Wardman ging zu ihm und sah ins Terrarium. Kaitlyn fragte, ob wir auch hineinsehen dürften, und sie sagte ja. Im nächsten Moment liefen alle hin und versammelten sich vor dem Terrarium. Knuddel sprang plötzlich gegen die Glaswand und prallte zurück. Dann rappelte er sich wieder auf und machte dasselbe wieder. Nach dem vierten Mal blieb er reglos liegen und quakte auch nicht mehr.

Ich machte mir große Sorgen, dass er eine Zoochose haben könnte. Das können Tiere bekommen, wenn man sie aus ihrer natürlichen Umgebung herausreißt und in einen winzigen Käfig sperrt. Es ist so ähnlich, wie wenn Menschen eine Psychose bekommen, zum Beispiel wenn sie im Gefängnis in Einzelhaft sind. Egal, in welchen Zoo man geht, man wird immer Tiere finden, die eine Zoochose haben. Das erkennt man daran, dass Großkatzen ständig auf und ab gehen, dass Bären und Elefanten den Kopf hin- und herschwingen und dass Giraffen ständig ihren Hals verdrehen. Ich stelle es mir besonders hart vor, wenn man als Giraffe im Zoo ist – so ein langer Hals, und nirgends ein erfreulicher Ausblick.

Ich fragte Mrs. Wardman, ob sie glaube, dass Knuddel krank sei, und sie sagte: »Nein, ihm fehlt nichts.«

Ich bin mir da nicht so sicher, denn ich glaube fast, dass sich Mrs. Wardman noch öfter irrt als meine Mutter.

Nachdenklich betrachtete ich Knuddel in seinem Terrarium und fragte mich, ob vielleicht zu viel Chlor im Wasser war. Oder brauchte er mehr als den einen falschen Ast zum Klettern? Vielleicht fühlte sich der Stein unter seinen Fingern und Zehen nicht gut an, wenn er aus dem Wasser kam und ihn hinaufkletterte. Oder er mochte die toten Grillen und Mehlwürmer nicht, die Mrs. Wardman in der Tierhandlung für ihn gekauft hatte. Schließlich fressen die meisten Frösche nur Insekten, die sich bewegen. Oder sind die Kiefersamen am Boden des Terrariums nicht die richtigen für ihn? Gibt es in Australien überhaupt Kiefern? Es konnte vieles geben, das für Knuddel nicht in Ordnung war, denn das Terrarium war nun einmal nicht sein natürlicher Lebensraum.

Ich machte mir noch den ganzen Tag Sorgen um Knuddel, darum rief ich vor dem Schlafengehen meine Oma an, um sie zu fragen, ob sie vielleicht wisse, was ihm fehlen könnte. Sie hat früher als Biologin gearbeitet, und ich kenne niemanden, der so viel über Tiere und Pflanzen weiß wie sie.

Das Telefon läutete und läutete. Ich wollte gerade wieder auflegen, als sie endlich abhob. Sie klang, als hätte sie schon geschlafen, obwohl es erst halb neun war. Ich glaube, sie schläft ziemlich viel in letzter Zeit. Sogar wenn sie wach ist, sieht sie ein bisschen aus, als würde sie schlafen.

»Oh, Phin, du bist es, Liebling«, sagte sie. Sie klang froh darüber, dass ich anrief, aber ihre Stimme war leiser, als ich es gewohnt war.

Nachdem ich schon einige Wochen nicht mit ihr gesprochen hatte, erzählte ich Oma alles über den Korallenfingerfrosch, der in dem Glasterrarium in unserer Klasse gefangen war.

»Oh, das ist nicht schön«, sagte sie.

»Findest du? Es gibt sonst niemanden, der so denkt.«

»Na ja, dazu gibt es wohl verschiedene Meinungen, mein Schatz, aber wenn es dich tröstet – ich finde, dass Korallenfingerfrösche an einen Tümpel gehören.«

Es tröstete mich wirklich ein bisschen. Aber meine Großmutter wusste auch nicht, was Knuddel fehlen könnte. Ich werde ihn jedenfalls sehr aufmerksam beobachten.

Vor einigen Tagen schickte ich meinem Dad eine E-Mail mit einer Geschichte über das letzte Ozie-Pärchen auf Reull. Ich arbeitete wirklich hart daran, weil es mir wichtig war, dass sie ihm gefallen würde. Da er Journalist ist, glaube ich, dass er stolz auf mich sein wird, wenn ich ihm zeige, dass ich richtig gute Geschichten schreiben kann.

Als ich die E-Mail abschicken wollte, wurde ich auf einmal nervös und las die Geschichte lieber noch einmal durch. Ich fand keine Grammatik- oder Rechtschreibfehler, und die Geschichte hatte eine Einleitung, einen Hauptteil und einen Schluss, wie man es in der Schule lernt. Aber sicherheitshalber gab ich sie trotzdem noch meiner Mom zu lesen. Sie meinte, die Geschichte sei unglaublich und ich wäre ein toller Schriftsteller. Aber Mom würde dasselbe sagen, wenn ich nur meinen Namen hinschreiben würde.

Hier ist meine Geschichte:

Auf Reull gab es ein kleines Tier namens Ozie, das aussah wie ein Hund, aber nicht größer war als eine Ratte. Der Ozie nahm Kohlendioxid über die Haut auf und reinigte die Luft, so wie Pflanzen es tun. In seinem Verdauungssystem wurde das Kohlendioxid in Ozon umgewandelt, das der Ozie ständig hinausfurzte. Das Ozon stieg zum Himmel hinauf und reparierte dort die Atmosphäre von Reull.

Das Problem war, dass es nur noch zwei Ozies gab – ein Männchen und ein Weibchen.

Eines Tages gingen die beiden letzten Ozies spazieren und wurden von einem Gorach-Wissenschaftler gefangen, der sich im Wald versteckt hatte. Der Wissenschaftler sperrte sie in einen Käfig, wo sie die ganze Zeit weinten. Er überlegte, wie er Hunderte Ozies in seinem Labor züchten konnte, damit sie die Atmosphäre von Reull mit Ozon versorgten. Stolz und aufgeregt stellte er sich vor, wie ihn die anderen Gorachs verehren würden, weil er eine Lösung für alle ihre Probleme gefunden hatte.

Aber dann, am Abend, betrachtete der Wissenschaftler die Ozies in Ruhe und fragte sich, wie sie wohl schmecken würden. Sie sahen ein bisschen aus wie andere Wesen, die er einmal gekostet hatte – die Koniten. Die Koniten gehörten für die Gorachs zu den größten Leckerbissen, die es gab. Die reichsten Gorachs aßen jeden Tag Konitenfleisch, und die ärmeren Gorachs beneideten sie sehr darum.

Der Wissenschaftler bemühte sich sehr, nicht daran zu denken, wie die Ozies schmecken mochten. Aber jedes Mal, wenn er einen von ihnen furzen hörte, wurde sein Appetit noch ein bisschen größer. Die Fürze erinnerten ihn an den Geruch der Koniten.

Schließlich konnte er sich nicht mehr beherrschen. Er packte den schreienden und furzenden männlichen Ozie, tötete ihn und warf ihn in die Pfanne. Er schmeckte noch besser, als er es sich vorgestellt hatte – viel besser als ein Konit. In seiner Gier verschlang er den Ozie in drei Sekunden.

Der Wissenschaftler hatte noch den Geschmack des Ozies im Mund, als er auch das Weibchen tötete, ohne einen Moment zu überlegen. Nachdem er es ebenfalls gebraten und gegessen hatte, schrak der Wissenschaftler entsetzt auf. Gerade erst hatte er nach langer Suche eine Tierart entdeckt, die die größten Probleme der Gorachs hätte lösen können, aber in seiner Gier hatte er sie gleich darauf ausgerottet.

Dazu zeichnete ich ein Bild des letzten Ozie-Paares. Ich schrieb ihre Gedanken in eine Comicblase. Sie dachten: »Hilfe, hilfe!«, und obwohl alle anderen Tiere im Netzwerk des Lebens auf Reull ihren Gedanken hörten, konnten sie nichts tun. Sie weinten mit ihnen, und die Ozies selbst weinten am allermeisten und starben in Angst und Trauer.

Nachdem ich die Geschichte abgeschickt hatte, überprüfte ich bei jeder Gelegenheit, ob schon eine Antwort gekommen war. Mein Dad brauchte einundvierzig Stunden, bis er zurückschrieb. Dann schickte er Folgendes:

> Lieber Phin,
> ich bin beeindruckt! Das ist eine wunderbare Geschichte und ein großartiges Beispiel für eine Satire. Es war mir ein großes Vergnügen, sie zu lesen, und ich hoffe, dass du weiterhin schreibst und mir deine Arbeiten schickst.
> Ich hoffe, es geht dir und deiner Mom gut. Ich bin gerade in Frankreich und berichte über die Arbeiterproteste.
> Ich versuche in den nächsten Tagen einmal anzurufen.
> Grüß Mom von mir. Alles Liebe, Dad xoxo

Ich ging zu meiner Mutter. Sie saß am Küchentisch und las die Zeitung. Als ich anfangen wollte zu reden, hob sie einen Finger, um mir zu bedeuten: Warte eine Minute. Ich setzte mich hin und zählte die Fliesen von einem Ende der Küche bis zum anderen. Immer noch siebenundzwanzig. »Sorry, Phin«, sagte sie schließlich, »ich wollte nur den Artikel fertig lesen, den ich geschrieben habe.«

»Kennst du ihn denn nicht schon?«

Mom lachte und sagte: »Manchmal ändert der Chefredakteur ein paar Dinge.«

»Mom, Dad lässt dich grüßen.«

»Danke, Phin. Wie geht's ihm denn?«

»Ich glaube, gut. Meine Ozie-Geschichte hat ihm gefallen.«

»Es ist eine unglaubliche Geschichte.«

»Was ist eine Satire?«, fragte ich sie.

»Na ja, das ist, wenn jemand etwas schreibt, mit dem er sich über Leute lustig macht, oder über etwas, was in der Gesellschaft passiert. Warum?«

»Weil Dad sagt, dass meine Geschichte eine Satire ist. Aber wie kann ich eine Satire schreiben, wenn ich gar nicht gewusst habe, was das ist?«

»Nun, Phin, man muss nicht unbedingt ein Wort für etwas kennen, um zu verstehen, was es ist.«

Ich dachte kurz darüber nach. »Ich glaube, das kann sein.«

»Weißt du noch, was Ironie bedeutet? Satire ist ein bisschen wie Ironie«, sagte sie.

Meine Mom hatte mir erklärt, was Ironie bedeutet, als sie eine Geschichte über einen Mann schrieb, der gegen denselben Baum fuhr, von dem er zuvor eine Schutzmatte entfernt hatte, um sie als Auflage für seinen Schlitten zu verwenden. Mom meinte, das sei ein Beispiel für Ironie des Schicksals.

»Wie wär's mit noch einem Muffin? Gott sei Dank gibt es das Wort *Muffin*, sonst würden wir viel zu viel Kuchen essen«, scherzte meine Mutter.

Ich setzte mich an den Tisch und aß einen Rosinenmuffin. Dabei dachte ich daran, dass ich meinen Vater neunzehn Tage nicht mehr gesehen hatte. Das letzte Mal, als er nach Hause gekommen war, war er nur vier Tage geblieben. Ich wohnte bei ihm in seiner Wohnung. Sie hat nur ein Schlafzimmer, darum schlief ich in seinem Bett und er auf der Ausziehcouch. Wir machten viel zusammen, spielten Schach, gingen ins Kino und schnitzten kleine Tiere aus Seife. Aber jetzt ist er wieder fort, und ich weiß nicht einmal, wann er heimkommen wird.

Manchmal frage ich mich, warum sich meine Eltern getrennt haben. Ich erinnere mich noch gut an die Zeit, als es passierte. Es war ein paar Tage nach einem schlimmen Streit – Dad war gerade aus Südamerika zurückgekommen. An dem Tag waren wir alle in ihrem Schlafzimmer, meine Mutter half meinem Vater beim Auspacken, und ich schlug Purzelbäume auf ihrem großen Bett. Ich hatte gerade die Rolle rückwärts gelernt und freute mich darüber – und auch darüber, dass Dad wieder zu Hause war.

Ich erinnere mich noch, dass Mom und Dad sich unterhielten und dass Mom Dads Kleider wegräumte – und dann hörte sie plötzlich auf zu reden. Mein Dad sagte auch nichts mehr, und ich hörte auf, Purzelbäume zu schlagen, weil es auf einmal so still war. Ich setzte mich auf und sah sie an. Meine Mutter hielt ein Stück Papier in der Hand, und sie sahen beide ziemlich komisch drein. Dann sagte mein Dad, dass ich ein Weilchen hinuntergehen und fernsehen solle.

Ich weiß nicht, was sie sich in dem folgenden Streit an den Kopf warfen, aber ich hörte, dass ihre Stimmen lauter waren als normal, und nach einer Weile klang es so, als würde meine Mutter weinen. Als sie herunterkam, waren ihre Augen rot, und ihre Hände zitterten. Sie setzte sich neben mich und sagte nichts, sie nahm mich nur in die Arme, und ich spürte, dass sie am ganzen Körper zitterte. Ich machte mir richtig Sorgen, aber ich sagte auch nichts.

Nach einer Weile kam mein Vater herunter – mit den Koffern, mit denen er gerade heimgekommen war. Er kam ins Zimmer, meine Mutter stand auf und ging hinaus, und mein Vater setzte sich. Er erklärte mir, dass er für ein paar Tage bei meinem Onkel Roger wohnen würde und dass er mich später anrufen und gute Nacht sagen würde.

Ein paar Tage später, während meine Mutter und ich einkaufen waren, kam mein Vater und holte seine Sachen, auch seine Bücher, den Schreibtisch, der vorher seinem Vater gehört hatte, und das große Bild von einem Strandläufer, das er auf den Magdalenen-Inseln geknipst hatte. Später setzte sich meine Mom zu mir und sagte, dass Dad und sie sich trennen würden. Sie sagte, es sei leider so, dass manche Menschen einfach nicht so gut miteinander leben könnten. Ich verstand nicht, was sie damit meinte, und fragte sie, warum sie nicht miteinander leben könnten, und sie antwortete, dass ihre Persönlichkeiten zu verschieden seien.

Es ist aber so, dass meine Mutter und mein Vater in meinen Augen ziemlich ähnliche Persönlichkeiten haben. Sie mögen die gleichen Dinge. Sie haben sogar den gleichen Beruf. Und sie haben beide mich. Warum konnten sie dann nicht streiten und sich wieder versöhnen, so wie andere Tiere?

Wenn es im Tierreich Streit zwischen Tieren gibt, die darauf angewiesen sind, gut zusammenzuleben, dann versöhnen sie sich immer. Wenn zum Beispiel zwei Schimpansen kämpfen, dann mischt sich manchmal ein anderer ein, um dem Tier zu helfen, das verliert. Sobald sich die Lage wieder beruhigt hat, geht der Schimpanse, der den Kampf gewonnen hat, zu dem anderen, streckt die Hand nach ihm aus, umarmt ihn und groomt ihn, das heißt, er pflegt ihm das Fell. Die Primatenforscher nennen das Versöhnung.

Einmal kam eine jüngere Schimpansin namens Amber dem

Baby einer anderen Schimpansin zu nahe, und diese wurde zornig und schlug sie. Aber als sich die Mutter beruhigt hatte, ging sie zu Amber hinüber, küsste sie auf die Nase und ließ sie zu ihrem Baby.

Ich verstehe nicht, warum meine Eltern seit diesem Streit nicht mehr zusammenleben können. Streiten gehört doch zum Leben dazu. Alle Tiere tun es, aber wenn sie in derselben sozialen Gruppe sind – wie meine Mom und mein Dad –, dann versöhnen sie sich nachher meistens wieder.

Seit sich meine Eltern getrennt hatten, arbeitet mein Vater noch mehr als Auslandskorrespondent als früher. Jetzt ist er fast überhaupt nicht mehr zu Hause. Bei den Primaten sind die Einzigen, die die soziale Gruppe verlassen, die Kinder, wenn sie erwachsen werden. Dann ziehen sie los, um eine andere Gruppe zu finden, damit sie sich paaren können. Primateneltern hauen nicht einfach ab. Wenn hier einer weggehen sollte, dann ich, wenn ich älter bin – nicht mein Dad.

Heute Abend musste ich die ganze Zeit an Knuddel denken. Ich dachte an ihn, als ich eine Sendung auf dem Green Channel sah, ich dachte an ihn, als ich mir vor dem Schlafengehen noch einen kleinen Snack holte, und auch noch, als ich mir die Zähne putzte. Er ging mir einfach nicht aus dem Sinn. Es war so, als würde er durch meine Gehirnwindungen hüpfen, und bei jeder Biegung teilte er sich und hopste auf zwei Wegen weiter, und diese Wege teilten sich wieder und er mit ihnen, und so ging es immer weiter, bis tausend Knuddels durch mein Gehirn hüpften und mir die Frösche aus den Ohren kamen.

Ich erzählte es meiner Mutter, und sie machte ein ganz komisches Gesicht.

Ihre Lippen zuckten ein wenig, dann sagte sie: »Phin, warum kannst du nicht aufhören, ständig an diesen Frosch zu denken? Das ist ein Frosch, Phin. Ein Frosch! Soll ich dir im Internet ein paar Informationen darüber heraussuchen, wie wenig kleine Frösche wissen und erkennen, im Vergleich zu uns? Vielleicht würdest du dir dann weniger Sorgen um ihn machen.«

Ich schüttelte den Kopf. Ich wusste schon alles über Frösche. *Das* war mein Problem.

»Weißt du, Phin«, sagte meine Mutter, »du darfst dir einen Frosch nicht so vorstellen wie einen Menschen. Sie sind einfach nicht so intelligent.«

Ich stellte meiner Mutter eine Frage: Wenn Außerirdische auf die Erde kämen, die eine Million Mal klüger wären als Menschen – wäre es dann in Ordnung, wenn sie alle Menschen mit Netzen einfingen und sie einzeln in Käfige sperrten, wenn sie ihnen hin und wieder etwas zu essen gäben und ihnen zusehen würden, wie sie mit dem Kopf gegen eine Glasscheibe rennen, bis sie irgendwann sterben?

Meine Mutter öffnete den Mund, um etwas zu sagen, und machte ihn wieder zu. Nach einer Weile machte sie den Mund noch einmal auf, sagte aber nur, dass ich ins Bett gehen solle. Sie lief nach unten, um mir ihre Entspannungs-CDs zu holen. Die halfen aber nichts. Im Gegenteil, ich machte mir nur noch größere Sorgen. Auf einer CD hörte man ein Gewitter mit lautem Donner, und ich stellte mir vor, dass mich ein Blitz traf. Auf der nächsten rauschte das Meer, und ich dachte mir, ich würde ertrinken. Eine andere CD hieß *Regenwald*. Das war die allerschlimmste. Wenn man heutzutage in einen Regenwald geht, hört man wahrscheinlich Motorsägen und Bulldozer und die Schreie von flüchtenden Tieren, deren Behausungen in sich zusammenfallen. Und das soll mich entspannen? Was ich wirklich will, ist, dass mir meine Mom erlaubt, einen Computer in meinem Zimmer zu haben, damit ich zuhören kann, was an Pete's Pond passiert.

Vorsichtig stand ich vom Bett auf und ging ganz leise die Treppe hinunter. Ich guckte ins Arbeitszimmer meiner Mutter, und als sie mich hörte, duckte ich mich und versteckte mich hinter der Couch, damit sie mich nicht mit ihren zornigen Strahlen erwischte.

»Phin, was machst du hier?«, fragte sie. »Warum bist du nicht im Bett? Du weißt ganz genau, dass ich noch zwei Stunden arbeiten muss, nachdem du eingeschlafen bist! Warum störst du mich? Du machst mich noch wahnsinnig! Ich muss eine Deadline einhalten, und ich hab einfach nicht die Zeit, um mich mit dir hinzulegen, das geht einfach nicht, Phin!«

»Ich weiß«, sagte ich, »aber ich kann nicht schlafen, und die CDs helfen überhaupt nicht.« Sie seufzte tief, dann knallte sie ihr Buch zu und ging mit mir die Treppe hinauf. Ich lief schnell voraus, weil ich sie nicht direkt hinter mir spüren wollte. Sie kann einem richtig Angst machen, wenn sie zornig ist.

Manchmal sehe ich meine Mutter an und sage *Mom, Mom, Mom,* immer wieder, und je öfter ich es sage und sie ansehe, umso weniger kommt sie mir vor wie meine Mutter. Sie wird mir immer fremder, je länger ich sie anstarre und das Wort *Mom* denke. Es ist fast so, als würde sie eine Außerirdische werden, und wenn ich es zu lange mache, bekomme ich Angst und muss schnell wegsehen. Wenn ich sie dann wieder ansehe, ist sie plötzlich ganz normal.

Aber jetzt war meine Mutter sauer auf mich, und darum war sie überhaupt nicht normal. Dann legte sie sich aber mit mir hin und wurde doch wieder normal. Vor allem nachdem sie eingeschlafen war.

Ich hörte zu, wie sie schnarchte, und dachte wieder an

Knuddel. Ich frage mich, ob man ihn nicht befreien könnte. Ich werde mit Bird darüber sprechen.

Meine Mutter sagte mir, dass sie nach der Schule mit mir zu einem Psychologen gehen würde. Sein Name ist Dr. Barrett, und sie meint, dass er Kindern helfen könne, die irgendein Problem haben, wie zum Beispiel, dass man sich über etwas große Sorgen macht. Ihre Augenbrauen zogen sich zusammen, und ihre Lippen wurden ein bisschen dünner, als sie mir das erklärte. Ich sagte zu ihr, dass *sie* so aussehe, als würde sie sich Sorgen machen, nicht ich, und dass vielleicht sie zu einem Psychologen gehen sollte. Vielleicht, sagte sie, sie werde mit ihm auch über ihre Probleme reden. Ich frage mich, ob sie damit mich meint.

Auf dem Green Channel habe ich gesehen, dass Psychologen manchmal Tiere in Käfige sperren, um irgendwelche Experimente mit ihnen zu machen. Viele Wissenschaftler, die für große Firmen arbeiten, halten Tiere so, um Seifen und Shampoos an ihnen zu testen. Kaninchen, Mäuse, Meerschweinchen, Hamster und Frettchen werden festgeschnallt, damit sie sich nicht mehr bewegen können, dann bekommen sie Chemikalien auf die Haut und in die Augen. Manchmal geben ihnen diese Leute nicht einmal Schmerzmittel, weil sie wissen wollen, wie weh es tut. Es kommt sogar vor, dass sich die Tiere das Genick oder die Wirbelsäule brechen, wenn sie versuchen, den Schmerzen zu entfliehen.

Diese Wissenschaftler behaupten, dass Tierversuche absolut notwendig seien. Das kann ich nicht glauben, weil andere Firmen die gleichen Tests nämlich ganz ohne Tierversuche machen. Wie kann es dann absolut notwendig sein?

Meine Mutter sagt, dass Dr. Barrett nur mit Menschen

arbeitet, nicht mit Tieren. Aber ich weiß trotzdem nicht so recht, was ich von der ganzen Sache halten soll.

Heute war ich bei Dr. Barrett. Nachdem er mir erklärt hatte, wer er ist – jemand, der mir helfen könne, damit ich mir weniger Sorgen mache –, fragte er mich, ob ich über etwas Bestimmtes sprechen wolle. Ich sagte nichts, darum redete die meiste Zeit nur er.

»Du weißt doch, was ein Gedanke ist, nicht wahr, Phin?«, fragte er.

Ich sagte ja. Mir waren übrigens selbst schon ein paar Gedanken durch den Kopf gegangen, nachdem ich mich auf den Sessel gesetzt hatte, der zu hoch für mich war. Genauer gesagt waren es vier Gedanken:

1. Dr. Barrett riecht nach Parmesankäse.
2. Ich hasse Parmesankäse.
3. Der Käse riecht wie Kotze, weil er eine ähnliche Molekularstruktur hat.
4. Die US-Armee versucht einen Geruch für Stinkbomben zu finden, den wirklich alle grauenhaft finden, aber sie finden keinen – nicht einmal Klogerüche sind schlimm genug.

»Du weißt auch, was eine Tatsache ist, nicht wahr, Phin?«

Ich sagte ja. Er fragte mich nach einer Tatsache, und ich erzählte ihm, dass der Pistolenkrebs eine große und eine kleine Schere hat. Wenn er die große Schere schließt, dann stößt er einen blitzschnellen Wasserstrahl aus, und das gibt einen richtig lauten Knall – das lauteste Geräusch, das irgendein Tier auf der Erde machen kann. Ein Sonar-Operator in einem U-Boot kann davon taub werden. Dr. Barrett sagte: »Das ist wirklich interessant, Phin. Und diese Tatsache hast du zusammen mit vielen anderen Gedanken im Kopf, nicht wahr?«

Ich nickte.

»Nun, ich erzähle dir auch einen Gedanken, Phin: Ich denke gerade an ein violettes menschenfressendes Monster. Ist dieser Gedanke so wie deiner über den Pistolenkrebs? Ist dieser Gedanke auch eine Tatsache?«

Ich schüttelte den Kopf, aber ich hatte das Gefühl, dass er mich in eine Falle locken wollte.

»Gedanken und Tatsachen sind also nicht unbedingt das Gleiche, nicht wahr, Phin?«

Ich nickte.

»Hast du gewusst, dass Gedanken auch Gefühle erzeugen?«

»Ja«, antwortete ich.

»Worauf es ankommt, Phin, ist, dass man weiß, dass viele der Gedanken, die einen traurig oder besorgt machen, nicht wirklich Tatsachen sind – oft sind es nur Dinge, die man sich eben vorstellt. Wenn ich zum Beispiel an ein großes violettes menschenfressendes Monster denke und mir vorstelle, dass es mich hier in meinem Büro verfolgt, dann bekomme ich Angst. Hättest du Angst, wenn du dir so etwas vorstellst?«

Ich sagte, ja, das hätte ich.

»Wenn ich einen solchen Gedanken habe, dann sage ich mir: ›Ein Gedanke ist nicht immer eine Tatsache.‹ Und dann stecke ich den Gedanken in meiner Fantasie in eine Blase und schicke ihn weg«, erklärte Dr. Barrett. »Wie wär's, wenn du es genauso machen würdest mit den Gedanken, die dir Sorgen machen, Phin? Was für ein Gedanke macht dir denn momentan große Sorgen?«

»Na ja«, sagte ich, »ich mache mir Sorgen wegen des Korallenfingerfroschs, den wir als Haustier in unserer Klasse haben. Ein Korallenfingerfrosch sollte nicht in einem Käfig hier in Kanada sitzen. Und ich denke auch oft daran, dass Tiere aussterben und dass die Erde stirbt.«

»Machen dir diese Gedanken so große Sorgen, dass du manchmal nicht schlafen kannst?«, fragte Dr. Barrett.

»Ja.«

»Vergiss nicht, ein Gedanke ist nicht immer eine Tatsache. Eine Tatsache ist so etwas wie zwei mal drei ist sechs oder dass Pistolenkrebse laute Geräusche machen. Aber ein Gedanke kann auch etwas sein, das man sich nur einbildet – und dann fühlt man sich schlecht oder macht sich Sorgen, wie es bei dir gerade ist. Wie wär's, wenn wir diese Gedanken in eine Blase stecken und sie wegschicken? Wie wär's ...«

»Aber das sind nicht bloß Gedanken. Es ist eine Tatsache, dass Knuddel nicht in einem Käfig leben sollte. Er sollte in seiner natürlichen Umgebung sein. Und es ist auch eine Tatsache, dass viele Tierarten auf der Erde aussterben. Ein Viertel der Säugetiere sind schon gefährdet. Wenn Sie mir nicht glauben, brauchen Sie nur auf der Roten Liste der bedrohten Arten der Weltnaturschutzunion nachzusehen«, sagte ich.

Dr. Barrett schwieg einige Augenblicke. Dann sagte er, er wolle mir etwas zeigen, das mir helfen würde, mich zu beruhigen. Dann könne ich auch wieder besser schlafen. Er sagte, ich solle mich bei jedem Atemzug auf ein Wort konzentrieren, mit dem ich andere Gedanken aus meinem Kopf vertreiben könne.

»Welches Wort?«, fragte ich.

»Wie wär's mit dem Wort *Ruhe*?«, schlug er vor. »Eine tiefe Ruhe, wie man sie im Wald spürt oder wenn man in den Sternenhimmel schaut.«

Ich sagte, das Wort *Ruhe* wäre nicht so gut, weil ich dann wirklich an den Sternenhimmel denken würde, und auch daran, was alles auf die Erde fallen könnte – Meteoriten, Asteroiden und vielleicht sogar Kometen.

Ich erklärte ihm, dass Kometen nicht so gefährlich wie Asteroiden seien, weil sie größere Umlaufbahnen hätten, auf denen sie der Erde nicht so oft nahe kämen. »Aber das heißt nicht, dass sie überhaupt nicht gefährlich sind«, fügte ich hinzu. Ich erzählte ihm, dass die Chance eins zu 5000 sei, dass ein Asteroid oder ein Komet in den nächsten hundert Jahren auf der Erde einschlägt, was eine relativ große Chance sei – ungefähr gleich groß wie bei einem Flugzeugabsturz zu sterben, wenn man zweimal im Jahr fliegt. Und es dürfte auch wahrscheinlicher sein, als dass ein Amokläufer in unsere Schule kommt und auf uns schießt – und darauf hat uns meine Lehrerin vorbereitet.

»Okay«, sagte er, »dann lassen wir uns am besten ein Wort einfallen, das gar nichts bedeutet.«

Das wäre dann aber kein richtiges Wort, dachte ich mir, behielt es aber für mich.

Er fragte mich, welches Wort ich mir vorstellen könnte, aber mir fiel keines ein. »Probier es doch einfach aus«, schlug er vor. »Nimm irgendeinen Laut, der dir in den Sinn kommt.«

Ich überlegte eine Weile, dann sagte ich: »Wie wär's mit *Turu*?« Ich weiß nicht, wie ich auf dieses Unwort kam.

»Das ist ein gutes Wort«, freute er sich. »Probiere es in deinem Kopf aus, sag *Turu Turu Turu*.«

Ich sagte also *Turu Turu Turu*, aber beim zweiten *Turu* kam mir das Wort irgendwie bekannt vor. Ich glaube, *Turu* ist eine Kultur in Afrika oder Asien, über die ich einen Film auf dem Discovery Channel gesehen habe. Das wiederum erinnerte mich an das Buch über Asien, das ich letzte Woche gelesen hatte, über den Tsunami. Plötzlich war ich gar nicht mehr entspannt.

Ich sagte zu Dr. Barrett, dass dieses Wort auch nicht das richtige wäre, weil es mich beunruhigen würde. Er fragte, warum, und ich erklärte es ihm. »Okay«, sagte er, »dann erfinden wir ein neues Wort.« Ich überlegte und überlegte, bis mir schließlich das Wort *Buba* einfiel. »Gut«, meinte er. »Sag *Buba Buba Buba* in deinem Kopf, und sonst nichts.«

Also versuchte ich es. Diesmal kam ich bis zum dritten *Buba*, dann musste ich wieder an etwas denken, das gar nicht beruhigend war. Ich versuchte, es schnell wieder zu vergessen, indem ich noch einmal *Buba* sagte, aber es funktionierte nicht. Ich wiederholte ganz schnell *Buba Buba Buba Buba*, und es kam mir vor, als würde eine Rockband von Außerirdischen in meinem Kopf *Buba* singen, und es waren keine netten Außerirdischen, nein, sie sahen ziemlich furchterregend aus – jeder mit zehn Tentakeln am Kopf und zehn Mündern, die alle *Buba* riefen. Je länger ich *Buba* sagte, umso wirklicher kamen mir die Außerirdischen vor. Und was kann schlimmer sein, als etwas richtig Beängstigendes im wichtigsten Teil des Körpers zu haben? Das einzige Lebewesen, das mir einfällt, das ohne Gehirn leben kann, ist die Küchenschabe – und auch das nur für ungefähr neun Tage.

Ich rutschte auf meinem Sessel hin und her, und Dr. Barrett fragte mich, was los sei. Ich sagte ihm, dass mich *Buba* an die Beulenpest erinnerte, die nach dem lateinischen Wort *bubo* für Beule auch Bubonenpest heißt.

»Okay«, sagte Dr. Barrett, »wie wär's mit Wörtern wie Sicherheit, Geborgenheit oder Wärme?«

Ich erklärte ihm, dass ich bei *Wärme* an die Erderwärmung denken müsse, und das sei überhaupt nicht beruhigend.

»Na gut«, beschloss Dr. Barrett. »Dann lassen wir das für heute. Wir versuchen es beim nächsten Mal wieder.«

Als ich heute von der Schule nach Hause kam, sagte meine Mutter: »Komm mal her, Phin, ich möchte dir etwas Cooles zeigen.« Ich wollte meine Jacke ausziehen, aber sie winkte ab. »Nein, die solltest du vielleicht anlassen, Phin, es ist nicht bloß cool, es ist richtig kalt.« Ich verdrehte nur die Augen, und sie sagte: »Verdreh nicht die Augen wie eine alte Kuh.«

Ich setzte mich neben Mom, und sie zeigte mir einen Brief von Oma, mit einem Foto, das mein Onkel John von ihr geknipst hatte, wie sie auf dem zugefrorenen Fluss Schlittschuh läuft. Der Fluss sah aus wie eine große Glasscheibe. Sie schrieb, dass sie bis zum Grund des Flusses sehen könne, weil das Eis so klar sei. Sie erzählte, dass sie drei Kilometer den Fluss hinuntergelaufen sei und wieder zurück und dass der Fluss seit fünfzehn Jahren nicht mehr so ideal zum Eislaufen gewesen sei, weil sonst fast immer Schnee darauf liege, nur heuer nicht.

Ich sagte meiner Mutter, dass das an der Erderwärmung liege. Dazu würden auch die Fürze und Rülpser von Farmtieren beitragen, von denen 17 Prozent des Methangases in der Atmosphäre stammen.

»Phin, wird dein Hirn denn nie müde? Schreit es nicht manchmal ›Aufhören, bitte! Du bringst mich ja um!‹«

»Nein.«

»Was hältst du davon, wenn wir Oma dieses Wochenende besuchen und auch ein bisschen Schlittschuh laufen?«

»Ja!« Ich besuche meine Großmutter wirklich gern – aber ich erinnerte meine Mutter daran, dass ich nicht besonders gut Schlittschuh laufe. Genau genommen falle ich mehr, als dass ich laufe. Beim letzten Mal, als wir auf der Eisbahn waren, fiel ich so oft hin, dass sich mein Hintern anfühlte wie eine zerschlagene Pinata-Figur.

»Aber es fällt kein Meister vom Himmel, sondern immer

erst einmal auf den Hintern. Wenn du fleißig übst, dann schaffst du es schon.«

»Üben hilft auch nicht immer«, erwiderte ich. »Bird und ich versuchen schon seit zwei Wochen, uns mit der Zunge am Ellbogen zu lecken, aber wir haben es immer noch nicht geschafft. Bird ist näher dran, weil er die längere Zunge hat. Seine Zunge ist fast ein bisschen gruslig, weil sie aussieht wie von einem Gila-Monster, nur dass sie nicht gespalten ist.«

Ich glaube nicht, dass alles möglich ist, wenn man es nur will, wie sie auf *PBS Kids* sagen. Ich glaube, die einzige Möglichkeit, wie wir es noch schaffen können, am Ellbogen zu lecken, wäre, dass er an meinem Ellbogen leckt und ich an seinem. Aber das wäre ziemlich krass, und ich werde es bestimmt nicht erwähnen, sonst kommt er womöglich noch auf die Idee, es probieren zu wollen.

»Gut«, sagte meine Mutter, »manche Dinge sind wirklich unmöglich, da hast du recht, aber Schlittschuh laufen gehört nicht dazu.«

Heute war ein *Cac*-Tag in der Schule. Meine Mutter holte mich ab, und ich ließ mich von ihr nach Hause fahren, weil ich nicht einmal mehr genug Energie hatte, um zu Fuß zu gehen. Ich fühlte mich, als hätte mich Lyle vollkommen ausgesaugt. Er ist so ähnlich wie ein Dementor in den Harry-Potter-Büchern, nur dass er mich gar nicht erst mit den Lippen berühren muss, um mir die Lebensenergie auszusaugen. Bei Harry Potter haben die Dementoren keine Augen und einen unförmigen Schlund als Mund, und sie leben an den dunkelsten, schmutzigsten Orten und verbreiten eine eisige Kälte um sich. Vielleicht hat die Frau, die diese Bücher geschrieben hat, Lyle getroffen.

Ich erzählte meiner Mom, wie Lyle an meinem Tisch vorbeigegangen war und absichtlich mein Federmäppchen hinuntergestoßen hatte. Meine Bleistifte und Filzstifte, Radiergummi und Essensgeld – alles hatte er über den ganzen Boden verstreut. Lyle hatte mich angesehen und nur gelacht. Kaitlyn half mir, alles aufzuheben, aber während wir zusammen auf dem Boden herumkrochen, musste ich ständig daran denken, dass ihre verlausten Haare die meinen berühren könnten, und das war kein angenehmer Gedanke.

Ich sagte meiner Mutter, dass ich Lyle wirklich gern ins Gesicht sagen würde, wie sehr ich ihn hasse. Sie nickte und meinte, dass sie das verstehen könne, dass es aber das Problem nicht lösen würde. Ich sagte, kann sein, aber ich würde mich wenigstens für einen Moment besser fühlen.

Dann verriet ich ihr, dass ich gern das F-Wort zu ihm sagen würde.

»Welches F-Wort?«, fragte sie.

»Du weißt schon, das F-Wort.«

»Welches? Furzer?«

»Nein, das wirklich schlimme F-Wort. Das sich auf *Duck* reimt.«

»Oh, das.«

Nach ein paar Sekunden fragte sie: »Was genau würdest du denn zu ihm sagen?«

»Ich weiß nicht… vielleicht ›Lass mich in Ruhe, Lyle, du Fucker‹?«

Sie lachte. »Ja, oder vielleicht ›Fuck off, Lyle‹.«

»Wär mir auch recht«, meinte ich. »Ich glaube, dann würde ich mich besser fühlen.«

»Na gut, dann los, sag es laut zu mir. Sag mir, was du von Lyle hältst«, forderte sie mich auf.

»Wirklich?«

»Klar. Wenn ich sauer auf jemanden bin, dann sage ich das auch immer meinen Freunden, und dabei lasse ich mir auch nicht vorschreiben, was ich sagen oder fühlen darf und was nicht – also, warum sollte es für dich anders sein?«

»Okay«, sagte ich. »Lyle ist ein verfickter Scheiß-Fucker, und ich hasse ihn.«

»Ja, ich verstehe dich gut«, sagte Mom. »Lyle benimmt sich wie ein Fucker. Fühlst du dich jetzt besser?«

»Ja.«

»Gut, aber denk dran, du solltest so etwas wirklich nirgendwo sonst sagen. Die meisten Leute sind ziemlich beleidigt, wenn sie so ein Wort hören.«

Ich sagte, das wäre okay, ich würde es sonst niemandem sagen.

Dann fragte ich sie, was *Fuck* genau bedeutete, und sie antwortete: »Es ist einfach nur ein Schimpfwort.«

»Aber was bedeutet es?«

»Du weißt doch Bescheid – über Fortpflanzung und so, nicht wahr, Phin?«

»Ja, ich weiß, was du meinst.« Das war schon das zweite Mal in dieser Woche, dass sie mich das fragte.

Ich habe ein Buch, das heißt *The Lifecycle of Nature*. Da steht drin, dass Tiere sich fortpflanzen, wenn der Samen des Männchens in das Weibchen kommt, das schon einen Samen hat – und dann wächst aus den beiden Samen das Baby.

Meine Mom sagte: »Wenn ein Mann mit einer Frau zusammen ist und sein Samen in den Körper der Frau kommt, dann nennt man das Sex oder Geschlechtsverkehr. Irgendwer hat vor Jahren einmal ein Schimpfwort dafür erfunden und es *fuck* genannt.«

Aber warum sollte jemand ein Schimpfwort für etwas erfinden, das neues Leben bringt? Wie kann das etwas Schlechtes sein? Warum gibt es dann kein Schimpfwort für Essen – schließlich ist das auch etwas, was für das Leben wichtig ist. Warum gibt es kein Schimpfwort für das Atmen, denn das müssen auch alle Lebewesen tun, um zu überleben. Menschen sind wirklich komisch.

Nach dem Essen legte meine Mutter die Chieftains auf, eine Gruppe, die irische und keltische Musik mit Fiedeln und Flöten macht. Wir nennen sie unsere fröhliche Musik. Meine Mom hat erst vor Kurzem angefangen, sie wieder zu hören. Ich glaube, sie war lange Zeit zu traurig dafür.

Manchmal spielt Mom selbst auf der Fiedel dazu. Sie trifft zwar nicht alle Noten, und dann klingt es ziemlich falsch, aber es ist lustig. Manchmal spielt sie nicht mit, sondern nimmt mich an den Armen und dreht sich mit mir im Kreis, bis es mir vorkommt, als würde ich an der Decke tanzen. Dann bekomme ich das Gefühl, dass mir gleich das Essen hochkommt, aber wenn ich wirklich an der Decke wäre, käme es mir wohl nicht hoch, sondern hinunter.

Wenn wir tanzen, hört Mom gar nicht mehr auf zu lachen. Manchmal mache ich mir richtig Sorgen, wenn sie den Kopf zurückwirft und lacht, aber kein Laut aus ihrem Mund kommt, nicht einmal ein Atmen. Dann stoße ich sie in den Bauch, damit sie wieder laut atmet, aber sie lacht immer noch. Als mein Vater noch bei uns wohnte, tanzte er auch mit. Manchmal hob er mich auf seine Schultern und hüpfte mit mir herum. Das machte meiner Mom ein bisschen Angst, und sie rief: »Will, lass ihn runter! Du schüttelst ihn so durch, dass er sich den Kopf verrenkt!«

An diesem Abend wollte ich aber eigentlich nicht tanzen oder Musik hören, weil auf dem Green Channel eine Sendung kam, die ich sehen wollte. Es ging um Tiger. Tiger und fröhliche Musik passen nicht besonders gut zusammen, denn es gibt nicht einmal mehr 1500 Tiger in Indien. Die Wissenschaftler und Naturschützer, die die Wahrheit darüber erzählen, wie die Tiger dort getötet werden, werden von den Leuten bedroht, die dort Fabriken bauen und Minen graben wollen. Das ist überhaupt nicht lustig.

Es gibt sechsunddreißig Arten in der Familie der Katzen oder *Felidae*, und dreiundzwanzig davon sind gefährdet oder schon vom Aussterben bedroht. Der Iberische Luchs ist dem Aussterben am nächsten, und wenn es ihn nicht mehr gäbe, dann wäre er die erste Wildkatzenart seit 2000 Jahren, die ausstirbt.

Ich war wieder bei Dr. Barrett. Er sagte, er wolle mir eine neue Übung zeigen, die mir helfen würde, mich ruhiger zu fühlen, und ich sagte okay.

»Gut«, begann Dr. Barrett, »dann lehn dich zurück, schließ die Augen und atme tief ein und aus.«

Ich atmete ein, und dann atmete ich aus.

»Fühlen sich irgendwelche deiner Muskeln angespannt an, Phin?«

»Ja.«

»Welche?«

»Die Hände und Arme und Beine und Schultern, und dann noch im Nacken und in der Brust.«

»Okay, dann fangen wir mit deinen Händen und Armen an. Öffne die Hände und lass die Arme locker nach unten hängen, wie du es tätest, wenn du im Bett liegen würdest.«

Ich spreizte die Finger und ließ die Arme auf die Armlehnen des Sessels sinken.

»Das ist sehr gut, Phin. Entspann dich vollkommen«, sagte Dr. Barrett langsam und ganz ruhig, so wie sie mit uns reden, wenn wir eine Amoklauf-Übung in der Schule abhalten.

Nach ein paar Sekunden sagte er: »Also, hast du einen Lieblingsort – einen Ort, wo du dich ganz ruhig und entspannt und glücklich fühlst? Es kann ein echter Ort sein, an dem du schon warst, oder einer, den du dir nur vorstellst. Hast du so einen Ort, Phin?«

»Ja, Pete's Pond.«

»Sehr gut. Wunderbar. Und jetzt geh in deiner Fantasie zu Pete's Pond. Lass es mich wissen, wenn du dort angekommen bist, indem du einen Finger deiner rechten Hand hebst.«

Nach ein paar Sekunden hob ich meinen Finger. Ich dachte an den Honigdachs, den ich vor ein paar Tagen über die Webcam von Pete's Pond gesehen hatte. Der Honigdachs ist zwar relativ klein, nicht größer als ein Stinktier, er wird aber im Buch der Rekorde als das wildeste Raubtier der Welt bezeichnet.

»Es ist ein ruhiger, friedlicher Ort«, sagte Dr. Barrett, »wo alle deine Sorgen verschwinden. »Sieh dich um, betrachte alles, was es hier zu sehen gibt … Was für ein Gefühl ist es, hier zu sein?«

»Es macht mich froh«, antwortete ich. Der Tag, an dem ich den Honigdachs gesehen hatte, war wirklich aufregend gewesen, weil man diese Tiere nicht oft in der Wildnis sieht. Auf der Roten Liste der bedrohten Arten werden sie als gefährdet eingestuft.

»Das ist gut. Du bist in Sicherheit und fühlst dich ruhig und friedlich. Achte auf alles, was du hörst oder nicht hörst an deinem besonderen Ort. Sieh dich um«, sagte Dr. Barrett ganz langsam. Er schwieg eine Minute, dann fügte er hinzu: »Achte auf das, was du riechst … und jetzt auf das, was du fühlst. Sag dir: ›Ich bin entspannt. Alle meine Sorgen sind weg. Ich bin ganz ruhig und friedlich.‹«

Ich sagte mir diese Worte vor und fühlte mich tatsächlich ruhiger. Nach der Übung meinte Dr. Barrett, ich solle immer, wenn ich wollte, in meinen Gedanken zu diesem Ort gehen. Und ich solle mir dabei sagen: »Ich bin ganz ruhig und entspannt hier… Das ist der Ort, wo ich am liebsten bin.« Er fragte mich, ob ich glaube, dass mir das bei meinen Sorgen helfen würde. Ich sagte, manchmal könnte ich es mir schon vorstellen. Er meinte, damit sei er schon einmal ganz zufrieden und ich solle in der kommenden Woche immer wieder üben.

Heute Nachmittag besuchte ich Bird zu Hause, und wir spielten lange im Keller Tischtennis. Bird spielt sehr gut. Ich nicht. Fast jedes Mal wenn ich den Ball traf, flog er an die Decke. Dann landete er irgendwo auf dem Fußboden und rollte unter die Couch oder hinter irgendwelche Spielsachen, und wir mussten ihn suchen. Ich glaube, wir haben mehr gesucht als gespielt. Einmal schnappte sich Birds Hund Ranger den Ball, und Bird musste in seinen Mund greifen und ihn herausholen. Danach war ein bisschen Sabber von Ranger in dem Ball, und er spritzte eine Zeit lang jedes Mal heraus, wenn wir den Ball trafen.

Bird sagt, dass seine Hündin eigentlich eine ziemliche Nervensäge sei und eine Menge Arbeit mache, weil er und sein Bruder mit ihr Gassi gehen und ihre Kacka aufheben müssten. Manchmal wenn Bird auf der Straße geht und ein Auto kommt, schubst ihn Ranger und wirft ihn auf den Bürgersteig. Ich glaube nicht, dass mir das so viel ausmachen würde. Ich hätte jedenfalls sehr gern einen Hund. Aber Mom meint, dass

Fiddledee im Moment genug sei und dass unsere Katze es sicher nicht gern hätte, wenn sie meine Aufmerksamkeit mit einem anderen Tier teilen müsste. Wenn ich groß bin, werde ich aber bestimmt eine Menge Tiere haben – mindestens sechs oder sieben.

In der englischen Sprache ist das Wort für Hündin *bitch*. Einmal sagte Bird das Wort *bitch*, aber er meinte es als Schimpfwort. Als ich ihm erklärte, was das Wort eigentlich bedeutet, war er ein bisschen sauer auf mich, weil ich ihm den Spaß verdorben hatte. Aber dann fing er an, alle Leute, die ihn ärgerten, ein Hundeweibchen zu nennen. Er sagte Sachen wie »Hau ab, du Hundeweibchen«. Und er fragte mich, ob man das Hundemännchen vielleicht *bastard* nannte. Das hätte ihm gefallen, denn dann hätte er sagen können: »Hau ab, du Hundemännchen«, und das wäre auch lustig gewesen. Aber ich erklärte ihm, dass ein Bastard ein Mischling ist.

Während Bird und ich den Tischtennisball suchten, hörten wir Birds Eltern oben streiten. Zumindest hörte es sich für mich wie ein Streit an. Ich konnte nicht verstehen, was sie sagten, aber es war so laut wie der Streit, den meine Eltern hatten, bevor mein Dad sich eine eigene Wohnung nahm.

»Äh, Bird«, sagte ich zu ihm, »es klingt so, als hätten deine Eltern einen Streit.«

»Ja«, sagte Bird.

»Macht dir das keine Sorgen?«

Bird sah mich an, als wäre ich verrückt, und zuckte mit den Schultern. »Nein, es geht wahrscheinlich um meinen Bruder. Meine Mutter schreit ihn an, und mein Dad sagt, sie soll ihn in Ruhe lassen, weil er gerade eine große Veränderung durchmacht – ihm wachsen überall am Körper Haare und so was. Ich glaube, er verwandelt sich in einen Werwolf.«

Ich sagte nichts mehr, weil ich ihn nicht beunruhigen wollte.

Insgeheim hoffe ich, dass er nicht auch »eins von diesen Kindern« wird. Dann würde es ihm so gehen wie mir. An einem Tag hätte er noch eine ganze Familie, und am nächsten Tag nur noch eine halbe. An einem Tag hätte er einen Vater, der achtzig Prozent des Jahres zu Hause ist, der ihn in den Schwimmkurs bringt und mit ihm Schach spielt, der mit ihm isst und Bücher liest und über alle möglichen Dinge mit ihm redet – und am nächsten Tag würde er einen Vater haben, der nur noch zwanzig Prozent des Jahres da ist und mit dem er fast nur noch am Telefon spricht oder E-Mails austauscht. Und das könnte von einem Moment auf den andern passieren.

Ich glaube, es war gut, dass ich Bird das nicht gesagt habe. Es hat keinen Sinn, ihn zu verunsichern, weil er es sowieso nicht verhindern könnte. Lieber mache ich mir Sorgen für uns beide.

Heute war ich wieder bei Dr. Barrett – schon zum zweiten Mal in einer Woche. Er fragte mich, ob es irgendetwas gäbe, worüber ich reden wolle, und als ich nein sagte, meinte er: »Gut, Phin, dann unterhalten wir uns heute weiter über Tatsachen.«

Na toll, jetzt fängt das wieder an, dachte ich, aber ich behielt es für mich.

»Weißt du, was *Propaganda* ist, Phin?«

»Ja.«

»Nun, das ist gut. Weißt du auch, dass manche Leute im Green Channel Dinge sagen, damit du und die anderen Zuschauer sich Sorgen um die Umwelt machen? So bekommen sie mehr Geld für ihre Projekte zusammen oder können Druck auf die Regierung ausüben, damit sie ihre Vorhaben unterstützt. Tun diese Leute das – bitten sie die Zuschauer um Geld?«

Ich nickte.

»Nun, die Leute im Green Channel bekommen noch viel mehr Geld zusammen, wenn die Zuschauer sich Sorgen um die Tiere machen.«

Das versteht sich von selbst. Warum sollte ich etwas tun, wenn mir eine Sache völlig egal ist und ich mir überhaupt keine Sorgen mache? Schließlich ist es immer einfacher, nichts zu tun.

Dr. Barrett meinte, ich solle ihm von einer beunruhigenden Sendung erzählen, die ich im Green Channel gesehen hätte. Ich berichtete ihm von einer Sendung über Massentierhaltung. Aus solchen Tierfabriken kommt das meiste Fleisch in den Lebensmittelgeschäften. Die Kühe, Schweine und anderen Tiere werden dort in winzigen Boxen gehalten, wo sie ihr ganzes Leben lang stehen, sitzen oder liegen.

Sie entwickeln überhaupt keine Muskeln in den Beinen, weil sie sich fast nicht bewegen können, und reiben sich wund in den engen Boxen. Sie verbringen ihr ganzes Leben da drin. Ihr ganzes Leben.

»Hmmm«, sagte Dr. Barrett. »Sie haben bestimmt viele Bilder von Tieren gezeigt, die so eingepfercht sind, und das hat dich ziemlich traurig gemacht, stimmt's?«

»Ja«, sagte ich.

»Okay, Phin, ich denke, die Sache ist ein bisschen komplizierter, als sie dort dargestellt wird. Mit solchen Tierfabriken verdienen viele Leute auf der ganzen Welt genug Geld, um für sich und ihre Familien etwas zu essen und Kleider kaufen zu können. Haben sie das in der Sendung auch erwähnt?«

»Nicht direkt.«

»Wenn du den anderen Teil der Geschichte kennst – was ich dir gerade gesagt habe –, würdest du dann immer noch sagen, dass man die Massentierhaltung abschaffen sollte?«

Ich nickte.

»Aber, Phin, was ist mit den vielen Menschen, die von der Tierhaltung leben und die sonst nicht überleben könnten?«, erwiderte Dr. Barrett.

»Meine Großmutter sagt, dass die Bauern mit biologischer Landwirtschaft auch Geld verdienen. Sie meint, wenn man die Tiere hinaus auf die Wiesen lässt, sind sie gesünder und brauchen keine Antibiotika und dieses ganze Zeug, um gesund zu bleiben. Das heißt, dass das Fleisch von diesen Tieren auch gesünder ist für die Menschen. Und auch wenn sie am Ende gegessen werden, so werden die Tiere vorher wenigstens human behandelt.«

Ich musste einen Moment über das Wort *human* nachdenken – immerhin bedeutet es so viel wie *menschlich*. Ist es nicht irgendwie ironisch, wenn die »humane Behandlung« der Tiere mit dem Tod endet?

»Nun, Phin, ich will deiner Großmutter nicht widersprechen, aber ich glaube, dass die Sache noch ein bisschen komplizierter ist. Ich denke, die Farmer, die Massentierhaltung betreiben, haben gute Gründe dafür, dass sie es so machen. Nur so können sie genug Lebensmittel für alle erzeugen und dabei auch noch Geld verdienen.«

Ich glaubte ihm nicht. Ich denke, sie machen es einfach deshalb so, weil sie können. »Auf dem Green Channel sagen sie, dass es nicht so sein müsste«, erklärte ich Dr. Barrett.

»Nun, ich würde trotzdem sagen, dass die Sache viel komplizierter ist, als die Leute vom Green Channel sie darstellen. Die Firmen müssen einen Gewinn erwirtschaften, damit die Angestellten dort ihre Jobs behalten und sich und ihre Familien ernähren können.«

»Meine Großmutter sagt, dass 0,2 Prozent der Menschen auf der Welt mehr als 25 Prozent des gesamten Weltvermögens besitzen. Darum denke ich mir, wenn so viel Reichtum da ist, müsste man doch eigentlich alles so einrichten können, dass die Tiere und die Umwelt nicht mehr zerstört werden.«

»Nun, Phin, das wäre sicher schön, aber die freie Marktwirtschaft funktioniert nun einmal so, dass Reichtum angehäuft wird, das können wir nicht ändern.«

»Warum erzählen die Leute den Kindern, dass wir alle gleich sind und dass man alle Menschen gleich behandeln soll, wenn die Welt in Wirklichkeit gar nicht so ist?«, fragte ich Dr. Barrett.

Wenn Mrs. Wardman darüber redet, dass man rücksichtsvoll sein soll, dann hören ihr nur die Kinder zu, die sowieso schon rücksichtsvoll sind. Andere wie Lyle hören gar nicht hin. Und was heißt das? Die netten Kinder werden noch netter, und die nicht so netten, rücksichtslosen Kinder nehmen sich immer mehr von den anderen, ohne dass die sich wehren. Das mit dem Teilen würde vielleicht funktionieren, wenn wir alle Kapuzineraffen wären, aber manche Menschen sind mehr wie Schimpansen. Alphaschimpansen geben nur den Tieren etwas, von denen sie am ehesten etwas zurückbekommen. Ein Möchtegernalphatier pflegt dem Alphaschimpansen nur deshalb das Fell, damit der ihn nicht daran hindert, sich mit einem Weibchen zu paaren.

Dr. Barrett wechselte das Thema. »Phin«, sagte er, »möchtest du noch ein paar Entspannungsübungen lernen?«

Dann versuchten wir uns zu entspannen ... und hörten auf, an beunruhigende Tatsachen zu denken.

Eines frage ich mich aber: Kann es sein, dass Dr. Barrett für die Alphamenschen arbeitet? Ich glaube nämlich, dass er derjenige mit der Propaganda ist.

An diesem Abend zog meine Mutter ihre neue weiße Hose und ihre graue Lieblingsbluse an, die aus dem Lebenswerk einer Seidenraupe hergestellt wurde. Sie erklärte, dass sie zu einem Interview über das Problem der Obdachlosigkeit in unserer Stadt müsse und dass Rena, meine Babysitterin, käme.

Ich mag das Wort *Babysitter* nicht, weil ich kein Baby mehr bin. Das Wort *Kinderbetreuerin* gefällt mir besser. Die Sache mit Rena ist allerdings die, dass man sie auch nicht wirklich als Betreuerin bezeichnen kann. Wenn die Erdmännchenmütter zur Jagd gehen, kümmern sich die untergeordneten, jüngeren Tiere um die Babys. Sie spielen mit den Kleinen, laufen mit ihnen herum und lassen sie auf sich herumklettern. Es ist ja nicht so, dass ich auf Rena herumklettern will, aber ein bisschen Karten spielen oder Schach wäre ganz nett. Aber alles, was Rena tut, ist telefonieren.

Beim Hinausgehen schlang sich Mom einen blauen Schal um den Hals und trug ein wenig von der Handcreme auf, die nach Jasmin riecht. Sie tupfte sich sogar ein bisschen davon auf den Hals. Als sie den Reißverschluss ihrer Lederstiefel zuzog, fiel mir auf, dass ihr Gesicht glatter aussah als sonst und ihre Augen größer, und dass sie dicke rote Lippen hatte. Da bemerkte ich, dass sie sich geschminkt hatte. Das tut sie fast nie.

»Mom, wo gehst du hin?«, fragte ich.

»Ich hab's dir doch gesagt, Phin – zu einem Interview mit einem Mann, der mit Obdachlosen arbeitet«, antwortete sie.

»Sonst nichts?«, fragte ich.

»Nein«, antwortete meine Mutter, »aber es könnte sein, dass ich nachher noch irgendwo eine Kleinigkeit esse. Warum fragst du?«

»Nur so«, sagte ich.

Als Mom weg war, schrieb ich an meinen Reull-Geschichten und sah mir eine Sendung auf dem Green Channel an. Ich verdrückte eine Menge Chips, weil niemand da war, der mir zuschaute. Rena hörte nicht mehr auf zu telefonieren, nicht einmal als Fiddledee einen Teller von der Arbeitsplatte warf und er auf dem Boden zerbrach. Sie legte erst auf, als sie ein Auto in der Zufahrt hörte.

Ich lief zur Haustür und sah durch das kleine Fenster hinaus. Dabei wäre ich fast an einem Chip erstickt. Es war nicht das Auto meiner Mutter, das da in der Zufahrt stand. Sie saß in einem glänzenden roten Wagen.

Ich öffnete die Haustür und wartete. Meine Mom redete mit einem Mann, der neben ihr im Auto saß. Es war Brent!

Ich stemmte die Hände in die Hüften. Sie redeten weiter, so als würden sie mich gar nicht sehen.

Ich lief in Socken die Zufahrt hinunter, obwohl es draußen superkalt war. Ich starrte auf das Auto. Sie drehten sich nicht einmal zu mir um.

Ich ging zu der Seite des Wagens, auf der meine Mutter saß, und beugte mich mit dem Gesicht ganz nah an die Glasscheibe. In dem Moment sah mich Brent und drehte ruckartig den Kopf zur Seite, als hätte ihn jemand geschlagen. Der Kopf meiner Mutter drehte sich zu mir herüber. Sie schaute genauso wie einmal, als ich sie dabei erwischt hatte, wie sie meine Halloween-Süßigkeiten aß. Dann winkte sie kurz.

Sie stieg aus dem Wagen. Brent beugte sich über den Sitz und sagte: »Hi, Phin. Wie geht's dir?«

»Gut«, sagte ich, drehte mich um und ging wortlos zum Haus zurück.

Ich bestrafte meine Mutter mit Schweigen. Ich tat so, als würde ich gar nicht zuhören, als sie mir erklärte, dass sie ein paar Gläser Wein getrunken habe und darum nach dem Essen nicht mit ihrem Auto heimfahren wollte. Ich ließ mir nicht einmal etwas von ihr vorlesen, bevor ich ins Bett ging.

Mein Dad hat heute Abend angerufen, um mit meiner Mom zu sprechen. Ich hörte nicht alles, was sie sagte, weil der Geschirrspüler lief, was das Lauschen ziemlich erschwerte. Es war aber offensichtlich, dass sie wegen irgendetwas stritten. Ich hoffe nur, dass es nicht um mich ging.

Ich fragte meine Mom nicht, worüber sie mit Dad gestritten hatte, weil ich nicht wollte, dass sie etwas über Dad sagte, was ich nicht hören wollte. Sie hat bis jetzt nur wenig schlechte Dinge über ihn gesagt, aber ich frage mich, ob davon nicht noch viel mehr in ihr drin ist. Ich will das alles nicht hören, vor allem weil ich etwas von Dad in mir habe. Deswegen und weil ich weiß, dass das Thema sie aufregt, rede ich mit meiner Mom nicht gern über Dad.

Manchmal schicke ich Dad eine E-Mail, in der ich schreibe: »Dad, du bist der beste Dad auf der Welt. Alles Liebe, Phin« – auch wenn nicht Vatertag ist. Ich zeichne ihm auch Bilder von unserer Familie mit mir in der Mitte. Meiner Mutter gefiel das erste von diesen Bildern nicht, das ich nach der Scheidung malte. Als sie es sah, setzte sie sich mit mir hin und erklärte mir nochmal ausführlich, dass sie und Dad jetzt getrennt seien und so weiter – noch ein Grund, dass ich das Thema Dad nicht anschneide. Einmal sagte sie, dass es nichts mit mir zu tun habe, sondern dass sie und er einfach nicht miteinander zurechtgekommen wären, und dass ich keine Schuldgefühle haben solle. Das tröstete mich überhaupt nicht. Ich wünschte, es wäre meine Schuld gewesen, denn dann könnte ich es vielleicht wiedergutmachen. Nach diesem Gespräch zeichnete ich Mom auf dem Bild Hörner. Aber dann bekam ich ein schlechtes Gewissen und radierte sie wieder aus. Wenn ich jetzt Bilder von uns drei zeichne, dann zeige ich sie ihr nicht.

Ich hoffe immer, dass Dad an mich denkt, wenn er die Briefe und Bilder sieht, die ich ihm schicke, und dass ihm vielleicht einfällt, dass er mich vermisst, und dass er dann heimkommt und bei mir bleibt. Aber bis jetzt hat es nicht funktioniert.

Heute ist etwas passiert, das mich sehr schockiert hat. Als ich es hörte, wurde mein Körper ganz kalt, und meine Zähne begannen zu klappern. Es war etwas, das ich nie erwartet hätte – nicht in einer Million Jahre. Es war etwas Schlimmeres als der Klang von Lyles Stimme, etwas Schlimmeres als Kopfläuse zu bekommen, etwas Schlimmeres als wenn einem eine Woche lang die Augen mit Zahnstochern offen gehalten werden: MEINE MUTTER SAGTE MIR, DASS ICH DEN GREEN CHANNEL NICHT MEHR SEHEN DARF!

Nach dem ersten Schock wurde ich super-mega-unendlich wütend, und mein ganzer Körper wurde heißer als normal. Jetzt habe ich eine solche Wut in mir, dass ich praktisch verbrenne, und mein Kopf summt wie ein ganzer Bienenstock. Meine Arme zittern so sehr, dass ich sie nur dann ruhighalten könnte, wenn ich etwas packen würde, wie zum Beispiel Dr. Barretts Hals. Ich weiß genau, dass dieser verdammte Psychologe dahintersteckt, denn nachdem ich bei ihm war, hat er mit meiner Mutter gesprochen, und sie hat mir dann diesen SCHRECKLICHEN, UNFASSBAREN SCHOCK versetzt. Das ist kein Zufall.

Ich schrie meiner Mutter ins Gesicht, dass das ungerecht ist. Dass sie mein Leben ruiniert und dass ich mich nicht auf meinen Beruf vorbereiten könne, wenn sie mich nicht den Green

Channel sehen lässt! Ich fragte sie, wie es ihr gefallen würde, wenn man es ihr verbieten würde, sich auf ihre Arbeit vorzubereiten.

»Phin«, sagte sie, »das ist nur zu deinem Besten. Es gibt zu viel auf dem Green Channel, das dir Sorgen macht.«

»Es ist nicht der Green Channel, der mir Sorgen macht!«, rief ich zurück. »Es ist das Aussterben der Tiere! Alle sollten sich deswegen Sorgen machen! Warum macht es dir nichts aus?«

»Phin«, sagte sie streng, »es gibt nichts zu diskutieren. Ich bin deine Mutter, und ich habe beschlossen, dass es so am besten für dich ist. Wenn du dir in Ruhe anhören willst, warum ich mich so entschieden habe, dann gern – aber nicht in diesem Ton.«

»Ich will eine andere Mutter!«, schrie ich. »Das ist nicht das Beste für mich! Ich brauche Eltern, die bessere Entscheidungen treffen!«

Sie drehte sich um und ging ins Badezimmer. Ich schrie ihr durch die Badezimmertür hinterher. Dann rannte ich in mein Zimmer und knallte die Tür zu. Ich weinte sehr lange. Schließlich kam meine Mutter an meine Tür.

»Phin«, sagte sie, »was hältst du davon, wenn wir ein bisschen Karten spielen?«

»Nein!«, schrie ich.

»Oder zusammen zeichnen?«

»Nein!«, schrie ich.

»Wir könnten uns ein Eis kaufen.«

»Nein!«

»Wie wär's, wenn wir am Computer ein paar Dinge nachsehen, die du wissen willst?«, fragte sie.

Ich schrie: »Nein, lass mich in Ruhe!«

Ich würde nicht mit ihr über Dinge reden, über die sie

reden wollte – genauso wie sie nicht mit mir über das reden wollte, was mir wichtig war.

Später sagte mir meine Mutter, dass sie gerade mit Dr. Barrett telefoniere und dass er kurz mit mir sprechen wolle. Ich schrie meine Mutter an, dass ich nicht mit diesem verdammten Psychologen sprechen wolle, doch sie flüsterte mir mit zorniger Stimme und zusammengebissenen Zähnen zu, dass ich noch etwas ganz anderes verlieren würde als den Green Channel, wenn ich nicht höflich mit ihm reden würde.

»Was? Was?«, schrie ich. Sie sagte es mir nicht, sie starrte mich nur an, mit einem Blick wie der Maori-Krieger, den mein Großvater auf einem Bild in seinem Arbeitszimmer hängen hatte. Also ging ich ans Telefon. Dr. Barrett fragte mich, ob es irgendwas gäbe, worüber ich reden wolle, und ich sagte nein – er habe schließlich mit mir reden wollen, nicht umgekehrt. Und außerdem hätte ich diesen ganzen verdammten Ärger nur bekommen, weil ich mit ihm geredet hatte.

Dr. Barrett sagte, er verstehe, dass ich frustriert sei, aber er und meine Mutter würden sich wirklich sehr bemühen, mir zu helfen, damit es mir wieder besser gehe. Er meinte, es gäbe da eine gute Atemübung, wenn man frustriert war. Ich solle durch die Nase einatmen und dabei bis sieben zählen, dann den Atem anhalten und dabei bis vier zählen und schließlich durch den Mund ausatmen und wieder bis sieben zählen. Weil meine Mom zusah, versuchte ich es, aber ich hatte das Gefühl, ich würde gleich ohnmächtig werden. Ich schätze, das ist auch eine Möglichkeit, wie man seinen Frust vergessen kann – einfach ohnmächtig umfallen.

Dr. Barrett meinte, dass ich wahrscheinlich deshalb so leicht zornig würde, weil ich nicht genug schliefe. Das stimmt zwar nicht, aber ich widersprach ihm nicht, weil ich glaubte, dieses Telefongespräch dann schneller hinter mir zu haben. Der wahre Grund, warum ich zornig bin, ist, weil ich mir Sorgen mache. Niemand hört mir zu, nicht einmal meine eigene Mutter! Sollten Mütter nicht ihren Kindern zuhören? Sollten sie sie nicht verstehen? Wenn sie mir nicht zuhört, mache ich mir nur noch mehr Sorgen um Knuddel und die anderen Tiere und wegen des Klimawandels und solcher Sachen. Also könnte man vielleicht sogar sagen, dass meine Mutter schuld daran ist, dass ich nicht genug schlafe. Und Dr. Barrett genauso, weil mir meine Mutter seinetwegen noch weniger zuhört, als sie es ohnehin schon tut.

Als ich ins Bett ging, sagte ich meiner Mutter, dass ich es immer noch genauso sehe wie vorher – dass es eindeutig nicht richtig sei, dass ich den Green Channel nicht mehr sehen dürfe. Ich sagte ihr, dass ich mir dadurch noch größere Sorgen machen würde. Weil nämlich die schlimmen Dinge, die ich mir vorstelle, noch tausendmal schlimmer sind als die schlimmen Dinge, die wirklich passieren.

Ich machte in dieser Nacht kein Auge zu.

Heute nach dem Abendessen war ich total fertig und hätte sehr gern mit jemandem gesprochen – nur nicht mit meiner Mutter. Die Erste, die mir einfiel, war meine Großmutter, aber als ich ihre Nummer anrief, meldete sie sich nicht. Vielleicht schlief sie, und das war auch okay – schließlich wollte ich sie nicht wieder aufwecken. Manchmal kommt sogar wenn ich mit ihr rede keine Reaktion. Sie bekommt dann so einen ausdruckslosen Blick, als hätte jemand die Pausetaste gedrückt. Seit Opa nicht mehr da ist, ist sie wie eine Gänsewitwe, die den Kopf hängen lässt und trauert, nachdem ihr Gefährte gestorben ist. Kann man sterben, noch bevor man tot ist? Ich wünschte, Oma könnte wieder so sein wie früher.

Meine Mutter wollte mit mir reden, aber ich wollte nicht. Sie kam immer wieder ins Wohnzimmer, setzte sich neben mich und nahm meine Hand. Aber ich redete nicht mit ihr. Ich streichelte Fiddledee und dachte daran, wie unfair es war, dass ich nicht den Green Channel sehen durfte. Nach einer Weile stand ich auf und schaltete den Fernseher ein. Ich sah mir eine Sendung auf einem anderen Kanal an, aber das verbesserte meine Laune überhaupt nicht.

Es lief gerade *MythBuster*. Jamie, Adam und Tory überprüften das Gerücht, dass man sich mit seinen eigenen Fürzen umbringen könne. Sie zählten die Fürze, die sie an einem normalen Tag ließen, und dann aßen sie den ganzen Tag nur bestimmte Sachen. Adam aß nur Bohnen, Jamie nur Fleisch, und Tory trank eine Unmenge Limonade. Adam steigerte sich bei seinen Fürzen am meisten. Er furzte doppelt so viel wie vorher, was wieder einmal zeigt, dass dieses Sprichwort durchaus stimmt: Jedes Böhnchen gibt ein Tönchen. Dann setzten sie Adam in eine Wanne mit einem Rohr darüber, in dem die Fürze eingefangen wurden, aber er starb nicht, und so wurde dieses Gerücht als unwahr entlarvt. Aber sie fanden heraus, dass in Fürzen drei tödliche Gase enthalten sind: Methan, Kohlendioxid und Argon. Doch die Menge reicht nicht aus, um jemanden umzubringen. Das Gerücht von den »tödlichen Fürzen« stimmte also nicht.

Ich verstehe nicht, warum es okay ist, eine Sendung über irgendwelche Gerüchte anzusehen, aber nicht okay sein soll, eine Sendung über Wahrheiten zu sehen.

Nach *MythBuster* sah ich mir eine Sendung auf dem Travel Channel an, sie hieß *Die zehn gefährlichsten Tiere der Welt*. Die Tiere von Platz zehn bis Platz zwei waren:

10. Bären – töten etwa sechs Menschen im Jahr.
9. Haie – töten etwa acht Menschen im Jahr.
8. Hyänen – töten etwa 50 Menschen im Jahr.
7. Quallen – töten etwa 55 Menschen im Jahr.
6. Großkatzen wie Leoparden, Löwen und Tiger – töten etwa 80 Menschen im Jahr.
5. Elefanten – töten etwa 130 Menschen im Jahr.
4. Skorpione – töten etwa 500 Menschen im Jahr.
3. Krokodile – töten etwa 2000 Menschen im Jahr.
2. Bienen und Wespen – töten etwa 10 000 Menschen im Jahr.

Für mich war klar, wer Nummer eins sein musste. Ich sah ungefähr fünfzehn Werbespots, während ich auf das letzte Tier wartete. Ich war mir absolut sicher, was jetzt kommen würde, aber ich wusste ohnehin nicht, was ich mir sonst hätte ansehen sollen. Als dann aber der große Augenblick da war, lautete das Ergebnis ganz anders, als ich erwartet hatte. Der Mann vom Travel Channel sagte: »Das gefährlichste Tier der Welt ist ...« Er machte eine Pause, man hörte einen Trommelwirbel, und dann rief er: »Die Schlange!«

Ich fiel fast vom Sessel. Die Schlange? Was für eine idiotische Sendung war denn das? Die Schlange tötet vielleicht 100 000 Menschen im Jahr, aber das mit Abstand gefährlichste Tier war nicht einmal unter den Top Ten!

Um sicherzugehen, dass ich recht hatte und der Travel Channel unrecht, setzte ich mich an den Computer meiner Mutter und tippte *Morde* ein. In Wikipedia las ich, dass im Jahr 2000 etwa 500 000 Menschen ermordet worden waren. Damit ist der Mensch fünfmal so gefährlich wie die Schlange! Wenn man dann noch die Morde an anderen Tieren mitzählt – was man tun müsste, weil es für den Travel Channel ebenfalls zählt, wenn ein Tier der einen Art einen Vertreter der anderen tötet –, dann sind es Milliarden, die der Mensch jedes Jahr tötet. Kann sich jemand vorstellen, wie viel eine Milliarde ist? Man würde siebenundsechzig Jahre brauchen, um bis zu einer Milliarde zu zählen, wenn man zwei Zahlen in der Sekunde schafft. Der Mensch ist das allergefährlichste Tier auf der Welt! So ein bescheuerter, idiotischer Scheißkanal.

Das machte mich nur noch zorniger. Ich gelangte einfach nicht mehr an wertvolle Informationen. Wenn ich mir weiter Sendungen wie diese ansah, würde ich immer dümmer und dümmer werden, und wie sollte ich dann jemals genug wissen, um die Tiere vor dem Aussterben zu bewahren? Noch schlechter fühlte ich mich, als ich auf einem anderen Kanal eine Werbung für eine Sendung sah, die morgen auf dem Green Channel laufen würde. Es würde einen Film über symbiotische Beziehungen im Tierreich geben, und ich konnte ihn nicht sehen. Mein einziger winzig kleiner Trost war, dass ich schon ziemlich viel über symbiotische Beziehungen wusste.

Eine Symbiose ist eine Beziehung, bei der ein Tier etwas von einem anderen bekommt und ihm dafür auch etwas gibt, sodass beide etwas davon haben. Ein gutes Beispiel sind der Madenhacker und der Afrikanische Büffel. Es gibt zwei Arten von diesen Vögeln, den Rotschnabel-Madenhacker und den Gelbschnabel-Madenhacker. Sie leben in der afrikanischen Savanne und haben kräftige Füße, mit denen sie sich am Rücken von Säugetieren wie Büffeln oder Zebras festhalten. Sie fressen die Parasiten auf der Haut des Tieres. Der Madenhacker bekommt seine Mahlzeit, und der Büffel wird von lästigen Parasiten befreit.

Auf dem Green Channel habe ich auch erfahren, dass alle Tiere auf der Erde in einem ökologischen Gleichgewicht leben. Das heißt, wenn eine Art aus der Nahrungskette herausgerissen wird, dann werden viele andere Tiere darunter leiden oder gar aussterben.

Wenn allerdings der Mensch aussterben würde, so würden die anderen Arten auf der Erde überleben, und die meisten würden sich sogar stärker entwickeln und verbreiten. Das liegt daran, dass der Mensch an der Spitze der Nahrungskette steht. Es gibt keine Säugetierart, die den Menschen zum Überleben braucht, außer vielleicht manche kleinen Hunde, die der Mensch so gezüchtet hat, dass sie ohne ihn nicht zurechtkommen. Darüber hinaus sind die einzigen Lebewesen, die den Menschen brauchen, die Parasiten, die nur auf ihm leben, wie etwa die Filzlaus, und bestimmte Viren, wie der Erreger der Windpocken, oder die Tuberkulose-Bakterien. Somit steht der Mensch hauptsächlich in parasitären Beziehungen zu anderen Lebewesen.

Was ich nicht verstehe, ist, dass der Mensch so weit geht, seinen Wirt zu töten. Er rottet Tiere aus und zerstört die Erde. Für einen Parasiten ergibt das überhaupt keinen Sinn.

Als ich mir das alles überlegt hatte, beschloss ich, es meiner Mutter zu erzählen. Mir war klar, dass das riskant war, aber ich musste mit jemandem darüber reden. Diese Tatsachen waren wie eine Flut in meinem Kopf, und ich wusste, dass es mir helfen würde, wenn ich mich mit jemandem darüber unterhalten konnte. Die Flut wäre dann zwar immer noch da, aber sie würde etwas abflauen.

Als ich es ihr erzählte, hörte sie zuerst zu und machte sogar Witze darüber, dass es ganz nett wäre, wenn jeder seinen persönlichen Madenhacker hätte. Aber dann machte sie auf einmal ein ganz seltsames Gesicht, und als ich auch noch über den Menschen als Parasiten redete, sah sie mich nicht mehr komisch an, sondern sehr besorgt. Mir wurde klar, dass ich ein Problem hatte.

»Und das, Phineas William Walsh, ist genau der Grund, aus dem du dir nicht mehr den Green Channel ansiehst«, sagte sie.

»Was meinst du damit?«, protestierte ich. »Was habe ich denn so Schlimmes gesagt?«

»Phineas«, sagte sie, »die Ideen, die du da vom Green Channel bekommst, machen mir wirklich Sorgen. Weißt du überhaupt, dass manche Umweltschützer sogar hoffen, dass der Mensch ausstirbt – dass wir alle von einem Virus oder einem Meteoriten ausgelöscht werden?«

»Nein«, sagte ich, »davon hab ich auf dem Green Channel nichts gehört.«

Und dann sagte sie mit sehr lauter Stimme: »Aber es gibt solche Leute! Sie nennen sich die Bewegung für das freiwillige Aussterben der Menschheit. Ich habe ein paar von ihnen interviewt – sie sind völlig verrückt, Phin!« Dann fügte meine Mutter mit leiser Stimme hinzu: »Phin, das menschliche Leben ist sehr wichtig.«

»Aber ich habe doch gar nicht das Gegenteil behauptet! Alles, was ich gesagt habe, sind Tatsachen! Warum will einfach niemand die Tatsachen sehen?«

»Phin«, sagte sie, »ich weiß, worauf du hinauswillst. Du willst mich fragen, ob du den Green Channel wieder sehen darfst – und die Antwort ist nein. Und das ist mein letztes Wort. Und du weißt auch, warum – ich hab es dir schon erklärt, und morgen wird es dir Dr. Barrett noch einmal erklären. Dein kleiner Vortrag zeigt mir nur, dass es die richtige Entscheidung war. Du kannst den Discovery Channel oder den Learning Channel sehen, oder PBS oder CBC oder YTV oder Spike TV und von mir aus auch Playboy TV – egal was! Aber nicht den Green Channel. Hast du mich verstanden?«

Da fing ich an zu schreien. Ich schrie sie an, dass sie ungerecht sei. Dass sie dumm sei – noch dümmer als ein Acanthonus armatus, das Wirbeltier mit dem kleinsten Gehirn im Verhältnis zur Körpergröße. Der Acanthonus armatus musste sich nicht zu einem besonders klugen Tier entwickeln, weil er am Meeresgrund lebt, nicht sehr aktiv ist und auch nicht viele Feinde hat.

Meiner Mutter gefiel es gar nicht, mit einem Acanthonus armatus verglichen zu werden, obwohl sie wahrscheinlich nicht einmal wusste, was das war, was wiederum bewies, dass ich recht hatte! Sie sah mich mit ihrem drohenden Dragon-Lady-Blick an und sagte mir, dass ich hinausgehen und mich mit irgendetwas beschäftigen solle. Dann wandte sie sich der Arbeitsplatte zu und versuchte mich zu ignorieren, indem sie eine Dose Katzenfutter für Fiddledee aufmachte.

Aber ich ging nicht hinaus. Ich blieb hinter ihr stehen und schrie weiter, dass sie keine gute Mutter sei. Wäre sie ein Krokodil gewesen, das mich im Maul zum Wasser trägt, dann hätte sie mich bei ihrem momentanen Gesichtsausdruck wahrscheinlich hinuntergeschluckt.

Sie hielt die Dose mit dem Katzenfutter in der einen Hand und nahm sich mit der anderen ein paar Erdnüsse. Das macht meine Mutter oft, dass sie sich irgendetwas zu essen in den Mund steckt, wenn sie sich aufregt. Je mehr sie sich aufregt, umso mehr isst sie. Und sie aß ziemlich viele Erdnüsse, und das ziemlich schnell.

Ich folgte ihr zu Fiddledees Schüssel und schrie sie an, dass sie mir endlich zuhören solle. »Phin«, sagte sie, »es gibt darüber nichts mehr zu reden.« Ihre Stimme und ihr Gesicht waren sehr wütend. Ich rief noch einmal, dass niemand die Tatsachen sehen wolle, sondern nur die bequemen Lügen glauben, und ging hinter ihr zur Arbeitsplatte zurück.

Meine Mutter muss sich wirklich sehr aufgeregt haben, denn im nächsten Moment tat sie etwas, das mich meine Wut schlagartig vergessen ließ und mich so richtig zum Lachen brachte. Eigentlich wollte ich nicht lachen, aber ich konnte wirklich nicht anders. Sie war gerade dabei, sich noch ein paar Erdnüsse in den Mund zu stopfen, als sie sich versehentlich den Löffel mit dem Katzenfutter in den Mund steckte!

Erschrocken lief sie zur Spüle und begann zu spucken und zu würgen, und ich konnte nicht mehr aufhören zu lachen. Mir liefen die Tränen über die Wangen. »Phin, das ist gar nicht komisch«, sagte sie, lachte aber selbst ein bisschen dabei.

Dann erklärte ich ihr, dass sie sich keine großen Sorgen zu machen brauche, denn Katzenfutter werde zwar aus Tierkörperteilen wie Innereien, Knochen und Sehnen gemacht, aber Fiddledee sei noch nicht daran gestorben, also würde ihr wahrscheinlich auch nichts passieren von dem bisschen, das sie mit dem Löffel gegessen hatte. Sie war schließlich größer als Fiddledee, also würde es schon eine Menge Katzenfutter brauchen, um sie zu vergiften.

Mein Zorn war nun verflogen. Man kann wahrscheinlich nicht zornig sein und gleichzeitig lachen. Das geht einfach nicht.

Ich sagte zu meiner Mutter, dass sie nicht so dumm sei wie ein Acanthonus armatus, und sie entgegnete: »Bist du dir da so sicher? Immerhin habe ich Katzenfutter gegessen, oder?« Da musste ich wieder lachen.

Ich fragte meine Mutter, ob es gut schmeckte, und sie verzog nur das Gesicht. Ich sagte: »Na ja, Mom, vielleicht gibt es irgendwo jemanden, dem es schmeckt. Es gibt nur eins, was die Leute nirgends auf der Welt essen, und das ist Menschenkacka. Alles andere wird von irgendwem irgendwo gegessen.«

Als meine Mom sich an ihren Schreibtisch setzte, um zu arbeiten, ging ich in mein Zimmer und schrieb weiter über Reull. Ich zeichnete ein paar Bilder dazu, darunter eins von einem Klingelwurm, einem rot-weißen Wurm mit einem Körperteil am Ende, der klingelt wie eine Glocke, wenn er sich bewegt. Der Klingelwurm wird vor allem vom Dreikralligen Zaunkönig gejagt, und er bimmelt so laut, dass der Vogel eigentlich keine Mühe hat, ihn zu finden und zu fressen.

Aber dann begann sich der Klingelwurm im Fell des Grünschwänzigen Eichhörnchens zu verstecken, dem das nichts ausmachte, weil das Gebimmel des Wurms seinen eigenen Hauptfeind, die Elektrische Katze, vertrieb. Die Ohren der Katze sind sehr empfindlich für das Klingelgeräusch. Es klingt für sie so, wie es für uns klingt, wenn jemand mit dem Fingernagel über eine Tafel kratzt. Seitdem haben der Klingelwurm und das Grünschwänzige Eichhörnchen eine symbiotische Beziehung.

Das Problem sind wieder einmal die Gorachs. Sie fangen jetzt an, Klingelwurm-Schwänze für klingelnde Armbänder zu sammeln, die sie ihren Gorach-Kindern schenken. Die Gorachs sind die Parasiten, aber immer mehr Tiere gehen Symbiosen ein, um sich zu wehren. Deshalb werden die Gorachs in der Zukunft noch einige Überraschungen erleben.

In dieser Nacht schlief ich bei meiner Mutter im Bett, und sie beklagte sich nicht einmal darüber. Ich glaube, das Katzenfutter hat irgendwas mit ihrem Gehirn angestellt.

Heute hat mich meine Mutter wieder zu Dr. Barrett gebracht. Es war schon das vierte Mal, dass ich in seinem Büro auf dem zu hohen Stuhl saß. Ich habe es langsam satt, auf diesem Stuhl zu sitzen. Ich weiß nicht, warum, aber man tut sich schwer mit dem Denken, wenn man mit den Füßen nicht den Boden berührt. Es ist ein komisches Gefühl, wenn sie in der Luft baumeln, und es macht eine schnelle Flucht fast unmöglich – was vielleicht der Grund ist, warum er diese Stühle hat.

Nachdem mich Dr. Barrett gefragt hatte, ob ich über irgendwas reden wolle (so fängt er immer an) und ich nein gesagt hatte (wie immer), holte er etwas hervor, das wie eine Maus für einen Computer aussah. Er sagte, es wäre ein Gerät zur Messung der galvanischen Hautreaktion. Ich sollte zwei Finger darauf legen, damit das Gerät anzeigen könne, wie gestresst ich war, indem es registrierte, wie stark meine Hand schwitzte. Dr. Barrett schloss das Gerät an seinen Computer an und klickte auf ein Bild mit einer fliegenden Untertasse, die am Himmel schwebte. Er sagte mir, ich könne die fliegende Untertasse immer tiefer fliegen lassen und sie sogar zum Landen bringen, indem ich meine Gedanken und meinen Körper beruhigte. Ich solle mich auf etwas konzentrieren, das mich beruhigte, dann würde ich sehen, ob es mir gelänge.

Mit meinen Fingern auf Dr. Barretts Stress-Messgerät stellte ich mir vor, ich säße auf einem Baum an Pete's Pond. Die Elefanten empfingen mich mit einer Begrüßungszeremonie. Wenn sie sich eine Weile nicht gesehen haben, dann laufen sie aufeinander zu, wedeln mit ihren riesigen Ohren und drehen sich brüllend und trompetend im Kreis. So zeigen Elefanten ihre Freude.

Während ich mir das vorstellte, sank die fliegende Untertasse immer tiefer. »Ausgezeichnet, Phin«, sagte Dr. Barrett leise. »Du schaffst es. Siehst du, wie ruhig und entspannt dein Körper ist?«

Ich nickte. Ich begann mir Paviane vorzustellen, die tranken und im Wasser spielten, und ich wollte, dass Dr. Barrett still war, damit ich mich auf das Bild konzentrieren konnte.

»Du hast das Raumschiff fast zum Landen gebracht«, sagte er. »Du bist ruhig und entspannt. Sehr gut.«

Ein paar Minuten später sagte Dr. Barrett: »Ausgezeichnet, Phin! Du hast das wirklich schnell geschafft. Ich möchte, dass du regelmäßig darauf achtest, dass dein Körper entspannt ist und dass du ruhig atmest. Und wenn du dich über irgendetwas aufregst, dann versuchst du einfach, wieder in diesen entspannten Zustand zu kommen, okay?«

»Das könnte schwierig werden.«

»Warum?«

»Weil es viele Dinge gibt, die mich aufregen.«

»Zum Beispiel deine Sorge um die Tiere, stimmt's? Nun, wenn du wieder einmal solche Gedanken hast, dann erinnere dich an das, was du dir gerade vorgestellt hast, damit du wieder ruhig wirst …«

»Das wird wahrscheinlich nichts helfen«, antwortete ich. »Weil ich nämlich an Pete's Pond in Afrika gedacht habe. Ich möchte einmal so eine Arbeit machen wie Pete, aber Sie wollen mich nicht lernen lassen, was ich dafür wissen muss.«

Dr. Barrett schwieg einige Sekunden, dann sagte er: »Phin, ich weiß, das kommt dir im Moment verwirrend vor, aber wenn du nächste Woche zu mir kommst, reden wir darüber, warum deine Mutter und ich denken, dass es im Moment besser für dich ist, wenn du den Green Channel nicht siehst. Kannst du mir vertrauen, dass wir das Beste für dich wollen? Wir reden nächste Woche darüber, ja?«

Ich sagte nichts.

Dr. Barrett wartete einige Augenblicke, dann sagte er: »Wir reden ganz bestimmt nächste Woche darüber, okay, Phin? Ich bin stolz auf dich, dass du die Entspannungsübung so schnell geschafft hast. Solche Übungen können dir wirklich helfen, dich besser zu fühlen. Und das ist es, was deine Mom und ich wollen – dass es dir besser geht. Ich leihe dir das kleine Gerät hier, damit du zu Hause üben kannst, dass dein Körper ruhiger wird. Kannst du jeden Tag einmal üben, bis wir uns das nächste Mal sehen?«

Er will, dass ich mir keine Sorgen mache, dabei habe ich gerade jetzt allen Grund, mir Sorgen zu machen – weil ich nicht einmal weiß, was verdammt noch mal auf der Welt los ist.

Heute in der Schule bekam Bird richtig Ärger. Er drückte die Zunge in die Wange und versuchte, einen Witz zu erzählen – mit einer Stimme, die ein bisschen anders klang als sonst: »Sagt ein Huhn zum andern: ›Pick dich ins Knie‹« – nur dass das P von *Pick* mehr wie ein F klang. Er sagte es so laut, dass alle es hören konnten, auch Mrs. Wardman. Daraufhin musste er sehr, sehr lange erklären, was er eigentlich hatte sagen wollen.

Ich sah, dass Mrs. Wardman nicht glaubte, was Bird ihr erzählte. Ihre Augenbrauen waren zusammengezogen, ihre Lippen zusammengekniffen und ihre Nasenlöcher größer als gewöhnlich. Sie sah aus wie ein Gorilla, den ich auf dem Green Channel gesehen hatte und der einen Löwen vertreiben wollte – nur dass sie nicht brüllte und sich mit den Fäusten auf die Brust trommelte. Aber sie erteilte Bird einen Verweis, den seine Eltern jetzt unterschreiben und zurückschicken müssen. Das letzte Mal, dass Bird einen Verweis bekam, war, als er die Namen Hugh Jass (»huge ass«) und Mike Hawk (»my cock«) sagte. Damals hatte sie ihm auch nicht geglaubt, als er es ihr zu erklären versuchte.

Vor diesem Schuljahr habe ich nur zweimal einen Verweis bekommen. Den ersten, als ich einmal in der Pause drinnen bleiben musste, weil ich vergessen hatte, durch eine Unterschrift bestätigen zu lassen, dass ich meine Hausaufgaben gemacht hatte, obwohl die Lehrerin genau wusste, dass ich sie gemacht hatte. *Mir egal*, sagte ich daraufhin zu ihr – aber leider nicht so leise, wie ich gedacht hatte, und darum musste ich zu Mr. Legacie.

Ich mag Direktor Legacie eigentlich ganz gern. Wenn er in der Mittagspause Aufsicht hat, fragt er mich oft, ob ich irgendwelche interessanten Dinge aus dem Tierreich zu erzählen hätte. Ich sehe, dass es ihn wirklich interessiert, weil er mir auch Fragen zu dem stellt, was ich sage, und nicht bloß nickt und lächelt, wie es viele Leute machen – sogar meine Mutter manchmal. Einmal erzählte ich ihm etwas über Rankenfußkrebse, die ihr ganzes Leben auf demselben Fleck bleiben. Ich wusste nicht recht, ob ich ihm auch erzählen sollte, wie sie Babys machen, obwohl sie sich nicht vom Fleck bewegen, aber ich dachte mir, dass ich es bei Direktor Legacie riskieren könne, weil ich ihn noch nie schockiert oder auch nur überrascht gesehen habe – wahrscheinlich weil er jeden Tag eine Menge komische Sachen zu sehen bekommt. Also erzählte ich ihm, dass ich in einem Buch gelesen habe, dass die männlichen Rankenfußkrebse einen Penis haben, der viermal so lang ist wie ihr Körper. Sie können ihn ausfahren, bis sie ein Weibchen in ihrer Nähe erreichen. Direktor Legacie lachte, aber dann ließ ein Junge die Hose runter, und er musste ihn aufhalten, und so konnten wir nicht weiter über das Thema reden.

Aber das alles passierte vor einem Jahr. Ich habe so ein Gefühl, dass ich mir in diesem Jahr wieder einen Verweis einhandeln könnte, wie es Bird jedes Jahr passiert. Und das liegt an dem, was Bird und ich mit Knuddel vorhaben.

In der Mittagspause gingen Bird und ich zu dem großen Apfelbaum bei Mr. Byers' Haus und kletterten richtig hoch hinauf. Bird testet immer, ob Mrs. Wardman recht hatte mit ihrer Warnung, dass uns etwas Schlimmes zustoßen würde, wenn wir zur verbotenen Seite hinübergingen. Bis jetzt hat er die Grenze um ungefähr drei Mathe-Bücher überschritten, und es ist ihm noch nichts Schlimmes passiert.

Wenn Bird in die verbotene Zone eingedrungen und wieder zurückgesprungen war, verwischte er seine Fußspuren im Schnee mit einem Tannenzweig. Er sagte, wenn die Leute von der Spurensicherung zur Schule kämen, um herauszufinden, wer die Linie überschritten hatte, würden sie nur die Wischspuren des Zweiges finden. Auf dem Tannenzweig selbst würden keine Fingerabdrücke sein, weil er Wollfäustlinge trug. Vielleicht würden sie Wollspuren an dem Zweig finden, aber das würde ihnen nicht weiterhelfen, weil viele Schüler Wollfäustlinge hatten.

Ich wies ihn darauf hin, dass es vielleicht Augenzeugen gab, die ihn und mich beim Baum gesehen hatten, und wir dann als Verdächtige verhört werden würden. Aber Bird meinte, dass sie uns nicht festhalten könnten, weil sie keine Beweise hätten, und dass wir deshalb aus dem Schneider wären.

Ich sagte zu Bird, dass es möglich wäre festzustellen, dass die Wolle an dem Zweig von seinem Fäustling stammt, weil es keine zwei Paar Fäustlinge gäbe, die genau gleich wären. Bird erklärte, dass er, sobald die Spurensicherer aufkreuzten, seine Fäustlinge irgendwo verstecken und sein zweites Paar anziehen würde.

»Aber wo willst du sie in der Eile verstecken?«, fragte ich. Er sagte, er würde sie jemand anderem in die Tasche stecken. Ich riet ihm dazu, es bei Lyle tun. Aber dann fiel mir ein, dass Hautschuppen von ihm im Fäustling sein würden und dass man dadurch seine DNS ermitteln würde und nicht die von Lyle. »Oh«, stöhnte er da. Ich glaube, Bird hat insgeheim beschlossen, es darauf ankommen zu lassen.

Heute hat er nicht versucht, die Linie um mehr als drei Mathe-Bücher zu überschreiten, weil er nicht ganz er selbst war. Er hatte Angst davor, den Verweis seinen Eltern zu zeigen. Sein Vater hatte beim letzten Mal zu ihm gesagt, dass er großen Ärger bekäme, wenn das noch einmal vorkommen würde. Bird sagte, das bedeutete normalerweise, dass er eine ganze Woche nicht mit dem Gameboy spielen durfte, und manchmal würde auch noch ein Fernsehverbot dazukommen. Aber meistens beließen sie es beim Gameboy-Verbot, weil Bird im Fall des Fernsehverbots seiner Mutter durch das ganze Haus nachlief und auf sie einredete, bis sie ihn fernsehen ließ. Sie sagte dann immer zu Birds Vater, dass sie nicht auch noch bestraft werden sollte, wenn der Junge etwas angestellt hatte.

Ich erzählte Bird, dass ich meine Lieblingssendungen nicht mehr sehen durfte, obwohl ich noch nicht einmal einen Verweis bekommen hatte. Ich machte mir nur zu große Sorgen, weil Tierarten aussterben und die Erde zerstört wird.

»Du wirst bestraft, nur weil du dir Sorgen um was machst?«, fragte er.

»Ja.«

»Das ist echt krass!«, rief er.

»Sag das mal meiner Mutter.«

Bird und ich unterhalten uns oft über Knuddel. Am Anfang fand Bird es cool, ein Haustier in der Klasse zu haben. Aber dann fragte ich ihn, wie er sich fühlen würde, wenn man ihn in ein Terrarium stecken und ihn dauernd fremde, hässliche Gesichter anstarren würden. Ich sagte ihm, dass Haustiere nur dann glücklich seien, wenn sie gerne bei den Menschen lebten, und dass Knuddel sehr traurig wirke. Ich erklärte ihm, dass es ohnehin immer weniger Frösche auf der Erde gebe und dass wir Knuddel befreien und in seine natürliche Umgebung in Australien zurückbringen müssten. Jetzt sieht Bird das auch so.

Wir haben uns auch schon einen Plan überlegt. An manchen Details müssen wir noch arbeiten, aber insgesamt sieht der Plan ungefähr so aus: Am Ende des Schultags werde ich so tun, als würde ich mir direkt vor Knuddels Terrarium den Reißverschluss meiner Jacke hochziehen, während Bird zu Mrs. Wardman geht und sie ein paar Dinge fragt, um sie abzulenken. Dann nehme ich Knuddel heraus, stecke ihn in meine Tasche und nehme ihn mit nach Hause. Was dann kommt, ist der schwierigste Teil an der ganzen Sache. Was tun wir mit Knuddel, nachdem wir ihn befreit haben? Eine Möglichkeit wäre, ihn meinem Dad zu geben, damit er ihn nach Australien bringt. Aber das Problem ist, dass mein Dad im Moment in Schottland ist und dass ich nicht weiß, wo er danach hinfliegt – und er genauso wenig, weil er ja nicht vorhersehen kann, wo als Nächstes etwas Schlimmes passieren wird. Er ist auf so ziemlich alles Schlimme vorbereitet, weil er Kurse gemacht hat, wo man lernt, in einer gefährlichen Umgebung zu überleben. Eigentlich sollten auch Kinder wie ich solche Kurse besuchen.

Dann kamen wir auf die Idee, Knuddel per Post nach Australien zurückzuschicken, aber dazu hätten wir jemanden gebraucht, der ihn aus der Schachtel herauslassen würde, wenn er dort ankam. Außerdem fragte ich mich, ob der Transport nicht zu lange dauern würde. Ich habe zwar gelesen, dass manche Wüstenfrösche monatelang oder sogar jahrelang ohne Nahrung und Wasser überleben können, aber ich konnte nirgends herausfinden, wie es bei den Korallenfingerfröschen ist. Was mir auch noch Sorgen macht, ist, dass er in dem Paket zu viel hin und her geschüttelt werden könnte. Im Fernsehen habe ich einmal gesehen, dass bei einem Baby Blutgefäße im Gehirn reißen können, wenn man es zu sehr schüttelt – und davon bekommt es ein Schütteltrauma, die Ärzte nennen das

Shaken-Baby-Syndrom. Gibt es auch ein Shaken-Frog-Syndrom?

Nach der Mittagspause bekamen wir die Gelegenheit, einige dieser Fragen zu beantworten, denn wir hatten Naturwissenschaften, und ich arbeitete zusammen mit Bird an einem Computer. Heute sollten wir für unser Wissenschaftsprojekt Informationen über Hurricanes sammeln, aber als Mr. Sears nicht hersah, tippte ich im Internet *Rettung von Fröschen* ein. Ich fand die Webseite der sogenannten *Rettungsgruppe für Frösche und Kaulquappen*, einer Gruppe von Australiern, die sich für die Rettung von Fröschen einsetzen. Manchmal werden Frösche versehentlich in Kisten mit Lebensmitteln oder Baumaterial eingeschlossen und in andere Teile Australiens geschickt. Wenn man einen Frosch zwischen seinen Bananen oder im Obstsalat findet, ruft man das Froschteam an, und die kommen dann und retten ihn.

Ich hatte die erste Seite fast fertig gelesen, als Bird flüsterte: »Schnell! Klick das weg – Mr. Sears kommt!«

Ich schrieb rasch die Telefonnummer der Organisation auf, dann klickte ich zweimal auf den Zurück-Pfeil, sodass wir wieder auf der Hurricane-Seite waren.

Mr. Sears blieb bei unserem Computer stehen. »Wie kommt ihr voran, Jungs?«, fragte er.

Bird sagte: »Diese Hurricanes können ganz schön groß sein, nicht wahr, Mr. Sears?«

»Was habt ihr sonst noch herausgefunden?«, fragte Mr. Sears.

»Sie sind ziemlich windig«, antwortete Bird.

»Jungs«, sagte Mr. Sears, »ich schlage vor, ihr lest noch ein bisschen weiter.« Dann ging er zum nächsten Computer-Team.

»Puh, das war knapp«, atmete Bird auf.

Und ich sagte: »Hurricanes sind windig? Herrgott, Bird,

natürlich sind sie windig – es sind ja Hurricanes!« Aber dann bedankte ich mich bei ihm, weil er uns vor einem Verweis bewahrt hatte, oder zumindest vor einem Anschiss.

Ich steckte die Telefonnummer der Frosch-Rettungsgruppe in meine Hemdtasche. Ich werde sie anrufen. Hoffentlich haben sie eine Idee, wie wir Knuddel retten können.

Heute früh sind meine Mutter und ich zu meiner Oma gefahren. Sie lebt auf dem Land, ungefähr eine Stunde von uns entfernt. Hinter ihrem Haus beginnt ein richtiger Wald, und sie wohnt auch nur fünf Minuten vom Fluss weg und nur eine Viertelstunde vom Meer. Es ist ein perfekter Ort; leider steht in der Nähe eine Ölraffinerie, die täglich vierundzwanzig Stunden die Luft verschmutzt. Darüber ärgert sich Oma sehr. Da sie als Biologin gearbeitet hat, spricht sie oft in den Nachrichten darüber. Mein Großvater ist an Lungenkrebs gestorben, obwohl er gar nicht geraucht hat.

Auf dem Weg zu Oma zähle ich jedes Mal alle Friedhöfe, die ich sehe. Beim letzten Mal bin ich auf achtundzwanzig gekommen, und diesmal wollte ich meinen Rekord brechen. Das sagte ich meiner Mutter, damit sie ein bisschen langsamer fuhr, wenn wir an einem Dorf vorbeikamen.

»Phin, glaubst du wirklich, dass irgendwelche neuen Friedhöfe angelegt worden sind, seit wir Oma das letzte Mal besucht haben?«

»Nein, aber vielleicht habe ich einen übersehen.«

»Oh, okay, dann halt die Augen offen, damit du die toten Leute auch alle bemerkst.«

Ich passte gut auf, und als ich bei achtzehn war, sah ich einen Friedhof hinter einer Kirche, die auf den ersten Blick wie ein gewöhnliches Haus erschien. Mir war, als ob ich ihn beim letzten Mal nicht bemerkt hätte, und ich hatte das Gefühl, dass ich heute meinen alten Rekord brechen würde.

»Mom, da war gerade einer, den ich noch nie gesehen habe!«

»Das ist großartig, Phin. Was glaubst du – wie viele tote Leute werden dort sein?«

»Es sind vielleicht fünfzig Grabsteine. Aber ein Grabstein kann für mehrere Leute stehen. Darum kann man es nicht so genau sagen – außer wir graben den ganzen Friedhof um.«

»Du hättest sagen müssen: Alle. Sie sind ja alle tot, Dummchen!« Dann lachte sie. Wirklich ein guter Witz.

Meine Mom lacht viel. Ich sehe auch gern im Fernsehen Tieren zu, die sich amüsieren. Wenn Schimpansen spielen und einer hinter dem anderen herläuft, dann lachen sie, und es klingt, als würden sie keuchen. Ihre Gesichter sehen dann aus wie die von Menschen. Wenn ein Gorilla einen anderen kitzelt, dann macht der, der gekitzelt wird, ebenfalls ein lachendes Gesicht. Auch Hunde können das. Und Ratten zwitschern, wenn sie spielen, was sich auch so anhört, als würden sie kichern. Als die Wissenschaftler in der Sendung die Ratten kitzelten, zwitscherten sie vergnügt und wollten noch mehr gekitzelt werden. Aber andere Wissenschaftler denken immer noch, dass nur Menschen lachen können. Ich glaube, das liegt daran, dass die Tiere, die sie für ihre Experimente in Käfigen halten, niemals lachen – nicht das kleinste bisschen.

Als wir ankamen, hatte ich dreißig Friedhöfe gesehen und damit meinen alten Rekord gebrochen.

Oma nahm mich als Erstes in die Arme. Sie riecht wie der Lavendel, den sie in ihrem Garten anbaut, weil sie Öl und Cremes und Badekugeln daraus macht. Letzten Sommer half ich ihr dabei, den Lavendel abzuschneiden und in ihrem

Gartenhäuschen verkehrt herum aufzuhängen. Ein paar Wochen später machten wir zusammen Badekugeln. Wir rissen die Lavendelblumen in kleine Stücke, gaben Meersalz in einen Mixer, dazu Backpulver, Maismehl, Eier und ganz zum Schluss den Lavendel. Aus diesem Gemisch formten wir Kugeln, die wir im Backofen trockneten. Wenn man eine Lavendelkugel in die Badewanne gibt, löst sie sich auf, und dann treiben kleine Lavendelstückchen auf dem Wasser. Es riecht wirklich gut, genauso wie meine Großmutter, als sie mich umarmte.

Wir gingen alle zusammen in Omas Küche und redeten und aßen Kekse. Meine Mom lässt mich meistens keinen Tee trinken, aber wenn wir bei Oma sind, ist sie nicht so streng. Ich entschied mich für Zitronen-Ingwer-Tee und gab eine Menge Honig hinein, damit er süß schmeckt.

Als meine Mom sich eine Weile in den Hobbyraum meines Großvaters zurückzog, um ein paar wichtige Telefongespräche zu führen, fragte mich Oma, was es auf Reull Neues gebe. Ich lief zum Auto hinaus, holte meine Schachtel und zeigte sie ihr. Meine Geschichte über den Ozie und den Oster gefiel ihr sehr. Wir sprachen über Pflanzen, die – genau wie der Ozie – mithelfen, die Erde zu reinigen.

Großmama weiß eine Menge über Pflanzen, weil sie sich als Biologin viel mit ihnen beschäftigt hat. Sie sagt, dass ihre Arbeit der Grund ist, warum sie heute eine Biogärtnerin ist. Zum Beispiel hat sie herausgefunden, dass Hunde, deren Besitzer Schädlingsbekämpfungsmittel einsetzen, öfter an Blasenkrebs sterben als andere. Sie selbst bekämpft Schädlinge ohne Gift; um Blattläuse loszuwerden, spritzt sie sie einfach mit dem Gartenschlauch von den Pflanzen herunter. Wenn sie einmal am Boden sind, sagt Oma, dann kommen sie meistens nicht wieder hinauf.

Ich sah in meinen Insekten-Büchern nach, und da stand,

dass Blattläuse geflügelt oder ungeflügelt sein können. Die im Garten sind normalerweise ungeflügelt, aber wenn es zu viele auf einer Pflanze werden, dann schlüpfen irgendwann auch welche mit Flügeln, und diese fliegen zu anderen Pflanzen.

Ich erzählte es meiner Großmutter – und es war etwas, das sie tatsächlich noch nicht gewusst hatte, obwohl sie wirklich viel über Insekten und Pflanzen weiß. Ich war glücklich, weil ich auch mal etwas gewusst hatte, das neu für sie war. »Nun«, sagte sie, »dann sollten wir auch langsam anfangen, Menschen mit Flügeln auf die Welt zu bringen.« Sie sagte es im Scherz, aber ich glaube, es war auch ein wenig ernst gemeint.

Kurz vor dem Abendessen kam Onkel John von der Arbeit nach Hause. Als er mich sah, sagte er: »Hey, kleiner Mann, lang nicht mehr gesehen.« Er zerzauste mir die Haare und sagte, man sehe sofort, dass ich einen Fuß gewachsen sei. Er sagt das jedes Mal, wenn er mich sieht, weil ich ihn mit drei Jahren einmal falsch verstanden habe. Damals sah ich an mir hinunter, weil ich glaubte, *mir* wäre noch ein Fuß gewachsen. Die Geschichte erzählt er heute noch, was ich nicht so toll finde.

Onkel John arbeitet in einer Fabrik, in der Kartoffelchips hergestellt werden. Manchmal funktionieren die Maschinen nicht ganz richtig und machen Chips in den seltsamsten Formen. Einmal brachte er einen Chip nach Hause, der aussah wie das Ungeheuer von Loch Ness, und dann einen, der wie ein Bus aussah. Er hat auch einen Chip, der angeblich an etwas erinnert, das ich sehen werde, wenn ich älter bin, aber er will mir nicht verraten, was es ist. Diese drei Chips hat er eingerahmt und in seinem Schlafzimmer an die Wand gehängt.

Meine Mutter sagt, Onkel John müsse endlich mal erwachsen werden.

Wir aßen gelbe Bohnen, die ich überhaupt nicht mag, und Karotten, die ich genauso wenig mag. Meine Mutter sagte, dass ich von beidem wenigstens drei Bissen essen solle.

»Soll ich meine Karotten mit offenen oder geschlossenen Augen essen?«, fragte ich.

»Warum willst du das wissen?«

»Weil du immer sagst hast, Karotten seien gut für die Augen, und ich frage mich, ob das nur funktioniert, wenn man die Augen zu hat, weil sie so eklig aussehen.«

»Phin, es ist egal, ob du sie mit offenen Augen isst oder mit geschlossenen. Von mir aus kannst du dabei auch auf dem Kopf stehen – Hauptsache, du isst sie.«

Also aß ich drei Bissen davon, aber ich suchte mir extra die allerkleinsten Stücke aus. Beim Hinunterschlucken hatte ich das Gefühl, sie seien lebendig, und musste fast würgen. Ich spülte sie rasch mit Biomilch hinunter. Oma kauft keine andere Milch, weil es sie ärgert, dass die meisten Bauern Hormone ins Futter für ihre Kühe geben. Sie findet es auch nicht gut, wenn Farmer die künstliche Befruchtung anwenden. Dazu brauchen sie keinen Stier; die Kuh wird trächtig, indem der Farmer diese Methode anwendet.

Nachdem das Essen abgeräumt war, setzte ich mich an den großen Tisch und zeichnete Reull-Tiere, zuerst eine Grabdrossel, die einen roten oder blauen Kopf hat. Dieser Vogel hat zwei kleine Klauen und dazu Stacheln, mit denen er Gänge in die Erde graben kann. Sein Schnabel ist sehr scharf, und am Ende des Schwanzes hat er ein Stechwerkzeug, mit dem er Steine spalten kann. Das Problem der Grabdrossel ist, dass ihr die Gorachs immer mehr von ihrem Lebensraum wegnehmen. Die Gorachs bestehen zu neunzig Prozent aus Flüssigkeit, und wenn sie sich bewegen, sondern sie ein Gift ab. Sie pflastern alles zu mit ihren Städten, denn sie halten sich für die Herrscher auf Reull. Den Grabdrosseln bleibt immer weniger Platz, wo sie graben können. Aber sie haben einen Plan und sind fast schon so weit, dass sie ihn verwirklichen können.

Letzte Nacht habe ich auf Opas Seite im Bett geschlafen. Obwohl ich wirklich bei Oma im Bett liegen wollte, vermisste ich ihn dadurch so sehr, dass ich es in der Magengrube spürte.

»Kannst du Opa immer noch auf seinem Kissen riechen?«, fragte ich Oma, als ich zu Bett ging.

»Ja, aber es lässt nach«, sagte sie.

»Vermisst du ihn immer noch so?«, fragte ich.

»Jeden Tag«, antwortete sie. Dann setzte sie sich in ihren Schaukelstuhl und bürstete ihre langen weißen Haare. Dabei sah sie durch das Fenster in den Garten hinaus, der ganz mit Schnee bedeckt war.

Ich wollte noch mehr über Opa sagen, aber als ich Omas Gesicht sah, dachte ich mir, dass das keine gute Idee wäre. Es gibt wohl Dinge, die einfach zu traurig sind, um sie alle auf einmal auszusprechen. Man muss ein bisschen Zeit dazwischen vergehen lassen, damit man die Traurigkeit in sich aufnehmen kann wie ein Schwamm.

Ich wechselte das Thema und erzählte Oma von meinem riesengroßen Problem mit Mom – dass sie mich nicht mehr den Green Channel sehen ließ. Sie fragte mich, was ich glaubte, warum Mom das tat, und ich erklärte: »Sie meint, dass ich mir zu viel Sorgen mache, wenn ich die Sendungen sehe.«

»Und – machst du dir Sorgen?«

»Manchmal.«

Oma schwieg. Sie sagte nicht, dass ich mir keine Sorgen machen solle, so wie Mom und Dr. Barrett.

Ich erzählte Oma auch, dass ich mir Sorgen wegen Knuddel machte. Ihr Gesicht sagte: »Das verstehe ich«, dann antwortete sie: »Das ist wirklich ein Jammer.« Sie sagte nicht, dass man sich um Frösche keine Sorgen machen solle.

Oma erzählte mir, dass Frösche wie die Kanarienvögel seien, die die Bergarbeiter ins Bergwerk mitnahmen. Die Vögel schlugen Alarm, sobald die Gaskonzentration in der Mine gefährlich anstieg. Frösche seien genauso empfindlich gegenüber Giftstoffen, sagte Oma, weil sie nicht nur mit der Lunge, sondern auch über die Haut atmen.

Ich überlege gerade, ob ich mich später als Zoologe nicht auf ein Gebiet spezialisieren sollte – ich würde nämlich gern ein Herpetologe werden. Das sind Wissenschaftler, die sich mit Amphibien und Reptilien beschäftigen. Sie finden jede Menge Frösche, denen ein Bein fehlt, die ein Bein zu viel haben, denen ein Bein an einer ungewöhnlichen Stelle herauswächst, deren Beine mit Schwimmhäuten zusammengewachsen oder ab der Mitte gespalten sind. Sie haben auch schon Frösche gefunden, denen die Augen fehlen, und einen einäugigen Frosch, dem in der Kehle ein zweites Auge gewachsen ist. In dem Amphibienpark bei uns in der Nähe habe ich noch nie etwas Derartiges gesehen, nur einmal einen Frosch, dem auf einer Seite die Beine fehlten.

Ich glaube, wir werden eine Menge Herpetologen brauchen, weil es ungefähr 5700 Amphibienarten gibt, und laut der Roten Liste der bedrohten Arten sind 32 Prozent davon vom Aussterben bedroht. Eigentlich mag ich an so etwas gar nicht denken … aber vielleicht sollte ich mir über einen Ersatzjob Gedanken machen, für den Fall, dass es Frösche nur noch im Museum gibt, wenn ich erwachsen bin.

Am nächsten Morgen stapften Oma und ich durch den knirschenden Schnee im Wald. Wir fanden die Stelle, an der Opa und ich unsere Zeitkapsel vergraben hatten. In dem Sommer bevor Opa krank wurde und starb, legte jeder von uns einige Dinge in eine Plastikschachtel. Wenn wir sie in zehn Jahren ausgraben würden, könnten wir uns mit ihrer Hilfe an das erinnern, was wir einmal getan hatten. Wir legten ein Bild von Opa und mir hinein, auf dem wir beide einen großen Sonnenhut trugen und Vögel gerade die Körner von den Krempen pickten. Als Mom das Foto machte, waren wir ganz still dagesessen. Die anderen Dinge in der Zeitkapsel waren:

1. eine Lavendel-Badekugel
2. eine kanadische Ein-Dollar-Münze mit der Jahreszahl drauf
3. ein Stück Schnur, das so lang war wie ich damals groß
4. mein Handabdruck auf Lehm, den wir am Fluss gefunden haben
5. die Kinokarten, die ich in der Handtasche meiner Mutter fand, von dem Harry-Potter-Film, den ich in diesem Sommer mit ihr gesehen hatte
6. Samen von Apfel, Gurke, Erbse und Kürbis, für alle Fälle.

Ich legte auch einen Brief hinein, den ich an mein zukünftiges Ich schrieb. Anfangs wusste ich nicht recht, was ich schreiben sollte, deshalb fragte ich meine Mutter. Sie meinte: »Wie wär's mit ›Lieber Phin in der Zukunft, schläfst du immer noch bei deiner Mutter im Bett?‹« Ich fand das gar nicht komisch, vor allem weil ich damals viel seltener bei ihr schlief als heute. Ich kann mich nicht mehr genau erinnern, was ich dann schrieb, aber es war irgendwas in dieser Richtung: »Lieber Phin in der Zukunft, ich schreibe dir das als dein achtjähriges Ich. Ich hoffe, dass zu der Zeit, wenn du das liest, noch irgendwo Arten wie Tiger, Menschenaffen und Eisbären herumlaufen. Und ich hoffe, du hast schon zumindest eine Art vor dem Aussterben bewahrt. Wenn nicht, dann streng dich bitte ein bisschen mehr an. Mit freundlichen Grüßen, der Phin aus der Vergangenheit.«

Die Zeitkapsel liegt unter einer großen Kiefer im Wald. Ich weiß genau, welcher Baum es ist, weil er genau neben einem Felsblock steht, der so schwer ist wie meine Mutter und den wahrscheinlich niemand ohne eine große Maschine wegbewegen kann. Meine Großmutter hat gesagt, wir müssten uns keine Sorgen machen, dass ihn jemand wegschafft, solange sie noch lebt. Sie ist fünfundsechzig, und die durchschnittliche Lebenserwartung einer Frau liegt bei ungefähr achtzig, deshalb hoffe ich sehr, dass ich die Kapsel noch viele Jahre in der Erde lassen kann.

Als ich an die Stelle kam, an der die Zeitkapsel vergraben ist, musste ich an das Bild von Opa und mir denken, auf dem wir zwei immer dieselben bleiben würden. Ich stellte mir vor, mein Großvater würde in der Zeitkapsel weiterleben. Er sitzt im Garten, liest die Zeitung und trinkt seinen Lieblingstee. Nach einer Weile lehnt er sich zurück, legt sich die Zeitung übers Gesicht und macht ein Nickerchen – so als wäre die Zeit für ihn stehen geblieben. Ich stelle ihn mir lieber in unserer Kapsel vor als in der Kiste auf dem Friedhof. Jedes Mal wenn ich an diese Kiste denke, bekomme ich ein richtig ungutes Gefühl im Magen.

Ich frage mich, ob der Phin in der Zukunft traurig sein wird, wenn er die Kapsel aufmacht und das Bild sieht. Ein bisschen habe ich Angst, dass er es vielleicht nicht sein wird, und das hieße dann, er hätte Opa vergessen. Ich glaube, ich wäre lieber traurig, als dass ich ihn vergesse.

Das Eislaufen auf dem Fluss war einfach super! Mom, Oma, Onkel John und ich nahmen ein großes Tuch mit, das wir an den Enden hielten. Der Wind peitschte das Tuch in die Luft wie ein großes Segel, und wir glitten immer schneller auf dem Eis dahin. Es fühlte sich an, als würden wir fliegen. Für die Möwen in der Luft über uns müssen wir ausgesehen haben wie ein großer Schwan.

Wir kamen zu einer Stelle mit einem großen Baumstamm am Ufer, an der irgendwann einmal jemand ein Lagerfeuer gemacht hatte. Dort setzten wir uns hin und rasteten ein Weilchen. Während Mom, Oma und Onkel John sich unterhielten, lag ich auf dem Bauch und sah durch das Eis hinunter. Es war so klar wie Glas, und ich konnte das gefrorene Wassergras am Grund erkennen. Ich stellte mir vor, ich würde auf dem Wasser treiben. Es war ein wunderbares Gefühl.

Wenn ich Zauberkräfte hätte, würde ich mir Kiemen wachsen lassen, damit ich ganz lang unter Wasser bleiben kann. Die Kiemen wären da, bis ich an Land gehe, dann würden sie wieder verschwinden. Ich könnte unter Wasser schwimmen und atmen wie ein Fisch, und ich könnte die Sprache aller Meeressäugetiere verstehen. Ich würde mit den Delfinen sprechen, und wir würden uns zusammen überlegen, wie wir sie retten können. Ich wäre derjenige, der an Land geht und ihre Pläne für sie ausführt.

Manche Wissenschaftler verbringen ihr ganzes Leben damit, Delfine zu studieren – die Säugetiere wie wir Menschen sind, und keine Fische –, weil sie feststellen wollen, ob sie genauso intelligent sind wie Menschen. Sie haben herausgefunden, dass sie miteinander sprechen und sogar über andere tratschen. Beim Großen Tümmler hat jedes Tier seinen eigenen Namen, der aus einer Folge von Pfiffen und Klicklauten besteht. Manchmal sprechen zwei Delfine den Namen eines anderen aus, der gerade gar nicht da ist. Delfine halten auch Versammlungen ab, bei denen sie einen Kreis bilden und abwechselnd sprechen. Niemand weiß, worüber sie sich unterhalten, aber ich wette, es geht manchmal um die Frage, ob Menschen so intelligent sind wie Delfine.

Zurück zu Omas Haus brauchten wir viel länger als für den gleichen Weg zum Rastplatz. Das lag daran, dass der Wind nicht aus der richtigen Richtung wehte, um uns mit unserem Segel zu helfen. Schließlich mussten wir es zusammenfalten und in Omas Rucksack stecken. Ich stürzte nur einmal auf dem Weg den Fluss hinunter, aber dreimal auf dem Rückweg. Doch es tat nicht besonders weh, weil mir Oma ein kleines dünnes Kissen gegeben hatte, das in meiner Hose steckte.

Als wir zum Haus zurückkamen, ging meine Mutter duschen, und ich half meiner Großmutter beim Kochen. Danach mussten wir auch schon wieder aufbrechen, um rechtzeitig nach Hause zu kommen. Mom und ich umarmten Oma zum Abschied. »Dann bis zum nächsten Mal, mein kleiner Frosch«, sagte Oma zu mir. Sie sah sehr traurig aus – genauso hatte eine Elefantenmutter auf dem Green Channel viele Wochen lang ausgesehen, als ihr die Tierpfleger ihr Kleines weggenommen hatten, um es in einen anderen Zoo zu bringen.

Auf dem Weg zurück nach Hause sah ich einunddreißig Friedhöfe.

Ich glaube, meine Mutter war traurig, als wir heimkamen. Wahrscheinlich hat sie sich auch noch nicht daran gewöhnt, dass wir Oma besuchen und Opa nicht da ist. Ich weiß auch nicht, was ich machen soll gegen dieses Gefühl, das man Traurigkeit nennt. Die Leute sagen mir, ich solle mich an die glücklichen Zeiten und die schönen Dinge erinnern, die ich mit meinem Großvater erlebt habe. Aber was mich interessiert, ist, wo das alles hinkommt, wenn jemand stirbt – die vielen Dinge, die einem wichtig waren. Schließlich sind sie ja nicht irgendwo in einer Flasche oder so.

Ich fragte meine Großmutter danach, und sie sagte, dass diese Dinge in mir wären und in meiner Mutter und in allen anderen, deren Leben Großvater berührt hätte. Sie meinte, dass überall ein kleines Stück von ihm sei. Also sind wir vielleicht ein bisschen wie Flaschen.

Bird und ich reden manchmal über tote Menschen. Kurz nach meinem Großvater starb Birds Tante, das war vor fast genau fünfzehn Monaten. Sie kam bei einem Autounfall ums Leben, und Opa starb an Krebs. Was wir beide nicht wissen, ist, ob man im Himmel in alle Ewigkeit die Kleider trägt, mit denen man begraben wurde.

Ich fragte meine Mutter danach, weil sie an den Himmel glaubt, und sie sagte, das glaube sie nicht, weil der Himmel wahrscheinlich nicht so ein Ort sei wie die Erde. Sie meinte, man würde die Kleider der anderen vielleicht gar nicht sehen, sondern nur das wahre Selbst eines jeden Menschen, also das, was er innen drin ist.

Bird fragte seine Mutter das Gleiche, und sie meinte, dass die Toten diese Kleider vielleicht ewig trugen, dass sich im Himmel aber keiner über solche Sachen Gedanken machen würde. Aber Bird erinnerte sich daran, dass seine Mutter und der Mann seiner Tante lange überlegt hatten, was sie ihr zur Beerdigung anziehen sollten. Dann entschieden sie sich für ein violettes Kleid, weil Violett ihre Lieblingsfarbe war. Ich hoffe sehr, dass sie Violett wirklich so gern mag, wenn sie dieses Kleid ewig tragen muss.

Als Opa starb, erinnerte mich Mom an das Traurigste, das Jane Goodall je gesehen hatte, wie sie selbst sagte. Es passierte, als eine fünfzig Jahre alte Schimpansen-Matriarchin starb. Ihr acht Jahre alter Sohn setzte sich zu ihrer Leiche, nahm ihre Hand in die seine und wimmerte. Er aß nicht mehr und tat nichts mehr, genau wie meine Mom, als Opa starb. Ich machte mir riesengroße Sorgen, weil ich wusste, dass dieser junge Schimpanse ebenfalls sterben würde, nachdem er drei Wochen nichts gegessen hatte.

Bei Opas Begräbnis erinnerte mich Mom an die großen Menschenaffen und Bären, die ihre toten Angehörigen manchmal einfach nicht verlassen können. Ihre Freundin Jill konnte sie nicht von Opas Sarg wegziehen.

Heute Abend malte ich meiner Mutter ein Bild mit Wasserfarben. Ihre Lieblingsgartenblume ist die Indianernessel, die wie eine außerirdische Blume aussieht, vielleicht wie eine von der Venus. Also malte ich ein Bild von Mom mit einer Halskette aus roten Indianernesseln, so wie die Blumenketten auf Hawaii.

Meine Mom mag meine Bilder. Bis jetzt habe ich ihr sieben geschenkt, und sie hängen alle an einer Wand in ihrem Arbeitszimmer. Mir gefällt das Bild am besten, auf dem ihre langen Haare wie ein Vogelnest aufgetürmt sind. In das Haarnest habe ich vier kleine blaue Wanderdrosseleier gemalt. Ihre Haare haben mir besser gefallen, als sie noch lang waren, so wie auf dem Bild. Jetzt trägt sie sie kurz, und auf meinem neuen Bild sieht sie selbst wie eine Indianernessel aus – ziemlich außerirdisch. Aber das werde ich ihr nicht sagen.

Als das Bild trocken war, wickelte ich es in Geschenkpapier ein und brachte es meiner Mom, die an ihrem Schreibtisch arbeitete. »Was ist denn das?«, fragte sie mit aufgeregter Stimme.

»Nur etwas, das ich für dich gemacht habe«, sagte ich.

»Oh, danke, Schatz. Gibt es irgendeinen Grund, warum ich das bekomme?«

»Ich weiß nicht. Ich wollte einfach nur etwas für dich machen.«

Als sie das Bild ausgepackt hatte, sah sie mich mit einem superbreiten Lächeln an.

»Das ist absolut fantastisch, Phin, danke!«, rief sie. Dann zog sie mich an sich, drückte mich ganz fest und gab mir einen Kuss.

Ich half Mom zu überlegen, wo sie das neue Bild hinhängen sollte. Als sie den Nagel in die Wand schlug, drehte sie sich zur Seite, und ich sah einen kurzen Moment lang Opa in ihrem Gesicht.

Da dachte ich mir, dass Oma vielleicht recht hat – womöglich ist wirklich überall ein bisschen was von ihm. Ich würde mir nur wünschen, dass sich alles das, was von ihm da ist, wieder zusammensetzt, wie in einem Film, den ich einmal gesehen habe. Dort wurde ein Haufen Blätter vom Boden aufgewirbelt, und daraus entstand die Gestalt eines toten Menschen. Am Anfang wäre es vielleicht ein bisschen unheimlich, aber ein Großvater aus Blättern wäre immer noch besser als gar keiner.

Bird und ich haben uns vorgenommen, sofort die Rettungsgruppe für Frösche und Kaulquappen in Australien anzurufen, sobald wir Knuddel befreit haben. Diese Leute können uns dann hoffentlich weiterhelfen, damit wir einen Weg finden, wie wir ihn zurückbringen können. Wir haben uns auch schon einen Plan ausgedacht, und er hat sogar einen Namen. Bird schlug *Mission Impossible* vor, aber mir gefiel das Wort *Impossible* nicht. Ich war für *Korallenfinger-Rückführung*, aber Bird sagte, dass das nicht besonders gut klinge. Also nahmen wir von beiden Vorschlägen ein bisschen was und einigten uns auf *Mission Korallenfinger*. *Mission Korallenfinger* wird in folgenden Schritten ablaufen:

1. Die Rettungsaktion wird nächsten Mittwoch in der Zeichenstunde stattfinden, wenn alle mit Malen und Kleben beschäftigt sind. Wir haben uns für diesen Tag entschieden, weil die Leute von den Dämpfen der Farben und Klebstoffe wahrscheinlich ein bisschen benebelt sind.
2. Ich werde Löcher in meine Pausentüte stechen, während meine Mutter unter der Dusche ist.
3. Um 14:50 Uhr, kurz bevor die Zeichenstunde aus ist, wird Bird ein Ablenkungsmanöver starten und den Wassertopf mit den Pinseln umstoßen.
4. Während Mrs. Wardman Bird beim Aufräumen hilft (sie wird wahrscheinlich ziemlich sauer auf ihn sein, aber Bird sagt, das sei er schon gewohnt), werde ich Knuddel aus dem Terrarium nehmen und schnell zu meinem Fach gehen. Dort stecke ich ihn in meine Pausentüte, wo er fürs Erste sicher ist, bis ich ihn nach Hause bringe.
5. Ich gebe an Knuddels Stelle einen Gummifrosch von

Bird ins Terrarium. Der falsche Frosch ist zwar braun und Knuddel grün, aber wir glauben, dass das niemandem auffallen wird, weil alle die Dämpfe eingeatmet haben.

6. Wenn ich damit fertig bin, wird die Glocke zum Schulschluss läuten.
7. Bird wird das Glas mit Knuddels Futter stehlen und einstecken. Wir wollen sichergehen, dass wir ihm das Richtige füttern. Wenn ein Frosch nämlich etwas frisst, das ihm nicht bekommt, kann es passieren, dass er seinen ganzen Magen erbricht. Der Magen hängt ihm dann aus dem Maul, der Frosch entfernt den Mageninhalt mit dem Vorderbein und schluckt den Magen wieder hinunter. Das müssen Bird und ich nicht unbedingt sehen.
8. Bird wird mit zu mir nach Hause kommen, und ich werde meiner Mutter sagen, dass wir in meinem Zimmer spielen wollen.
9. Dort werden wir Knuddel in eine große Schachtel setzen, wo er erst einmal sicher ist, bis wir wissen, was wir mit ihm unternehmen wollen.
10. Wir werden das schnurlose Telefon aus Moms Schlafzimmer schmuggeln und die Rettungsgruppe für Frösche und Kaulquappen in Australien anrufen. Dort erfahren wir hoffentlich, wie wir Knuddel zurück nach Australien bringen können. Wenn wir vorher dort anrufen würden, könnte unser Plan auffliegen, weil meine Mutter die auffällige Nummer auf der Telefonrechnung bemerken könnte.

Ich freute mich einerseits auf die Aktion, aber ich war auch ziemlich nervös. Um mich zu beruhigen, schrieb ich in meinem Reull-Heft weiter. Die Gorach-Führer haben ein Problem bekommen. Einige der Unbequemen Gorachs sind der Meinung, dass auch die anderen Geschöpfe auf dem Planeten eine Seele hätten und dass die Gorachs sie besser nicht in Käfige sperren und quälen sollten. Sie haben den anderen Gorachs Bilder von Tieren gezeigt, die so aussehen, als würden sie unter großen Schmerzen sterben, und nach ihrem Tod steigen helle Lichter in die Luft empor. Auch manche der gewöhnlichen Gorachs fangen jetzt an zu glauben, dass die anderen Tiere eine Seele haben. Deshalb haben die Gorach-Führer den Wissenschaftlern, die für sie arbeiten, gesagt, sie sollen beweisen, dass das nicht wahr ist.

Um die Wahrheit herauszufinden, haben diese Wissenschaftler eine Maschine erfunden, die das Gewicht desjenigen, der sie betritt, sehr genau misst. Als Nächstes wiegt sie die einzelnen Körperteile – die Knochen, die ganze Haut, sämtliche Organe und das Blut. Dann zählt die Maschine alles zusammen und zieht die Summe vom vorher gemessenen Gesamtgewicht ab. Was übrig bleibt, ist das Gewicht der Seele.

Das erste Versuchskaninchen für die Maschine war ein Plubber. Ein Plubber ist so etwas Ähnliches wie ein Elefant auf der Erde, nur dass er drei Rüssel hat – einen zum Fressen und Trinken, einen zur Verteidigung und einen, um andere Plubber zu umarmen. Er kann das alles gleichzeitig tun, wodurch er sehr effizient ist.

Der Plubber, den die Gorachs als Versuchskaninchen ausgesucht hatten, hieß Kloop. Er hatte in einem Käfig gelebt, der genauso groß war wie er selbst – keinen Millimeter größer oder kleiner –, und das siebzig Jahre lang. Jeden Tag hatten Hunderte Gorach-Kinder Kloops Käfig besucht, ihn gestoßen und über ihn gelacht. Heute benutzt er seine Rüssel fast nur noch, um damit sein Gesicht zu bedecken.

Einer der Gorach-Wissenschaftler trieb Kloop mit einem

Elektrostab in die Maschine zum Wiegen der Seele. Die Maschine arbeitete eine Weile, dann spuckte sie das Ergebnis aus. Kloops Gesamtgewicht betrug 513 Kilo, das Gesamtgewicht seiner Körperteile 512,995 Kilo. Die Gorach-Wissenschaftler hatten also herausgefunden, dass seine Seele 0,005 Kilogramm wiegt. »Seht ihr!«, verkündeten sie daraufhin. »Diese Tiere haben nur eine winzig kleine Seele, die praktisch überhaupt kein Gewicht hat.«

Danach wogen Gorach-Wissenschaftler die Seelen vieler anderer Tiere auf Reull, zum Beispiel die der Grabdrossel und die der Elektrischen Katze. Die Seelen waren nie schwerer als 0,006 Kilogramm, was die Wissenschaftler und Führer der Gorachs sehr zufrieden stimmte.

»Aber«, wandten die Unbequemen Gorachs ein, »ihr habt niemals die Seele eines Gorachs gewogen – woher sollen wir wissen, dass die Seele eines Gorachs schwerer ist?«

Diese Frage wurde nie beantwortet, weil die Gorach-Wissenschaftler nur darüber lachten und sie als albernen Gedanken abtaten. So etwas Absurdes konnte wirklich nur den dummen Unbequemen Gorachs einfallen.

Nach dieser Geschichte zeichnete ich ein Bild von den Gorach-Wissenschaftlern, wie sie gerade die Seelen der anderen Tiere von Reull wiegen.

Es ist jetzt 22:25 Uhr, und ich kann nicht schlafen. Aber wenn ich nicht aufstehe und meine Mutter störe und wenn ich auch nicht mitten in der Nacht zu ihr ins Bett krieche, dann bekomme ich einen Dollar. Das habe ich auf der Liste gelesen, die Dr. Barrett meiner Mutter gegeben hat. Es standen auch noch andere Dinge als mögliche Belohnung für mich darauf:

Geld
Dame spielen
Mit Freunden spielen
Schwimmen
Mit Ton arbeiten
Klavierstunden
Singen
Umarmung oder Kuss bekommen
Lesen
Neue Kleider bekommen
Den Tisch decken
Das Bett machen
Geschirr abwaschen

Die ersten drei Punkte habe ich mir gemerkt, weil es Dinge sind, die ich mag. Bevor sich mein Dad und meine Mom trennten, habe ich oft mit meinem Dad Dame gespielt, obwohl unser Lieblingsspiel Schach war. An den vierten Punkt erinnere ich mich, weil ich gerade Schwimmstunden nehme, damit ich nicht ertrinke. Ich wünschte, ich hätte eine Schwimmblase wie ein Fisch. Das ist ein Organ, das mit Gas gefüllt ist und dem Fisch beim Schwimmen hilft. Das Problem ist, dass die Schwimmblase sich zu stark ausdehnen und reißen kann, wenn der Fisch zu schnell an die Oberfläche kommt. Dann quellen seine Augen aus dem Kopf, und der Magen wird durch den Mund herausgedrückt.

Die letzten drei Punkte auf Dr. Barretts Liste habe ich mir gemerkt, weil ich noch nie gehört habe, dass es Kinder gibt, die zur Belohnung den Tisch decken oder Geschirr abwaschen wollen. Ich dachte mir, dass diese Dinge sicher als Scherz gemeint waren. Wenn mir meine Mutter sagen würde, dass ich das Geschirr abwaschen darf, wenn ich in meinem eigenen

Bett schlafe, dann würde ich nie wieder in meinem Bett schlafen – nicht einmal wenn ich zwanzig oder dreißig Jahre alt wäre und in meiner sozialen Entwicklung ein bisschen zurückgeblieben, so wie Onkel John. Ich weiß nicht, warum ich mir die Punkte in der Mitte der Liste ebenfalls gemerkt habe.

Schließlich habe ich mir das Geld als Belohnung ausgesucht, obwohl ich eigentlich hoffe, dass Mom mir wieder erlauben wird, den Green Channel zu sehen, wenn ich lange genug in meinem eigenen Bett geschlafen habe. Aber fürs Erste bin ich zufrieden mit dem Geld.

In den letzten fünf Nächten habe ich es nur ein Mal geschafft, in meinem Bett zu bleiben, das war letzte Nacht. Der Grund war, dass ich erst um elf Uhr schlafen ging, also zwei Stunden später als sonst. Meine Mutter hatte auf einer Veranstaltung für Journalisten eine Auszeichnung bekommen, und ich hatte sie dorthin begleitet. Als ich endlich ins Bett kam, begann ich mir sofort wieder Sorgen um Knuddel zu machen. Außerdem war ich nervös, weil es nur noch wenige Tage bis zu unserer Rettungsaktion waren und weil ich Angst habe, dass irgendetwas schiefgehen könnte. Aber ich muss wirklich müde gewesen sein, weil ich kurz darauf einschlief.

Ich mag es, wenn mich meine Mutter irgendwohin mitnimmt. Ein paarmal ist sie auch schon mit Männern zu solchen Veranstaltungen gegangen. Ich weiß das, weil ich sie mit ihrer Freundin Jill darüber reden gehört habe. Obwohl ich diese Männer nicht kenne, weiß ich, dass ich sie nicht mögen würde. Ich habe Angst, dass sie noch einmal mit Brent ausgehen könnte, der für mich der Schlimmste von allen ist. Aber sie muss auf mich gehört haben, als ich ihr sagte, dass er meine Homöostase durcheinanderbringt.

Ich nehme an, dass sie sich immer dann schminkt, wenn sie eine Verabredung hat. Menschliche Weibchen sind in dieser

Hinsicht seltsam. Im Tierreich versuchen normalerweise die Männchen, die Aufmerksamkeit der Weibchen auf sich zu ziehen, und nicht umgekehrt. Männliche Gorillas trommeln sich auf die Brust und röhren laut, männliche Eidechsen machen Liegestütze, männliche Nilpferde pinkeln und wirbeln das Pipi mit kreisenden Schwanzbewegungen auseinander, und Weißstirnamazonenmännchen würgen Futter aus ihrem Kropf hoch und füttern es dem Weibchen. Im Tierreich ist es fast immer so, dass das Männchen dem Weibchen zeigen muss, wie stark und robust es ist und dass das Weibchen gesunde Kinder bekäme, wenn es sich mit ihm paaren würde.

Ich bin mir sicher, dass meine Mom einen Mann bekommen könnte, ohne sich auch nur ein bisschen anzustrengen. Aber da sie schon ein gesundes Kind hat – mich –, hat sie keinen Grund, sich nach einem Partner umzusehen. Außerdem gibt es ja auch noch meinen Vater.

Ich sage das, weil mein Dad letztes Jahr vor Weihnachten mit mir auf den Markt ging, um ein Geschenk für meine Mom zu kaufen. Als wir uns Schals ansahen, schlug er vor, einen bläulich grünen zu nehmen, weil er gut zu ihren schönen Augen passen würde. Das waren seine Worte – »ihre schönen Augen«. Ich glaube, er liebt sie immer noch, und das ist schon der halbe Weg zu einer Partnerschaft. Meine Mom sagt nie solche Dinge über meinen Dad, aber vielleicht denkt sie es insgeheim. Oder vielleicht ist ihre Liebe so tief vergraben, dass sie ihr selbst nicht mehr bewusst ist.

Nachdem ich letzte Nacht in meinem Bett geblieben bin, war meine Mutter heute früh richtig froh, und neben meinem Frühstück lag eine Ein-Dollar-Münze. »Phin«, sagte sie, »du hast es geschafft, ich hab gewusst, dass du es kannst.« Ich freute mich auch, weil sie so froh war, und nahm mir vor, auch heute Nacht in meinem Bett zu bleiben.

Leider schaffte ich es nicht. Irgendwann stand ich auf und sagte meiner Mutter, dass ich nicht schlafen könne, weil ich mir Sorgen wegen Knuddel mache. Im nächsten Moment war sie sofort wieder so, wie ich sie in letzter Zeit oft erlebt hatte – sauer auf mich. »Um Gottes willen, Phin, hör endlich auf! Hör auf damit!«, rief sie.

»Aber, Mom, Knuddel …«, fing ich an.

»Phineas! Hör auf damit! DU MACHST MICH WAHNSINNIG!«, schrie sie so laut, dass Fiddledee aus der Küche flüchtete und sich unter dem Wohnzimmertisch versteckte.

Ich hatte eigentlich eine kleine Andeutung machen wollen über das, was Bird und ich vorhatten, aber in diesem Moment stieg ein solcher Zorn in mir hoch, dass Worte aus mir herausplatzten wie Wasser aus einem Feuerwehrschlauch – Worte, die ich eigentlich nicht in den Mund nehmen sollte. Ich will sie nicht wiederholen, aber einige hatten mit Fortpflanzung zu tun. Sie schickte mich daraufhin zurück in mein Zimmer, und jetzt werde ich die ganze Nacht hier liegen und nachdenken und mir Sorgen machen.

Meine Mutter kann vielleicht bestimmen, was ich mache und was nicht, aber sie kann nicht über meine Gedanken bestimmen. Eigentlich kann sie auch nicht wirklich alles bestimmen, was ich tue. Es sind nur noch drei Tage, bis Mission Korallenfinger startet.

Heute war ich schon wieder bei Dr. Barrett. Wieder fragte er gleich, nachdem wir uns hingesetzt hatten: »Gibt es irgendetwas, über das du reden möchtest?« Diesmal war ich vorbereitet.

Bevor wir zu ihm fuhren, hatte ich eine Liste von Dingen zusammengestellt, über die ich sprechen wollte. Ich dachte mir, dass er dadurch keine Gelegenheit haben würde, zu den Dingen zu kommen, über die ich ganz sicher nicht sprechen wollte. Ich zog meine Liste hervor. Darauf standen folgende Punkte:

1. Wenn wir im Wasser sind, warum saugen wir uns dann nicht voll wie ein Stück Brot?
2. Wären Sie lieber schlecht und alle glauben, Sie wären gut, oder lieber gut und alle glauben, Sie wären schlecht?
3. Warum muss ich niesen, wenn ich in den Himmel schaue, aber meine Mutter nicht?

Ich schrieb nichts über Tiere auf meine Liste, um ihn nicht an Themen zu erinnern, über die ich nicht sprechen wollte.

Als ich Dr. Barrett die erste Frage gestellt hatte, sagte er: »Hmm. Ich habe wirklich keine Ahnung, Phin. Tut mir leid.«

Also stellte ich ihm die nächste Frage. Er sagte, er wäre lieber gut, auch wenn alle denken würden, er sei schlecht. Ich glaube ihm das nicht, es ist eher ungekehrt bei ihm, er stellt es nur ziemlich geschickt an, alle glauben zu lassen, dass er gut wäre. Meine Mutter hat er jedenfalls getäuscht.

Dr. Barrett wechselte das Thema, bevor ich zur dritten Frage kommen konnte. »Phin«, sagte er, »wie wär's, wenn wir darüber reden, wie du dich in den letzten Tagen gefühlt hast? Geht es dir schon besser?«

»Nein«, antwortete ich. »Ich konnte zwar den Green Channel nicht sehen, aber ich bin mir ziemlich sicher, dass die Situation auf der Erde nicht besser geworden ist.«

»Phin«, sagte Dr. Barrett, »wir können gegen vieles, das auf der Welt passiert, einfach nichts tun – wir können die Welt nun mal nicht verändern. Aber eines können wir tun: Wir können unsere Reaktion auf die Dinge ändern, damit wir uns ruhiger und gesünder fühlen.«

Das klang nicht sehr überzeugend. Wir Menschen haben den Schlamassel verursacht, also ist es doch nur logisch, dass wir ihn als Einzige auch wieder beseitigen können. Es geht ja nicht darum, die Gesetze der Physik außer Kraft zu setzen oder so was.

Ich seufzte tief, atmete durch die Nase ein und durch den Mund wieder aus, so wie Dr. Barrett es mir gezeigt hatte. Dann sagte ich: »Ich hab's einfach satt, dass mich alle anlügen.«

»Wer lügt dich an, Phin?«, fragte Dr. Barrett ein bisschen überrascht.

Ich blieb stumm.

»Willst du mit mir darüber sprechen, Phin?«, fragte Dr. Barrett.

Ich schüttelte den Kopf. Ich wollte erst noch einmal darüber nachdenken, bevor ich mehr dazu sagte.

»Okay«, sagte Dr. Barrett, »ich hätte gern, dass du bis nächste Woche ein paar Beispiele aufschreibst, was du damit meinst. Wirst du das für mich tun?«

Ich nickte. Insgeheim hätte ich Dr. Barrett auch gern eine Hausaufgabe gegeben. Meine Hausaufgabe für ihn wäre, dass er eine Liste von Gründen aufstellen muss, warum er denkt, dass ich mir keine Sorgen machen sollte. Ich glaube, er gehört zu den Leuten, die gar nicht wissen wollen, was sie nicht wissen.

Bevor ich ging, zeigte mir Dr. Barrett noch ein paar Entspannungsübungen. Ich glaube, wenn dieser Mann noch ein klein wenig entspannter wäre, dann wäre er tot.

Gestern Abend begann ich mit der Liste der Lügen, und heute in der Schule kamen zwei dazu. Der erste Vorfall passierte in der Englischstunde, als Mrs. Wardman uns eine Geschichte über Terry Fox vorlas. Das ist ein junger Bursche, der quer durch Kanada gelaufen ist, um Geld für die Krebsforschung zu sammeln. Er hatte selbst Krebs und nur ein Bein, aber er lief trotzdem, weil er glaubte, dadurch etwas bewirken zu können.

Nach der Geschichte kam ein Polizist zu uns in die Klasse und erzählte uns von *Cops für Krebs*. Einige Polizisten in der Stadt wollen sich den Kopf kahl scheren, um Geld für die Krebsbekämpfung zu sammeln. Dann sprachen der Polizist und Mrs. Wardman darüber, dass ein Mensch sehr wohl die Welt verändern könne und dass es wichtig sei, daran zu glauben.

Als wir hinterher Fragen stellen durften, fragte Gordon, ob diese Polizisten nicht gefeuert würden, wenn sie kahl wären, weil sie dann kleiner wären. Der Polizist antwortete, dass das nicht passieren würde, weil man als Polizist heute keine bestimmte Größe mehr haben müsse.

Ich wollte den Cop auch etwas fragen. Ich hätte gern gewusst, warum es *Cops für Krebs* hieß. Müsste es nicht *Cops gegen Krebs* heißen? Leider konnte ich meine Frage nicht stellen, weil der Polizist gehen musste, bevor ich an der Reihe war.

Als er weg war, nahm ich meine Liste heraus und fügte Nummer vier hinzu. Damit sieht meine Liste vorläufig so aus:

1. Der Weihnachtsmann, die Zahnfee, der Osterhase etc. etc.

Ich schrieb *etc. etc.*, weil es noch eine Menge anderer Wesen gibt, die nur erfunden sind, von denen kleine Kinder aber glauben sollen, dass es sie wirklich gibt. Das finde ich ganz einfach fies. Als ich sechs war, wachte ich eines Morgens mit einem Kratzer im Gesicht auf. Ich dachte, das wäre die Zahnfee gewesen, als sie unter mein Kissen griff, um den Zahn mitzunehmen. Ich war mir nicht sicher, ob sie es versehentlich oder absichtlich getan hatte. Mir war das damals richtig unheimlich. Heute bin ich mir nicht einmal mehr sicher, ob es einen Gott gibt. Ich kann mich auf die Informationen, die ich bekomme, einfach nicht verlassen.

2. Es gibt keine Geister.

Das stimmt nicht. Ich habe schon vier gesehen, und ich lebe erst seit neun Jahren. Der erste war eine Geisterkatze, die in der Nacht auf das Fußende meines Betts sprang. Ich spürte ihre Schritte bis hinauf zu meinem Kopf, dann hüpfte sie wieder hinunter und verschwand.

3. Es wird alles gut.
4. Ein Mensch kann die Welt nicht verändern.

Ich schrieb das auf meine Liste der Lügen, weil Dr. Barrett selbst gesagt hatte, dass wir die Welt nicht verändern können. Und Mrs. Wardman und der Polizist haben genau das Gegenteil behauptet.

Ich halte es für wahrscheinlicher, dass Dr. Barrett unrecht hat. Wenn zum Beispiel Gordon die Spinne tötet, die ihr Netz im Fenster hat, dann kann diese Spinne nicht die Fruchtfliegen fressen, die um die faule Banane in Kaitlyns Tischfach herumschwirren. Das bedeutet, dass Gordon die Welt ein kleines bisschen verändert hat. Es bedeutet auch, dass alles aus irgendeinem Grund geschieht.

Das brachte mich dazu, über das Gewicht der Welt nachzudenken. Wenn alle Spinnen ausgestorben wären, dann könnten sie keine Insekten mehr fressen. Das wäre ein riesiges Problem, weil das Gewicht der Insekten, die jedes Jahr von Spinnen gefressen werden, größer ist als das Gewicht sämtlicher Menschen auf der Erde. Würde das dann heißen, dass die Erde immer schwerer werden würde?

Ich dachte eine Weile darüber nach, aber dann wurde mir klar, dass das nicht der Fall wäre. Wenn nämlich Spinnen Insekten fressen, werden sie zuerst einmal schwerer, bis sie alles kacken, was ihr Körper nicht verwerten kann. Dadurch bleibt das Gesamtgewicht relativ gleich. Außerdem müssen die Insekten von irgendwas Organischem herstammen, und es gibt nur eine bestimmte Menge an organischem Material auf der Erde. Auch wenn es ständig seine Form verändert, so stelle ich mir doch vor, dass sein Gewicht mehr oder weniger gleich bleibt.

Aber dann musste ich an Meteoriten denken, die aus dem Weltall auf die Erde fallen. Ihr Gewicht kommt zu dem der Erde dazu. Außerdem gewinnt der Mensch Helium aus dem Erdinneren und füllt es in Ballons. Das Helium steigt auf und entweicht aus der Erdatmosphäre. Bedeuten diese zwei Dinge, dass die Erde immer schwerer wird? Wenn ja, wird die Erde dann irgendwann aus ihrer Umlaufbahn um die Sonne geschleudert? Aber selbst wenn das so sein sollte, wird es wohl erst in vielen Millionen Jahren passieren. Im Moment gibt es wichtigere Dinge, um die ich mir Sorgen machen muss.

Nach der Englischstunde hatten wir Französisch, und da stieß ich auf Lüge Nummer fünf. Mrs. Reid kam zum ersten Mal wieder in die Schule, nachdem sie einen ganzen Monat krank gewesen war. Sie erzählte uns, dass sie im Krankenhaus gelegen hatte, wegen eines Blutgerinnsels in den Venen ihres linken Beins. Sie sagte, sie hätte Medikamente bekommen, die das Blutgerinnsel auflösen sollten, und deshalb müsse sie in den nächsten Monaten besonders vorsichtig sein, weil es sehr gefährlich wäre, wenn das Gerinnsel zum Herz oder zum Gehirn wandern würde. Dann sagte sie noch, wenn sie plötzlich umfallen würde, dann sollten wir schnell in die Direktion laufen und jemandem Bescheid sagen. Kaitlyn meldete sich für die Aufgabe, zur Direktion zu laufen. Sie ist klein und kann richtig schnell rennen. Ich nehme an, das liegt daran, dass ihr Gehirn näher bei den Beinen ist. Dann sagte Mrs. Reid noch: »Aber keine Sorge, mir geht's gut.«

Ich schrieb das gleich auf meine Liste. Wie kann Mrs. Reid sagen, dass es ihr gut geht, wenn sie ein Blutgerinnsel in ihren Venen hat und ständig Angst haben muss, dass sie umfällt und stirbt?

Heute in der Mittagspause schafften es Bird und ich, vor allen anderen bei den Schaukeln zu sein. Das lag daran, dass wir ein bisschen gemogelt hatten. Da Bird gleich hinter der Schule wohnt, habe ich mir von meiner Mutter eine Bestätigung geben lassen, dass ich mit Bird nach Hause gehen darf, um bei ihm zu Mittag zu essen. Ich hatte ihr gesagt, dass Birds Mutter mich eingeladen hätte, und sie glaubte es mir, weil ich inzwischen ganz gut im Lügen bin.

Dass ich zum Lügner werde, liegt daran, dass ich nicht einsehe, warum ich nicht auch lügen sollte. Alle anderen tun es, wie meine Liste der Lügen deutlich zeigt. Ich glaube, dass man eindeutig im Nachteil ist, wenn man in einer Welt voller Lügner der Einzige ist, der immer die Wahrheit sagt.

Als ich genauer darüber nachdachte, wunderte es mich nicht mehr so sehr, dass die Menschen lügen, weil es die Tiere nämlich auch tun. Meistens belügt eine Art die andere, um nicht gefressen zu werden. Der Regenpfeifer zum Beispiel tut so, als hätte er einen gebrochenen Flügel, wenn ein Raubtier seinem Nest zu nahe kommt. Das Raubtier jagt hinter ihm her, und wenn er weit genug vom Nest weg ist, fliegt er zurück zu seinen Jungen.

Manchmal lügen sich auch Angehörige derselben Art an. Wenn ein Schimpanse etwas Essbares findet und mitbekommt, dass ihn gerade ein anderer Schimpanse beobachtet, dann tut er so, als hätte er nichts gefunden, und läuft weiter. Einmal hat ein Primatenforscher dokumentiert, dass ein altes Alphamännchen stark hinkte, nachdem es einen Kampf gegen das neue Alphamännchen verloren hatte. Aber sobald das Tier nicht mehr in Sichtweite des anderen war, hörte es auf zu hinken. Indem sich der Schimpanse schwächer stellte, als er war, hatte er sich wahrscheinlich schlimmere Prügel erspart.

Doch der Mensch ist eindeutig die Art, die am häufigsten lügt. Ich schätze, das liegt daran, dass die Menschen mit Abstand am meisten reden.

Birds Mutter wusste gar nicht, dass wir zum Mittagessen zu ihr kommen sollten, weil Bird keine Bestätigung von seiner Mutter braucht, um nach Hause zu gehen. In Wirklichkeit liefen wir in den Wald zwischen der Schule und Birds Haus und aßen die Sachen, die wir eingepackt hatten. Ich aß eine Tüte Teddy-Grahams-Crackers und einen Müsliriegel, und Bird aß eine große Tüte Erdnüsse (die wir in der Schule nicht *essen* dürfen, aber keiner hat etwas davon gesagt, dass wir sie nicht mitnehmen dürfen) und einen Käsestrang. Das Essen war nicht einfach, weil wir dabei so über den Streich lachen mussten, den wir den anderen gespielt hatten. Ich sagte zu Bird, er solle nicht lachen mit Erdnüssen im Mund, weil eine Erdnuss wahrscheinlich die richtige Größe für eine Luftröhre hat und ich nicht stark genug wäre, um ihn verkehrt nach unten hängen zu lassen, wie meine Mutter es einmal gemacht hat, als ich mich an einer Rosine verschluckt hatte.

Nach dem Essen liefen wir zum Schulspielplatz zurück und sprangen auf die zwei besten Schaukeln, bevor die anderen rauskamen. Beim Schaukeln fragte ich Bird, ob er es für möglich halte, dass der Klimawandel die Erde so stark aufheizte, dass wir in der Hitze verschmoren würden. Er sagte, dass er sich das nicht vorstellen könne und dass er es darum nicht für möglich halte. Dann fragte ich ihn, ob er sich vorstellen könne, tagelang ununterbrochen zu niesen, und er sagte nein, das könne er sich auch nicht vorstellen. Ich erzählte ihm von einem vierzehnjährigen Mädchen, das eines Tages angefangen hatte zu niesen und erst nach neun Monaten wieder damit aufhören konnte. Dann berichtete ich von einem Mann, der irgendwann Schluckauf bekam und bei dem der Schluckauf erst nach dreißig Jahren wieder verging. Bird meinte, dass das ziemlich wehtun müsse. Das dachte ich mir auch – genauso weh wie in der Hitze zu verschmoren.

Als die anderen auf den Spielplatz kamen, wunderten sie sich, dass Bird und ich schon da waren, aber keiner fragte uns, wie wir es angestellt hatten. Wir hatten inzwischen genug vom Schaukeln und standen beim großen Apfelbaum. Ich fragte Bird, ob ihn das Schmelzen der Polkappen nicht beunruhigte. »Eigentlich nicht«, meinte er. Ich sagte ihm, dass es mich dagegen sehr beunruhigte, und wollte von ihm wissen, warum er sich keine Sorgen mache.

»Weil ich mir nie wirklich Gedanken darüber gemacht habe.«

»Jetzt wäre eine gute Gelegenheit, damit anzufangen.«

»Okay, ich versuche ab jetzt, mir auch Sorgen zu machen.«

Ich sah, dass Bird nicht wirklich beunruhigt war, aber es war immerhin ein Anfang, dass er es versuchen wollte.

Heute habe ich lange mit Fiddledee gespielt, weil ich ihr ein neues Spielzeug gebastelt habe. Ich machte es aus einem alten Hausschuh, den mir Oma gestrickt hatte, als ich fünf war. Er beginnt sich schon aufzulösen, und so zog ich ihn durch das Haus, und Fiddledee sprang über eine halbe Stunde hinterher, um ihn zu erwischen. Sie war richtig aufgeregt; zuerst sauste sie herum, dann legte sie sich hin und lauerte, um gleich wieder zum Sprung anzusetzen.

Ich fragte meine Mom, ob sie glaube, dass Fiddledee weiter abgenommen habe, seit wir mit ihr bei Dr. Karnes waren. Sie glaubte es eher nicht. Fiddledee kam mir leichter vor, als ich sie auf den Arm nahm, aber vielleicht bildete ich mir das auch nur ein. Ich denke mir, es muss komisch sein, dauernd hochgehoben zu werden. Kann man sich als Mensch überhaupt vorstellen, wie das ist? Man geht durchs Zimmer, und plötzlich wird man hochgenommen und irgendwo anders wieder abgesetzt, wo man gar nicht hinwollte – von einem Wesen, das zehnmal größer ist als man selbst. Das muss wirklich eigenartig sein.

Ich sehe immer wieder in Fiddledees Katzenklo nach, ob ihre Kacka rot ist, aber bis jetzt ist alles in Ordnung. Meine Mom meint, dass sie sich vorher vielleicht nur von irgendetwas verfärbt hat, was sie gefressen hat. Aber ich mache mir trotzdem Sorgen um sie.

Als sich Fiddledee von unserem Spiel beruhigt hatte, kletterte sie auf meinen Schoß, legte sich hin und schnurrte ganz laut. Fiddledee scheint immer zufrieden zu sein, aber ich frage mich, ob sie nicht auch manchmal deprimiert ist, so wie meine Mom es war, als sie sich von Dad trennte und als Opa starb.

Ich wette, durch Fiddledees Gehirn strömte gerade der Botenstoff, der einen glücklich macht, als sie auf meinem Schoß lag und schnurrte. Im Gehirn der Tiere sind genau die gleichen chemischen Stoffe für die Gefühle zuständig wie bei uns Menschen. Ich streichelte Fiddledee, während ich darüber nachdachte, und sie sah zu mir auf und blinzelte träge. Ich bin mir sicher, dass ich außer Zufriedenheit auch Liebe in ihren Augen lesen konnte.

Ich kann nicht verstehen, dass Wissenschaftler alle möglichen Experimente an Tieren durchführen, um mehr über die Menschen zu erfahren, dass aber viele von ihnen denken, die Dinge, die wir über den Menschen wissen, würden nicht für andere Tiere gelten. Das ist so, wie wenn du mit jemandem so zusammenstößt, dass dir der Kopf brummt, und dann sagst du, du kannst dir nicht vorstellen, dass es dem anderen auch wehgetan hat.

Nachdem sich der Mensch aus anderen Tieren entwickelt hat, ist es nur logisch, dass die Gefühle ein Geschenk an uns Menschen sind – ein Geschenk der anderen Tiere.

Morgen ist Mittwoch – der Tag der Mission Korallenfinger. Morgen wird Knuddel von Bird und mir befreit werden!

Als ich am Abend zu Bett ging, hoffte ich inständig, dass nichts schiefgehen würde. Ich ging unseren Plan sechzehn Mal im Kopf durch, dann stand ich auf und überprüfte noch einmal, was Bird und ich aufgeschrieben hatten. Als ich wieder im Bett lag, ging ich den Plan in Gedanken noch sechs Mal durch. Das Ganze machte mich verrückt – es fühlte sich an, als wäre ich in einem Labyrinth aus Gedanken gefangen und käme nicht mehr heraus.

Ich dachte daran, ins Schlafzimmer meiner Mutter zu gehen, damit ich endlich aufhören konnte zu denken und einschlafen würde. Sie ist zwar schuld daran, dass meine Sorgen noch größer sind als früher, aber in der Nacht macht sie mich ruhiger. Dann musste ich aber daran denken, dass sie das nicht will. Ich soll in meinem Bett bleiben, weil sie und Dr. Barrett meinen, dass ich zu alt sei, um bei jemand anderem im Bett zu schlafen. Ich dachte an die vielen anderen Säugetiere, die auch bei ihren Müttern schlafen. Und sogar erwachsene Menschen schlafen meist nicht allein, sondern mit jemand anderem im gleichen Bett – vor allem wenn sie verheiratet sind. Warum sollen dann Kinder nicht auch mit jemand anderem im Bett schlafen?

Irgendwann gab ich es auf und ging zu meiner Mutter. Sie las gerade ein Buch, aber ihre Augen waren geschlossen. Ich kroch leise zu ihr ins Bett, aber wohl nicht leise genug. »Um Himmels willen, Phin«, sagte sie, »warum kannst du nicht einfach in deinem Bett bleiben?«

»Weil ich mir Sorgen mache und es mich beruhigt, wenn ich bei dir bin.«

Sie sagte nichts.

»Mom«, sagte ich, »ich geb dir einen Dollar, wenn ich bleiben kann.«

Sie seufzte, aber dann machte sie das Licht aus, zog mich an sich und umarmte mich.

Aber schlafen konnte ich trotzdem nicht.

Mission Korallenfinger war für die letzte Schulstunde angesetzt. Den ganzen Tag hüpfte mein Magen so stark auf und ab, dass ich das Gefühl hatte, er würde bald irgendwo weiter unten landen – in den Eingeweiden wahrscheinlich. Ich konnte an nichts anderes denken als an den Frosch.

Ständig guckte ich nach vorne zu Bird, und er stand immer wieder halb auf, drehte sich um und schaute zu mir nach hinten.

Einmal bekam er Ärger deswegen. Mrs. Wardman sah es und sagte: »Richard, setz dich ordentlich hin und konzentrier dich – und hör auf, in der Gegend herumzuschauen!«

»Ich hab nicht zum Frosch geguckt, Mrs. Wardman, ehrlich.«

Mrs. Wardman sah ihn nur komisch an. Bird konnte offensichtlich auch an nichts anderes denken als an den Frosch.

Ich lugte immer wieder verstohlen zu Knuddel hinüber, der hinter mir in seinem Terrarium saß. In Gedanken verglich ich ihn mit dem Gummifrosch, den ich an seiner Stelle in den Käfig setzen würde. Sie waren zwar ungefähr gleich groß, trotzdem war ich ziemlich beunruhigt, weil der Gummifrosch braun war. Ich hoffte wirklich, dass ihn niemand bemerken würde, bevor Bird und ich draußen waren.

Außerdem machte ich mir Sorgen wegen meiner Pausentüte. Heute früh, als meine Mutter unter der Dusche war, hatte ich mit einer Schere Löcher hineingestochen. Der äußere schwarze Teil war nicht schwer zu durchlöchern, aber ich musste mich sehr anstrengen, um die Schere durch die innere silberne Verkleidung zu stoßen. Bis ich die Badezimmertür aufgehen hörte, schaffte ich nur vier Löcher. Dann steckte ich die Tüte schnell in meinen Rucksack. Ich schätze, dass es Probleme geben wird, sobald meine Mutter die Löcher sieht. Dafür muss ich mir noch irgendeinen Grund einfallen lassen, der nichts mit einem Frosch zu tun hat.

In der Pause ging ich mit Bird noch einmal unseren Plan durch. Oder besser gesagt elf Mal. Dabei prägten wir uns jeden einzelnen Schritt genau ein. Bird machte sich auch Sorgen wegen des Gummifroschs, aber er war relativ zuversichtlich, dass es niemandem auffallen würde. Am Anfang, als wir Knuddel bekamen, standen alle ständig an seinem Terrarium und sahen ihm zu, aber in letzter Zeit beachtete ihn kaum noch jemand außer mir und Bird.

In der Mittagspause probten wir noch einmal, was wir tun würden. Wir legten ein Viereck aus Steinen mit einem großen Stein in der Mitte und taten so, als wäre das Knuddel in seinem Terrarium. Dann steckten wir ein paar Zweige in eine Limonadendose, die wir auf dem Fußballplatz gefunden hatten, und stellten uns vor, das wäre der Topf mit den Pinseln, den Bird umstoßen würde, um von Knuddel abzulenken. Bird zeigte mir an, dass er gleich den Topf umstoßen würde, indem er den rechten Zeigefinger in sein rechtes Ohr steckte. Für mich war es das Signal, zu dem Viereck aus Steinen zu gehen und mich an den Austausch der Frösche zu machen. Ich griff in meine Hosentasche, wo ich den Gummifrosch hatte, der in diesem Fall auch ein Stein war. Vorsichtig wartete ich, bis Bird die Dose umgestoßen hatte, dann tauschte ich schnell den Gummifrosch-Stein gegen den Knuddel-Stein.

Den nächsten Schritt probten wir nicht, doch ich hatte mir alles gut eingeprägt. Während Mrs. Wardman mit den Pinseln zu tun hat, werde ich in die Garderobe hinausgehen und Knuddel in meine Pausentüte setzen. Dann werde ich mich in die Klasse zurückschleichen. Inzwischen müsste es geläutet haben. Wenn das Ganze um genau 14:50 Uhr passiert, dann sollten die Glocke und die Stimmen der Kinder, die sich zum Heimgehen anziehen, alle Geräusche übertönen, die Knuddel vielleicht macht.

Die Stunden nach der Mittagspause liefen wie in Superzeitlupe ab. Das einzig Außergewöhnliche, das uns ein wenig ablenkte, war, dass Becky sich ins Waschbecken der Klasse und auf den ganzen Fußboden übergab. Daraufhin wurde der Hausmeister gerufen. Er streute ein weißes Pulver auf die Bescherung und wischte das Ganze auf. Es roch fürchterlich, und Becky sah aus, als würde sie gleich anfangen zu weinen, vor allem als Lyle sagte: »Iiieh, ich geh nie wieder an dieses Waschbecken. Pfui Teufel!«

Vielleicht wird niemand mehr dieses Waschbecken benutzen. Das würde mich nicht wundern, denn einmal hat sich ein Fünftklässler in den Trinkbrunnen in der Halle übergeben, und seither stehen alle lieber Schlange vor dem anderen Trinkbrunnen – obwohl der Junge, dem das passiert ist, heute bestimmt schon in die elfte Klasse geht. Aber jeder neue Schüler an unserer Schule bekommt sofort diese Geschichte erzählt.

Ich verfolgte angespannt, wie es zwei Uhr wurde – Zeit für die Zeichenstunde. »So, Kinder«, sagte Mrs. Wardman, »jetzt ziehen wir unsere Kittel an.« Bird und ich tauschten einen schnellen Blick. Er wirkte überhaupt nicht nervös. Ich hoffte, dass niemand bemerkte, wie aufgeregt ich dagegen war. Meine Hände waren so feucht, dass ich befürchtete, ich könnte nicht einmal einen Pinsel halten.

Mrs. Wardman gab uns große Blätter aus dickem Papier und kündigte an, dass wir heute ein Bild zu irgendeinem Lied aus der Musikstunde malen sollten, das uns gefiel. Ich überlegte und überlegte, aber mir fiel kein einziges Lied ein, das wir in Musik gehört hatten, geschweige denn eines, das mir gefiel – mein Hirn war vollkommen durcheinander, sodass die einzelnen Gedankenstücke keine Möglichkeit hatten, sich zusammenzufügen und etwas Ganzes zu ergeben.

Nach ein paar Minuten drehte ich mich zu Laura hinüber, um zu sehen, was sie malte. Sie hatte die Worte »You Are My Sunshine« geschrieben und malte gerade eine Sonne dazu. Auf der anderen Seite malte Jane ein Kaninchen mit langen Ohren, weil ihr Lied »Do Your Ears Hang Low?« hieß. In diesem Moment spürte ich das verrückte Lachen in meiner Brust.

Wenn ich richtig gestresst bin, fange ich manchmal an wie verrückt zu lachen. Als mir meine Mutter zum Beispiel sagte, dass mein Großvater schwer krank sei und sterben würde, lachte ich auch so schrecklich los. Ich weiß nicht, warum – es war ja nicht so, dass ich das auch nur im Geringsten lustig gefunden hätte –, es passiert mir in solchen Momenten einfach. Wenn ich so lache, dann ist es, als würde ich über mir selbst schweben und mich beobachten. »Hör auf! Hör auf!«, denke ich dann pausenlos, aber ich kann nicht. Und wenn mich jemand ansieht, als wäre ich verrückt geworden, dann lache ich nur noch lauter.

Als ich Janes Kaninchen sah, mit diesen Ohren, die bis zum Boden herunterhingen, spürte ich, wie das verrückte Lachen in meinem Bauch entstand und über die Speiseröhre in meine Kehle hochstieg. Ich blies die Wangen auf und versuchte es hinunterzuschlucken, doch es war zwecklos. Ich begann richtig laut loszulachen.

Alle sahen mich an, und Mrs. Wardman sagte: »Phin! Was ist denn so komisch?« Aber ich lachte so heftig, dass ich kein Wort herausbrachte – außerdem hätte ich ohnehin nicht gewusst, was ich antworten sollte. »Phin!«, sagte Mrs. Wardman. »Hör sofort auf und fang an zu arbeiten.« Aber ich konnte einfach nicht aufhören. Ich lachte so laut, dass mir die Tränen übers Gesicht liefen und mir die Brust wehtat. Dass die anderen daraufhin auch anfingen zu lachen, machte es nur noch schlimmer. Am Ende lachte sogar Mrs. Wardman.

»Okay, Phin«, sagte sie schließlich, »jetzt reicht es wirklich. Geh bitte hinaus und trink einen Schluck Wasser, damit du dich beruhigst.«

Ich stand auf und lief zum Trinkbrunnen in der Halle, weil er näher ist als der bei der Turnhalle, obwohl mir der andere eigentlich auch lieber ist. Dort nahm ich einen großen Schluck Wasser, doch im nächsten Moment musste ich wieder so heftig loslachen, dass mir das Wasser aus der Nase lief. Nach einer

Weile hörte ich zum Glück endlich damit auf. Es tut weh, wenn einem Wasser aus der Nase läuft. Ich habe einmal eine Sendung über einen Mann gesehen, dem ein Auge fehlte und der seinen Finger durch die Nase in die Augenhöhle stecken konnte.

Nach einigen Minuten ging ich zurück in die Klasse. Alle sahen mich an, aber ich benahm mich so normal, wie ich konnte. Das Gute war, dass mir durch das viele Lachen eine Idee für mein Bild gekommen war: Der »Lachende Hans«!

Der Gesang des Kookaburra klingt wie das Lachen eines Menschen, weshalb man ihn auch »Lachender Hans« nennt. Er singt, um seinen Artgenossen anzuzeigen, wo sein Territorium beginnt. Mein Dad und ich haben uns einmal im Internet eine ganze Schar von diesen Vögeln angehört. Damals mussten wir auch lachen. Man kann dem Ruf des Kookaburra gar nicht zuhören, ohne angesteckt zu werden. Darin steckt eine gewisse Ironie, weil der Lachende Hans überhaupt nicht komisch sein will – er meint es absolut ernst.

Während ich einen Lachenden Hans auf einem Eukalyptusbaum malte, behielt ich immer die Uhr im Auge. Die Minuten krochen dahin wie Stunden. Bird und ich sahen uns ständig an. Pünktlich um 14:47 Uhr sagte Mrs. Wardman, dass es nun Zeit zum Aufräumen sei – und es waren nur noch drei Minuten bis zu unserer Mission.

Ich war so nervös, dass ich kaum noch atmen konnte. Vorsichtig tastete ich die Tasche meiner Cargohose ab, um sicherzugehen, dass der Gummifrosch noch da war – als hätte er hinausspringen können oder so. Natürlich war er noch da.

Wir zogen unsere Kittel aus und steckten die Pinsel in den großen Wassertopf. Aber dann passierte etwas völlig Unerwartetes, womit Bird und ich nie im Leben gerechnet hätten: Mrs. Wardman nahm den Topf mit den Pinseln und stellte ihn ins Waschbecken! Wie sollte Bird den Topf jetzt umstoßen, um das notwendige Ablenkungsmanöver zu starten? Er konnte ihn ja wohl kaum herausnehmen, auf einen Tisch stellen und dann umstoßen.

Ich sah Bird an und er mich, und wir starrten einander einfach nur ratlos ins Gesicht. Es war nur noch eine Minute bis zum Beginn der Operation, aber nun wussten wir nicht mehr, wie wir es anstellen sollten, alle gleichzeitig abzulenken. Ich fühlte mich, als würde meine Brust explodieren.

Dann lächelte Bird mir zu und tat etwas, das mich wirklich überraschte – er steckte den Zeigefinger in sein rechtes Ohr. Das war das Signal, dass ich mich bereitmachen sollte zum Austausch! Ich wusste nicht, was er vorhatte, aber ich vertraute ihm und begab mich in Position. Vor Knuddels Terrarium klopfte ich noch einmal auf meine Hosentasche und bereitete mich darauf vor, den Deckel schnell anzuheben.

Da begann Bird plötzlich zu bellen und zu kläffen wie ein Hund! Und das so laut, dass alle nur noch auf ihn schauten. Bevor ich es mir anders überlegen konnte, steckte ich das Glas mit den Grillen ein, öffnete den Deckel des Terrariums und griff mit der Hand hinein, um den Frosch herauszunehmen. »Richard«, hörte ich Mrs. Wardman sagen, »was soll das? Hör sofort damit auf!«

In Gedanken ermahnte ich Bird, dass er weiterbellen sollte, und zu meinem Glück tat er das auch. Es fiel mir nämlich schwerer, als ich gedacht hatte, Knuddel festzuhalten, weil meine Hände feucht waren. Ich hatte ihn bereits zweimal in der Hand gehabt, aber er war jedes Mal wieder herausgesprungen.

Ich blickte auf, um mich zu vergewissern, dass mir niemand zusah. Keiner achtete auf mich. Sie schauten alle zu dem Tisch, unter dem Bird herumkroch. Mrs. Wardman stand dort, wo vorher Bird gestanden hatte. »Richard! Komm sofort unter dem Tisch hervor! Auf der Stelle!«, forderte sie ihn auf.

Da begann Bird zu heulen wie ein Wolf, und die anderen Kinder lachten und lachten. »Kinder!«, rief Mrs. Wardman, »ermutigt ihn nicht auch noch. Richard, komm sofort heraus, und dann ab in Mr. Legacies Büro!« Bird heulte weiter, er knurrte und bellte, und die anderen Kinder lachten.

Schließlich bekam ich Knuddel mit einer Hand zu fassen. Mit der anderen legte ich den Gummifrosch in den Käfig. Dann machte ich den Deckel des Terrariums wieder zu, schloss beide Hände um Knuddel und lief rasch zur Tür. Ich konnte nicht glauben, dass mich niemand beobachtet hatte. Vor Erleichterung hätte ich selbst hüpfen können wie ein Frosch!

Im Gehen spürte ich, dass Knuddel mir aus den Händen springen wollte. Zum Glück war das ein Problem, das Bird und ich vorausgesehen hatten, deshalb hatte ich meine Pausentüte offen auf meinen Schuhen liegen lassen. Ich setzte Knuddel schnell hinein und machte sie gut zu.

Als ich mich umdrehte, um in die Klasse zurückzugehen, kamen Bird und Mrs. Wardman gerade heraus. Bird grinste mich an, aber ich lächelte nicht zurück, für den Fall, dass Mrs. Wardman mich sah.

»Phineas!«, sagte Mrs. Wardman. »Marsch, zurück in die Klasse, es ist noch nicht Zeit zum Heimgehen.«

Sie lief mit Bird den Gang hinunter. Ich wusste, dass Bird einen Verweis bekommen würde, aber ich wusste auch, dass ihm das nicht so viel ausmachte, wie es mir ausgemacht hätte. Wahrscheinlich würde es nur zur Folge haben, dass er eine Woche nicht mit dem Gameboy spielen durfte. Ich würde ihm klarmachen, dass es das wert war, wenn man dadurch ein Leben retten konnte.

Als ich in die Klasse zurückkam, vergewisserte ich mich noch einmal, dass niemand in Knuddels Terrarium schaute. Zum Glück lachten immer noch alle und redeten über Bird.

Als Mrs. Wardman zurückkam, sagte sie endlich, dass wir unsere Sachen packen und uns anziehen sollten. Langsam begann ich mir Sorgen zu machen, weil Bird immer noch bei Mr. Legacie war. Als ich in meine Jacke schlüpfte, kam er endlich zurück. »Hast du ihn?«, flüsterte er mir zu, und ich nickte.

Als wir uns in einer Reihe zum Gehen aufstellten, sprang mein Herz so wild auf und ab, dass es sich anfühlte, als wäre Knuddel in meiner Brust. Ich hoffte sehr, dass Mrs. Wardman nicht bemerkte, dass er durch einen falschen Frosch ersetzt worden war – zumindest nicht bevor wir aus der Schule draußen waren. Morgen früh würde es mit Sicherheit jemandem auffallen, aber da würde Knuddel schon auf dem Weg nach Australien sein.

Als es endlich läutete, wären Bird und ich am liebsten so schnell zu mir nach Hause gelaufen, wie wir konnten, aber das ging nicht, weil wir auf Knuddel Rücksicht nehmen mussten. Das Risiko eines Shaken-Frog-Syndroms war mir einfach zu hoch. Bird trug unsere beiden Rucksäcke, und ich trug meine Pausentüte. Ich spürte, dass Knuddel sich bewegte, und hielt das für ein gutes Zeichen.

»Was machen wir, wenn sie morgen merken, dass Knuddel nicht mehr da ist?«, fragte Bird.

Ich zuckte mit den Achseln. Weil ich so nervös wegen des ersten Teils – Knuddels Befreiung – gewesen war, hatte ich mir darüber noch keine Gedanken gemacht. Es war mir einfach nicht so wichtig erschienen. Jetzt kam es mir schon ein bisschen wichtiger vor.

Bird sagte: »Heißt es nicht, dass man den Tag nicht vor dem Abend loben soll oder so?«

»Wie wär's, wenn wir gar nichts tun?«, schlug ich vor. »Niemand wird wissen, dass wir es waren.«

»Aber uns werden sie als Erste fragen, weil wir uns so komisch aufgeführt haben«, meinte Bird.

»Das beweist gar nichts«, sagte ich. »Außerdem hast du dich schon oft komisch benommen, und es ist noch nie ein Frosch deswegen verschwunden.«

»Aber es war das erste Mal, dass du dich so aufgeführt hast«, sagte Bird. »Du hast genauso verrückt ausgesehen wie mein Großvater, als er durch das Wohnzimmerfenster auf die Eichhörnchen geschossen hat – ohne das Fenster vorher aufzumachen.«

»Verrückte Leute laufen nicht herum und stehlen Frösche. Ich hab nur mal gehört, dass sie sie manchmal ablecken, weil irgendein chemischer Stoff auf ihrer Haut ist, der sie noch verrückter macht – vielleicht ist das aber auch nur ein Gerücht. Ich kann mich nicht mehr so genau erinnern.«

»Vielleicht wäre es eine gute Idee, wenn wir morgen früh als Erste rufen: ›Knuddel ist weg! Knuddel ist weg!‹ Dann kommt Mrs. Wardman sicher nicht darauf, dass wir es waren. Wer verpetzt sich schon selbst, wenn er was angestellt hat?«

»Erinnerst du dich noch an Jacob und Sean und das Feuer?«, fragte ich ihn.

»Oh ja«, sagte Bird.

Jacob und Sean, die in die fünfte Klasse gehen, hatten letzten Herbst ein Feuer im Wald gelegt und es dann selbst gemeldet. Als die Feuerwehr dort ankam, fragten sie die Feuerwehrleute nach einer Belohnung, weil sie den Brand gemeldet hatten. Das machte sie verdächtig, und man kam ihnen auf die Schliche. Zur Strafe mussten sie in den nächsten Wochen von Klasse zu Klasse gehen und über Brandschutz reden. Das war so ähnlich, wie wenn Lyle Vorträge über nettes Benehmen halten müsste.

»Aber es könnte klappen, wenn wir nicht nach einer Belohnung fragen«, meinte Bird.

»Ich glaube nicht, dass das eine gute Idee ist«, erwiderte ich. »Es gibt immer wieder Schuldige, die ihre Taten melden, weil sie glauben, dass sie dann keiner verdächtigt. Das funktioniert einfach nicht.«

»Hmm, dann sollten wir vielleicht zurück in die Schule gehen und den Deckel vom Terrarium aufmachen – damit Mrs. Wardman denkt, dass er von allein abgehauen ist.«

Ich dachte einen Moment über Birds Vorschlag nach. Er klang nicht dumm. Wenigstens würde Mrs. Wardman dann nur nach dem Schüler suchen, der den Deckel geöffnet hatte, und nicht nach einem Froschdieb.

»Wie wär's, wenn du hier wartest und Knuddel hältst, und ich geh zurück in die Schule. Sobald Mrs. Wardman rausgekommen ist, schleiche ich mich in die Klasse und mach den Deckel auf«, schlug ich vor.

Bird dachte darüber nach. Ich sah es ihm an, weil er immer, wenn er nachdenkt, die Stelle unter seiner Nase reibt. Diese Nasenrinne nennt man Philtrum, und sie ist nicht dazu da, dass der Rotz runterrinnen kann – wie Bird vermutete, bevor ich ihm erklärte, wozu man sie wirklich hat. Man kann dadurch die Lippen auf verschiedene Arten bewegen, um zu sprechen oder Gefühle auszudrücken. Einige andere Primaten wie die Lemuren haben diese Rinne auch.

»Ich denke, es ist besser, wenn ich zurückgehe«, überlegte Bird, »weil ich viel schneller laufen kann als du. Außerdem will ich nicht für Knuddel verantwortlich sein. Du bleibst hier und hältst ihn.«

Ich stimmte zu. Birds Vorschlag überraschte mich nicht, denn ich glaube, er mag es, wenn es richtig gefährlich wird. Bird stellte unsere Rucksäcke ab und lief zur Schule zurück. An der Ecke drehte er sich noch einmal um und rief: »Wenn sie mich schnappen, schuldest du mir eine Menge!«

Ich lehnte mich an einen Baum am Waldrand und ließ mich an seinem Stamm nach unten gleiten. Vorsichtig sah ich nach Knuddel. Seine Kehle bewegte sich schnell, und ich machte mir Sorgen. Ist es möglich, dass ein Frosch einen Herzinfarkt bekommt? Bei Menschen passiert es immerhin ziemlich oft. Leider fiel mir nichts ein, was ich hätte tun können, um Knuddel zu beruhigen – auch wenn ich ihn noch so gern gestreichelt hätte, um ihm zu zeigen, dass alles in Ordnung war. Ein Frosch ist nun mal nicht sehr gesellig, darum kann ihn kein anderes Lebewesen beruhigen. Wenn ich ihn berührt hätte, wäre er nur noch ängstlicher geworden. Also saß ich einfach nur da mit der Pausentüte in der Hand und hoffte, dass Bird nicht erwischt wurde und sich beeilte.

Vierzehn Minuten und siebzehn Sekunden später kam er angelaufen. »Ich hab's geschafft!«, rief er außer Atem, als er bei mir war. »Ich hab's geschafft! Das war echt aufregend! Ich glaube, ich such mir mal einen Job, wo man solche Sachen macht.«

»Darin wärst du sicher gut«, sagte ich. »Vielleicht kannst du später für Greenpeace arbeiten. Die retten viele Tiere.«

»Ja!«, sagte Bird. »Und weißt du, was ich noch gemacht habe? Ich hab den falschen Frosch aus dem Terrarium rausgenommen.«

Bird zog den braunen Gummifrosch aus der Jackentasche und zeigte ihn her. Wir begannen beide zu lachen.

»Das war schlau von dir«, sagte ich.

Dann machten wir uns auf den Heimweg zu mir. Kurz bevor wir da waren, steckte ich die Pausentüte zurück in meinen Rucksack. Knuddel würde schon durchhalten, bis wir ihn in mein Zimmer hinaufgebracht hatten. Ich machte die Haustür auf und rief: »Hallo, Mom, Bird ist da, tschüss, Mom«, und meine Mutter rief zurück: »Okay, schön, dass ihr da seid.«

Als wir in meinem Zimmer waren, ging ich leise ins Zimmer meiner Mutter, nahm ihr Telefon und schlich auf Zehenspitzen zurück. Wir suchten die Nummer heraus, die wir von der Webseite der Rettungsgruppe für Frösche und Kaulquappen abgeschrieben hatten: 0419 249 728. Sie kam uns merkwürdig vor. Bird und ich diskutierten darüber, ob man die Null mitwählen müsse. Ich meinte, dass sie dazugehöre, sonst würde sie nicht da stehen, aber Bird sagte, dass eine Null vor einem Haufen Zahlen die Zahl nicht größer mache, als sie ohnehin schon war. Das klang auch irgendwie logisch, also holte ich tief Luft und wählte die Nummer. Eine Stimme sagte: »Bitte legen Sie auf und versuchen Sie es noch einmal.« Das tat ich, diesmal mit der Null.

Ein Mann meldete sich am Telefon. »Frog and Tadpole Rescue Group«, sagte er mit einer komischen Stimme; die Wörter klangen bei ihm irgendwie verzerrt.

»Hallo«, sagte ich. »Ich habe einen Korallenfingerfrosch gerettet und würde ihn gern bei euch abgeben.«

Bird stieß mich in die Rippen und flüsterte mir zu, dass wir vielleicht nach einer Belohnung fragen sollten. Ich sah ihn finster an, und er sah finster zurück, hörte aber auf zu nerven.

»Okay, Kumpel, verrat mir doch mal, wo du ihn gefunden hast, dann seh'n wir, was wir machen können.«

Ich wusste nicht recht, ob ich ihm die ganze Geschichte erzählen sollte, aber ich dachte mir, dass Leute, die Frösche retten, uns bestimmt nicht der Polizei melden würden – außerdem befand sich der Mann am anderen Ende der Welt. Also erzählte ich ihm, dass ich Knuddel in einem Terrarium in meinem Klassenzimmer in Kanada gefunden hatte.

»Du hast ihn in einem Terrarium in Kanada gefunden?«, fragte der Mann.

Da rückte ich mit der ganzen Wahrheit heraus und erklärte ihm, dass ich Knuddel nicht wirklich *gefunden* hatte. Der Mann hörte mir ganz still zu. Als ich fertig war, dachte ich schon, dass er vielleicht aufgelegt hätte, doch da sagte er: »Moment mal, Kumpel, hast du Kanada gesagt?«

»Ja«, antwortete ich.

Er schwieg wieder eine Weile, dann sagte er, dass das, was Bird und ich getan hatten, sehr mutig sei und zeige, dass wir wirklich an die Frösche denken. Ich musste innerlich lächeln. Äußerlich lächelte ich nicht, weil ich nicht wollte, dass mich Bird wieder anstieß.

Aber dann sagte er etwas anderes – und als ich das hörte, nahm ich fast nichts mehr um mich herum wahr, nur noch Hell und Dunkel. Ich hörte auch nicht mehr richtig zu, obwohl er noch eine ganze Weile weitersprach. Als er fertig war, fragte er mich, ob ich noch Fragen hätte. Ich sagte nein und vielen Dank, dann legte ich auf. Mein Mund war auf einmal ganz trocken, und ich konnte kaum schlucken.

Ich schaute Bird an und konnte erst mal gar nichts sagen. Versuchsweise machte ich den Mund auf, aber es kam kein Wort heraus, als wäre das Sprachzentrum in meinem Gehirn betäubt. Mir war, als würde ich in der Luft schweben und auf mein Zimmer heruntersehen, auf mich selbst und Bird und Knuddel in der Pausentüte.

»Was ist? Was ist?«, fragte Bird immer lauter. Ich löste mich erst aus meiner Erstarrung, als mir einfiel, dass meine Mutter heraufkommen könnte, um nachzusehen, was los war, wenn Bird nicht den Mund hielt.

Ich berichtete ihm, was mir der Mann gesagt hatte: Man durfte einen gefangenen Frosch niemals in seine natürliche Umgebung zurückbringen, weil er sich einen Virus oder irgendwelche Bakterien geholt haben könnte, mit denen er andere Frösche in der Wildnis anstecken würde. Frösche, die aus Einkaufstüten und Koffern gerettet wurden, kämen stattdessen zu irgendwelchen Leuten, die sie im Terrariun hielten.

»Er hat gesagt, wir können Knuddel nicht zurückgeben. Er muss jetzt für immer in einem Terrarium leben, weil er eine Krankheit haben könnte, mit der sich andere Frösche anstecken würden, wenn er wieder in seine Heimat in Australien käme.«

Bird starrte mich mit offenem Mund an. »Das gibt's doch nicht!«, rief er. »Soll das heißen, wir haben das alles umsonst gemacht? Ich hab mir einen Verweis eingehandelt und darf eine Woche nicht mit dem Gameboy spielen – und das alles für nichts? Warum hast du das nicht vorher gewusst? Du weißt doch sonst immer alles! Ich hab mich darauf verlassen, dass du so was weißt, weil ich es nicht weiß! Was zum Teufel sollen wir jetzt machen?«

Ich hatte keine Ahnung. Ratlos legte ich mich auf mein Bett und schaute zur Decke. Ich konnte nicht glauben, dass ich nicht daran gedacht hatte. Wie hatte ich nur so dumm sein können zu glauben, dass Knuddel an irgendeinen Tümpel in Australien zurückkehren könnte? Jetzt erschien mir vollkommen logisch, dass das unmöglich war. Wenn ich schon daran nicht gedacht hatte – was hatte ich dann noch alles übersehen?

Vielleicht hatten meine Mutter und Dr. Barrett doch recht – möglicherweise stimmte irgendwas nicht mit mir. Warum war ich nicht ein ganz normaler Junge, der sich freute, wenn die Klasse einen Frosch bekam, statt sich Sorgen zu machen? Warum machte ich mir wegen allem Sorgen? Warum?

Ich wurde aus meinen Gedanken gerissen, als Bird rief: »Was zum Henker machen wir jetzt, Phin? Denk nach!«

»Bird, schhhht!«, zischte ich ihm zu. »Wenn du so schreist,

kommt meine Mutter rauf, und das ist das Letzte, was wir jetzt brauchen können!«

»Ich würde sagen, das Letzte, was wir brauchen können, ist ein verdammter Frosch in einer Pausentüte!«

»Dann bring ihn zurück«, fuhr ich ihn an. »Wir können ihn nicht nach Australien schicken, also setz ihn wieder in sein Terrarium.«

»Was? Ich soll ihn zurückbringen – nach allem, was wir auf uns genommen haben, um ihn rauszuholen? Bist du verrückt oder was?«

»Fällt dir etwas Besseres ein?«

»Warum soll ich es machen? Warum bringst du ihn nicht zurück?«

Ich hätte es getan, wenn sich meine Beine nicht wie Gummi angefühlt hätten und wenn ich nicht das Gefühl gehabt hätte, nicht mehr richtig atmen zu können. Aber ich glaubte nicht, dass ich es in meinem Zustand bis zur Schule und zurück schaffen würde. Also sagte ich: »Und wie soll ich das meiner Mutter erklären? ›Tschüss, Mom, ich muss Knuddel in sein Terrarium zurückbringen, weil der Mann in Australien sagt, dass ich ihn nicht hinschicken kann?‹ Ich kann nicht weg! Meine Mutter wird sonst denken, dass irgendwas nicht stimmt.«

»Da hast du vielleicht recht«, gab Bird zu.

»Natürlich«, sagte ich.

Ich öffnete die Pausentüte und sah nochmal nach Knuddel. Er saß ganz ruhig da. Es kam mir so vor, als hätte er ebenfalls aufgegeben. Ich machte die Tüte wieder zu, gab sie Bird und erinnerte ihn daran, vorsichtig mit Knuddel umzugehen. Dann sagte ich noch, dass er meine Pausentüte auf dem Rückweg wegwerfen solle. Ich dachte mir, dass es besser war, meiner Mutter zu sagen, dass ich sie verloren hätte, als ihr zu erklären, warum so viele Löcher drin waren.

»Na gut, aber drück mir die Daumen, dass sie mich nicht erwischen«, sagte Bird. Dann schlich er die Treppe hinunter, am Arbeitszimmer meiner Mutter vorbei und hinaus ins Freie.

Ich legte mich wieder aufs Bett. Mein Kopf tat weh, und ich fühlte mich sehr schwach. Ich schloss die Augen, aber alles was ich sah, war Knuddel. Auch in den Mustern im Verputz an der Decke glaubte ich Knuddels Umrisse zu erkennen. Ich konnte es einfach nicht glauben – wenn ein Frosch aus seiner natürlichen Umgebung genommen wurde, konnte er nie wieder zurück. Knuddel war verseucht von der Menschenwelt und damit für immer in ihr gefangen.

Ich musste an die wahre Geschichte von Minik denken, einem Inuit-Jungen, der zusammen mit seinem Vater und einigen anderen Inuit nach New York gebracht worden war. Die Männer starben dort an irgendwelchen ansteckenden Krankheiten, und ihre Gebeine wurden im Museum ausgestellt, wie seltene Steine. Als Minik das erfuhr, war er richtig sauer. Sein ganzes Leben hatte er das Gefühl, nirgends hinzugehören – nicht nach New York und auch nicht in seine eigentliche Heimat.

Mir kam ein furchtbarer Gedanke: Konnte es sein, dass die Menschen schon so verseucht waren von all dem Schlechten, das sie angestellt hatten, dass sie gar nicht mehr sehen konnten, wie falsch sie die Tiere behandelten? Und war es vielleicht auch so, dass die nicht-menschlichen Tiere schon so verseucht von der Menschenwelt waren, dass sie nicht mehr gerettet werden konnten? Vielleicht ist die Welt auf dem besten Weg, zu einem einzigen großen naturhistorischen Museum zu werden, und niemand kann irgendetwas dagegen tun.

Bei diesem Gedanken hatte ich das Gefühl, dass mein ganzer Körper immer kleiner und kleiner wurde, gleichzeitig aber immer schwerer und schwerer. Ich habe einmal irgendwo gelesen, dass Atome zu 99,9 Prozent leer sind und dass ein Mensch zur Größe eines Salzkörnchens zusammenschrumpfen würde, wenn der ganze leere Raum im Körper nicht mehr da wäre. Sein Gewicht wäre aber immer noch dasselbe. Ich hatte wirklich das Gefühl, mich in ein dreißig Kilo schweres Salzkorn zu verwandeln und durch die Matratze nach unten zu sinken.

Die Wissenschaftler sagen, dass die meisten Atome ein paar Minuten nach der Geburt des Universums entstanden seien. Und dass ein Prozent des Rauschens, das wir im Radio hören, das Echo des Urknalls sei.

Ich zwang mich, an noch mehr Tatsachen über Atome und das Universum zu denken, bis mein Körper endlich wieder seine normale Größe und Gestalt anzunehmen schien und mein Herz aufhörte, wie wild zu pochen. Vielleicht würde es mir bis zum Abendessen gelingen, so zu erscheinen, als wäre alles in Ordnung. Aber in Wirklichkeit war nichts in Ordnung. Gar nichts.

Seit Bird und ich erfahren haben, dass wir nichts für Knuddel tun können, fühle ich mich ziemlich daneben.

Ich habe sogar schon daran gedacht, meiner Mutter zu erzählen, was passiert ist – aber dann meldete sich doch mein gesunder Menschenverstand. Ich habe auch mit dem Gedanken gespielt, meine Großmutter anzurufen. Sie ist die Einzige, die wirklich versteht, wie sehr mir die Tiere am Herzen liegen. Aber als ich ihre Nummer wählen wollte, schrie eine Stimme in meinem Kopf: »Nein! Du darfst es NIEMANDEM sagen! Hör auf mich!«, und diese Stimme setzte sich gegen die andere Stimme durch, die meinte, dass mir meine Großmutter vielleicht helfen könnte. Ich bin mir immer noch nicht hundertprozentig sicher, ob ich Oma nicht vielleicht doch anrufen sollte, aber ich habe ein bisschen Angst, dass sie es meiner Mom erzählen könnte. Vielleicht gibt es so etwas wie ein großes Regelbuch des Lebens, in dem steht, dass Leute, die etwas über ein Kind wissen, es sofort seiner Mutter sagen müssen. Ich weiß, dass Mrs. Wardman sich an diese Regel hält.

Apropos Mrs. Wardman, zurzeit mag ich die Schule noch weniger als sonst. Jedes Mal wenn ich Knuddel in seinem Terrarium sehe, werde ich traurig und gleichzeitig wütend. Ich finde, es sollte ein Wort für dieses Gefühl geben.

Heute in der Mathestunde war es wieder mal echt nervig. Na ja, das ist so, als würde man sagen, dass es in der Arktis ein bisschen kühl ist. Eigentlich war ich stinksauer. Alles begann mit einer Aufgabe aus dem Buch *Mathe macht Sinn*. Sie lautete: »Addiere 679 und 451 und überprüfe das Ergebnis durch einen Überschlag, indem du auf volle Hundert auf- oder abrundest.« Das ergab einfach keinen logischen Sinn. Ich hob die Hand, und Mrs. Wardman kam zu meinem Tisch.

»Ich glaube, das ergibt keinen Sinn«, sagte ich.

»Phin, mach einfach, was da steht«, meinte Mrs. Wardman.

»Aber wie soll ich meine Lösung mit einem Überschlag überprüfen, nachdem ich die Zahlen schon addiert habe?«

»Phin, wir haben uns eine ganze Stunde mit Überschlagen und Runden beschäftigt. Du weißt doch noch, wie wir darüber gesprochen haben: Wenn man Zahlen auf volle Hundert aufoder abrundet und dann addiert, sollte die Lösung ungefähr gleich sein, wie wenn man die Zahlen selbst addiert.«

»Ja, ich weiß. Aber wie kann ein Überschlag richtiger sein als die eigentliche Lösung?«

Mrs. Wardman meinte, ich solle es einfach versuchen, und ich sagte nichts mehr. Ich addierte die Zahlen, die Lösung lautete 1130. Dann rundete ich auf und machte einen Überschlag, und dabei kam 1200 heraus. Ich hob wieder die Hand. Mrs. Wardman kam zu mir, doch sie sah nicht begeistert aus.

»Soll ich jetzt 1200 als Lösung hinschreiben?«, fragte ich.

»Nein, deine Lösung stimmt«, sagte sie.

»Aber Sie haben gesagt, beim Überschlag sollte ungefähr das Gleiche herauskommen wie bei der richtigen Addition – das ist aber nicht so.«

»Phin, du hast alles richtig gemacht – geh einfach weiter zur nächsten Aufgabe.«

Ich war richtig stinksauer. Normalerweise ist Mathe logisch, aber das hier war überhaupt nicht logisch. Ich dachte an die vielen anderen Dinge, die für mich auch keinen Sinn ergaben, und machte im Kopf eine Liste:

1. Gestern in der Mittagspause sagte Bird *Scheiße* und bekam deswegen Ärger. Aber am Tag zuvor sagte Lyle *Pisse* und bekam keinen Ärger. Warum ist es okay, *Pisse* zu sagen, aber nicht *Scheiße*?
2. Lebensmitteldosen, auf denen *No-Name* steht. Wie kann es sein, dass das Zeug keinen Namen hat, wenn sie es doch *No-Name* nennen? Ist das denn kein Name?
3. Dr. Barrett sollte mir eigentlich helfen, aber bis jetzt hat er mein Leben nur schlimmer gemacht.

Dann fragte ich mich, ob es vielleicht sein könnte, dass die Dinge deshalb keinen Sinn ergeben, weil das Gehirn der Menschen in Nordamerika mit irgendetwas infiziert ist. Vielleicht ist ein Giftstoff im Kaffee oder in etwas anderem, was die Erwachsenen essen oder trinken. Vielleicht liegt es an der Umweltverschmutzung oder an den Chemikalien, mit denen die Kissen behandelt werden, damit die Köpfe der Leute nicht Feuer fangen. Vielleicht ist das, was ihre Gehirne infiziert hat, das Gleiche wie bei den Leuten, die süchtig nach Drogen oder Videospielen sind.

Ich fragte mich, wie lange ein Mensch leben konnte ohne ein Gehirn, das so funktioniert, wie es funktionieren sollte. Ich habe in einem Buch gelesen, dass Küchenschaben eine Woche ohne Kopf leben können, weil sie auch im Körper so etwas wie ein Gehirn haben. Nach einer Woche sterben sie, weil sie ohne Kopf nicht fressen können. Ich nehme an, dass Menschen sehr lange mit einem Gehirn leben können, das nur teilweise funktioniert, solange sie in der Lage sind zu essen und sich zu bewegen. Vermutlich machen sie einfach so weiter, wie es ihnen gefällt – bis sie den Planeten irgendwann völlig zerstört haben.

Mir wurde ganz übel von diesen Gedanken. Ich spürte, wie mein Herz klopfte und mein Gesicht rot wurde. Meine Hände zitterten, und mir schwirrte der Kopf. Also kramte ich in meinem Tischfach und holte einen schwarzen Filzstift heraus. Ich sah einen Moment lang auf mein Mathebuch hinunter, während ich darauf wartete, dass sich mein gesunder Menschenverstand einschaltete, doch er tat es nicht. Dann machte ich etwas, von dem ich wusste, dass es mir wahrscheinlich Ärger einbringen würde – aber es war mir egal, weil das alles sowieso unlogisch war. Ich schrieb das Wort *Diese* vor *Mathe macht Sinn*, dann machte ich einen Pfeil zwischen *macht* und *Sinn* und schrieb darüber das Wort *keinen.*

Mrs. Wardman fragte mich, was ich da tue. Ich sagte nichts. Sie nahm mein Mathebuch, betrachtete es und sah dann zu mir. Ich sagte immer noch nichts.

Plötzlich rief sie: »Phineas Walsh! Ich weiß wirklich nicht, was um Himmels willen in dir vorgeht. Warum hast du das gemacht?«

Ich sagte nichts.

Sie erklärte, ich müsse die Mittagspause im Büro des Direktors verbringen und er würde mir einen Verweis erteilen, den meine Mutter unterschreiben müsse.

Normalerweise hätte mich das aufgeregt, aber heute war es anders – ich fühlte mich ganz ruhig.

Ich sah auf den Einband meines Mathebuchs hinunter. Wenigstens jetzt machte es irgendwie Sinn.

Heute habe ich Jasmintee für meine Mom gekocht, während sie einen Artikel las. Ich habe sogar ein Stück Zitrone dazugelegt, weil sie das besonders mag. Sie war überrascht und hat sich gefreut, als ich ihr den Tee in ihrer Lieblingstasse mit den Frauenschuh-Blüten darauf brachte. Nach dem ersten Schluck sagte sie, es wäre der beste Tee, den sie je getrunken hätte.

Ich versuche jetzt öfter, meiner Mutter eine Freude zu machen, seit ich auf mein Mathebuch gekritzelt habe. Als Mrs. Wardman es ihr erzählte, war sie zuerst einmal schockiert. Dann wurde sie wütend und fragte mich, ob ich völlig den Verstand verloren hätte. Ich sagte, dass ich das nicht glaube, dass er aber vielleicht für einen Moment ausgesetzt hätte oder gerade offline gewesen wäre. Sie meinte, dass man das, was ich getan hatte, Vandalismus nannte und dass sich so etwas nicht gehörte. Das erinnerte mich an einen anderen Tag, als ich echt supersauer war und zu ihr sagte, ich wolle jemanden umbringen. Damals war sie wirklich schockiert und erklärte mir, dass Drohungen nach kanadischem Strafrecht durchaus strafbar seien. Über den Vandalismus ließ sie sich so lange aus, dass ich schon dachte, sie würde wieder das Strafgesetzbuch hervorholen.

Meine Mutter fragte mich, welche Strafe meiner Ansicht nach angemessen sei, und ich schlug vor, die Strafe solle sein, dass ich für den Rest meines Lebens mit meiner Schuld leben müsse. Sie war nicht einverstanden und meinte, es müsse entweder Computer- oder Fernsehverbot für eine Woche sein. Ich sagte, das wäre okay, nachdem ich sowieso nicht den Green Channel sehen dürfe. Dann seufzte sie und sagte, dass der Filzstift vom Mathebuch runtermüsse. Da erkannte ich, dass meine Mutter nicht mehr wütend war, sondern eher traurig.

Ich kann damit umgehen, wenn sie sauer ist, dann werde ich eben auch sauer. Und das erzeugt manchmal ein Gefühl, als hätte ich Kräfte, die ich sonst nicht habe. Aber wenn sie traurig ist, dann ist das etwas anderes. Ich mag es nicht, sie traurig zu sehen. Am schlimmsten war es kurz nachdem Dad weggegangen und nachdem Opa gestorben war. Nach diesen beiden Ereignissen schlief sie fast die ganze Zeit, wollte nichts essen, und ihre Hände zitterten stark.

Wenn meine Mom traurig ist, dann werde ich auch traurig und habe überhaupt keine Kraft mehr. Ich wünsche mir dann nur noch, dass sie wieder fröhlich ist. Zum Glück war sie diesmal wegen etwas traurig, das sich wiedergutmachen ließ. Der Filzstift war nicht so schwer von dem Buch runterzubekommen.

Nachdem ich meiner Mom den Tee gebracht hatte und sah, dass er sie ein bisschen fröhlicher machte, kamen mir gewisse Bedenken. Je länger ich darüber nachdenke, umso weniger bin ich mir sicher, ob ich mir wirklich wünschen soll, dass meine Mutter fröhlich ist. Wenn sie fröhlich ist, dann bedeutet das meistens, dass sie bekommen hat, was sie will. Und was sie für mich will, ist, dass ich damit einverstanden bin, dass ich den Green Channel nicht sehen darf und dass Knuddel für den Rest seines Lebens in einem Käfig eingesperrt ist und dass es mir egal ist, wenn die Tiere langsam aussterben und der ganze Planet zugrunde geht.

Je länger ich darüber nachdenke, umso klarer wird mir, dass ich sie nicht glücklich haben will. Ja ich glaube fast, dass Glück das eigentliche Problem ist. Alle – auch meine Mutter – wollen die ganze Zeit glücklich sein, und keiner will sich Sorgen machen, obwohl sie jede Menge Grund dazu hätten.

Ich mag es nicht, wenn Mom traurig ist, aber vielleicht muss es einfach so sein. Diesmal wird sie nicht bekommen, was sie will. Ich werde nicht zufrieden sein, so wie sie es möchte.

Heute war es total bescheuert in der Schule, weil Mrs. Wardman mich wieder mal gequält hat.

Sie teilte einen Zettel aus, auf dem stand, dass wir die Gaben aufzählen sollen, die die Erde uns schenkt. Ich schrieb fünf Dinge auf: Wasser zum Trinken, saubere Luft zum Atmen, Wälder, um damit Häuser zu bauen, die Erde, in der unsere Nahrung wächst, und die Lebensmittel selbst. Dann stand da, wir sollten Dinge aufzählen, die der Mensch der Erde gibt. Ich dachte eine ganze Weile nach, aber mir fiel nichts Gutes ein, sondern nur Negatives, wie Luftverschmutzung und jede Menge Müll.

Aber dann dachte ich mir, dass ja nicht ausdrücklich dastand, dass es gute Dinge sein mussten, die der Mensch der Erde gab – es konnte also auch etwas Schlechtes sein. Also schrieb ich Luftverschmutzung und Müll hin. Ich dachte noch eine Weile nach und kam auf die Verschmutzung der Meere, das Abbrennen von Wäldern und die Vergiftung des Bodens. Das machte fünf. Ich dachte mir, dass das reichen musste.

Als Nächstes stand auf dem Zettel, dass wir ein Bild von dem größten Geschenk zeichnen sollten, das der Mensch der Erde machen könne. Ich dachte lange über diese Aufgabe nach. Es gibt einiges, was der Mensch für die Erde tun könnte – er könnte zum Beispiel aufhören, ihre Bäume zu fällen und giftige Abfälle in ihre Meere zu werfen, und er könnte aufhören, Gift in ihre Atmosphäre zu blasen und ihre Tiere zu töten – aber die Aufgabe lautete, das größte Geschenk zu zeichnen, das der Mensch der Erde machen konnte. Und so zeichnete ich ein Bild von der Erde mit Armen und Beinen, wie sie um ein Grab herumtanzte, auf dem stand »Ruhe in Frieden, Menschheit«. Ich war so damit beschäftigt, das Bild anzumalen, dass ich Mrs. Wardman hinter mir gar nicht bemerkte.

»Was bedeutet das, Phin?«, fragte sie.

Ich sagte ihr, das sei das größte Geschenk, das wir der Erde machen könnten, weil sich dann das ganze Ökosystem mit der Atmosphäre und den Tieren erholen könne und nicht langsam sterben müsse, wie es jetzt passiert. Ich erklärte ihr, dass das Einzige, was sterben würde, wenn der Mensch ausstarb, ein paar Parasiten wären. Vielleicht hätte ich das Letzte nicht sagen sollen, denn Mrs. Wardman machte auf einmal ein ziemlich komisches Gesicht – so wie meine Mutter, als sie mir von der Bewegung für das freiwillige Aussterben der Menschheit erzählt hatte.

»Phin«, sagte Mrs. Wardman, »diese Zeichnungen werden draußen im Gang an die Wand gehängt. Sie sollen den Earth Day feiern und den Leuten sagen, wie man verantwortungsvoll lebt. Ich glaube nicht, dass deine Zeichnung dafür geeignet ist.«

Ich sagte noch einmal, dass wir das größte Geschenk zeichnen sollten, das der Mensch der Erde machen könne, und das wäre das größte.

»Ich will mich nicht mit dir darüber streiten, Phin«, sagte Mrs. Wardman. »Ich glaube, du weißt genauso gut wie ich, dass das kein Bild ist, das wir für den Earth Day im Gang aufhängen können. Bitte zeichne etwas anderes.«

Ich dachte nach, aber mir fiel absolut nichts ein, was ich hätte zeichnen können. Ich schaute zu Kaitlyn, um zu sehen, was sie gezeichnet hatte – es war ein Bild von Menschen, die Müll aus Gruben herausholten. Ich konnte nicht erkennen, was daran ein so tolles Geschenk sein sollte; schließlich hatten die Menschen den Müll ja zuerst dort hineingeworfen. Das wäre so, als würde man jemandes Kleider anzünden, ihn dann mit Wasser übergießen, um die Flammen zu löschen, und das Wasser am Ende als Geschenk bezeichnen. Mir kommt so etwas total bescheuert vor.

Ich sah hinüber, was Gordon machte, aber aus seinem Bild wurde ich überhaupt nicht schlau. Ich fragte ihn, was er da zeichnete, und er sagte, das sei ein Mensch, der Bäume fällte, um aus ihrem Holz Häuser zu bauen. Ich verstand nicht, was er damit meinte, aber Gordon schien sehr zufrieden mit seiner Idee zu sein.

Als Mrs. Wardman wieder zu mir kam, um nachzusehen, was ich machte, hatte ich immer noch nichts gezeichnet.

»Phin, warum zeichnest du nichts?«, fragte sie.

»Weil mir nichts einfällt, was keine Lüge wäre«, antwortete ich.

Mrs. Wardman schwieg einige Sekunden, dann sagte sie: »Okay, Phin, du kannst das Bild, das du gezeichnet hast, mit nach Hause nehmen und es deiner Mutter zeigen, aber wir werden es nicht draußen aufhängen.«

»Okay«, sagte ich. Aber ich wusste, dass schon wieder Ärger drohte.

Als Mrs. Wardman gegangen war, holte ich meine Liste der Lügen heraus und fügte eine weitere hinzu:

5. Zum Earth Day hängt Mrs. Wardman Lügen über den Menschen an die Wand.

Als ich nach Hause kam, erzählte ich meiner Mutter nichts von dem Bild zum Earth Day. Stattdessen legte ich die Zeichnung in mein Reull-Heft. Dann schrieb ich an meiner Geschichte weiter, um mich zu beruhigen. Ich berichtete darüber, wie die Unbequemen Gorachs immer mutiger werden. Sie stellen alle möglichen Fragen, die die Wissenschaftler und die Führer der Gorachs nicht hören wollen, zum Beispiel: »Wie können wir wissen, dass die Tiere von Reull keinen Schmerz empfinden?« Sie wissen, dass sie von den Führern und den Wissenschaftlern, die für sie arbeiten, keine Antworten bekommen werden, deshalb wollen sie ihre Fragen den gewöhnlichen Gorachs beim Wochenend-Tanz stellen. Sie halten das für einen guten Plan, weil die Gorachs beim Tanzen am klügsten sind. Das liegt daran, dass sie auf ihren flachen Köpfen tanzen, wodurch ihr violettes Blut ins Gehirn strömt. Dieses zusätzliche Blut hilft ihnen, besonders scharf zu denken. Wenn man einem Gorach eine Mathe-Aufgabe stellt, während er auf dem Kopf tanzt, dann beantwortet er sie dreihundert Mal schneller, als wenn er auf seinen Füßen steht.

Als die Gorach-Führer von den Fragen hörten, die die Unbequemen Gorachs bei den Tänzen stellen wollten, wurden sie sehr, sehr wütend. Das Letzte, was sie brauchen konnten, war, dass sie auch noch von den gewöhnlichen Gorachs mit solchen Dingen belästigt wurden. Also befahlen sie den Wissenschaftlern, sich irgendeinen Grund einfallen zu lassen, warum die gewöhnlichen Gorachs nicht mehr auf dem Kopf tanzen durften.

Die Wissenschaftler brauchten nicht lang, um sich einen solchen Grund auszudenken: die Kopfsteh-Explosionitis. Das Tanzen, so behaupteten sie, würde den Blutdruck im Kopf dermaßen erhöhen, dass er irgendwann explodieren würde.

Die Wissenschaftler besorgten sich die Leiche eines Gorachs, schnitten ihr den Kopf ab und fotografierten den Rest, um ihre Behauptung zu beweisen. Das Foto schickten sie an alle Zeitungen auf Reull, zusammen mit der Schlagzeile: »Wochenend-Tanz ab jetzt verboten wegen Kopfsteh-Explosionitis«.

Heute Abend hat mich Oma angerufen. Sie sagte, dass sie gerade Donkeys mache – das sind Brotteigklumpen, die in der Pfanne in Butter gebacken werden. Ich liebe Donkeys und stellte mir ihren Duft vor, während wir telefonierten. Sie versprach mir, dass wir wieder welche machen würden, wenn ich das nächste Mal zu ihr käme.

Ich erzählte Oma von einem Videoclip, den mir mein Vater letzte Woche gemailt hat. Es ging um einen obdachlosen Mann in Kalifornien, der einen Hund, eine Katze und eine Ratte als Gefährten hat. Die vier kommen richtig gut miteinander aus und beschützen sich gegenseitig. Der Hund lässt die Katze auf seinem Rücken reiten, die Ratte sitzt auf der Katze. Die Katze leckt die Ratte sogar ab, um sie zu säubern. Oma meinte, dass das ein schönes Beispiel für fürsorgliches Verhalten zwischen verschiedenen Arten sei.

Dann wechselte sie das Thema und fragte: »Wie geht's denn so in der Schule, Phin?«

Ich wusste, warum sie mir diese Frage stellte, aber ich fiel nicht darauf herein. Wenn Oma Dinge weiß, die ich ihr nicht gesagt habe, und ich sie frage, wer ihr das erzählt hat, dann sagt sie immer: »Oh, ein Vögelchen.« Aber ich weiß, dass es meine Mutter war, und sie ist kein Vögelchen. Mom hat ihr wahrscheinlich sogar von dem Bild für den Earth Day erzählt, weil Mrs. Wardman nämlich nur ungefähr neunundfünfzig Minuten gebraucht hat, bis sie meine Mom anrief, nachdem ich aus der Schule draußen war. Natürlich habe ich richtig Ärger bekommen.

»Oh, gut«, sagte ich zu Oma.

»Wirklich, Schatz? Es ist alles in Ordnung?«

»Ja«, log ich.

»Nun, Liebling, du weißt ja, wenn du über irgendetwas reden willst – ich bin immer da. Okay?«

»Ja, ich weiß.«

Dann fragte Oma, ob ich wieder einmal Ärger mit Lyle hätte. Nur das Übliche, sagte ich, wie zum Beispiel dass er meine Sachen umstoße und dass er wahrscheinlich nie aufhören würde, mich zu ärgern. Sie meinte, ich solle ihm möglichst aus dem Weg gehen und mich an meine Freunde halten.

Ich sagte, wenn mich das nächste Mal jemand piesackte, könnte ich ja zu einem anderen Jungen laufen, ihm schreiend um den Hals fallen und ihn groomen. Bei den Schimpansen funktioniert das recht gut. Oder ich könnte meine Zähne zeigen oder den Hintern, wie es Rhesusaffen machen, wenn sie sich einem dominanten Gruppenmitglied nähern. Damit signalisieren sie dem dominanten Affen, dass er der Boss ist und dass nicht gekämpft werden muss.

Ich sagte zu Oma, dass ich Lyle gern den Hintern zeigen würde, wenn er mich dafür in Ruhe ließe. Meine Großmutter lachte so laut, dass ich glaubte, sie würde an ihrem Donkey ersticken. Das hob meine Laune – das mit dem Lachen, nicht das Ersticken. So war Lyle wenigstens mal für etwas gut.

Knuddel ist tot. TOT. Ohne dass es sich irgendwie angekündigt hätte. An einem Tag lebendig, am nächsten tot.

Heute früh gleich nach dem Läuten sah ich nach ihm, wie ich es jeden Tag mache. Da fiel mir auf, dass seine Kehle nicht pulsierte und seine Augen sich überhaupt nicht bewegten. Ich griff ins Terrarium, um ihn aufzuheben, obwohl wir das ohne Mrs. Wardmans Erlaubnis nicht tun dürfen. Er war steif und kalt. Tot. Eindeutig.

Ein paar Sekunden lang kamen mir wirklich verrückte Gedanken. Zuerst hoffte ich, dass Knuddel nur so tat. Ich habe zwar noch nie gehört, dass sich Frösche tot stellen, aber von der Ringelnatter weiß man, dass sie es manchmal macht. Wenn sie bedroht wird, hebt sie zuerst den Kopf und zischt, um den anderen abzuschrecken. Greift er sie dennoch an, furzt sie eine übel riechende Flüssigkeit aus ihren Analdrüsen. Und wenn das auch nicht hilft, rollt sie sich auf den Rücken und stellt sich tot. So liegt sie dann bis zu einer Viertelstunde da, das Maul offen und mit heraushängender Zunge. Aber Knuddel lag nicht auf dem Rücken, und seine Zunge hing auch nicht heraus.

Mein zweiter Gedanke war, dass ich ihn vielleicht wieder ins Leben zurückholen könnte. Ich habe gelesen, dass Waldfrösche im Winter in eine Kältestarre verfallen und der Körper teilweise einfriert. Im Frühling tauen sie wieder und sind wohlauf. Wenn sie eingefroren sind, sehen sie aus wie tot, sind es aber nicht. Aber das war natürlich auch ein verrückter Gedanke, weil es in unserer Klasse kein bisschen kalt war.

Als mein Gehirn mich endlich glauben ließ, dass Knuddel wirklich gestorben war, rief ich: »Mrs. Wardman, Knuddel ist tot!« Sie kam nach hinten zum Terrarium und sah zuerst mich an und dann den Frosch in meinen Händen. »Oh, das ist sehr traurig«, sagte sie. »Phin, willst du ihn nicht zurücklegen?« Aber ich wollte nicht.

Alle sahen mich und Knuddel an, und Mrs. Wardman verkündete: »Kinder, ich muss euch etwas Trauriges sagen. Es tut mir leid, aber Knuddel ist tot.« Dann erklärte sie, dass der Tod ein natürlicher Teil des Lebens sei und dass es zwar traurig sei, aber dass Knuddel ein schönes Leben gehabt hätte. Weiter kam sie nicht, weil ich sie unterbrach.

Mit Knuddels totem Körper in der Hand sagte ich: »Knuddel hatte *kein* schönes Leben. Er war in einem Terrarium gefangen, wo er nichts anderes tun konnte, als auf einem stinkenden Holzstück zu sitzen und gegen die Glaswand zu springen! Das ist so, als würde man sagen, dass ein Mensch im Gefängnis ein schönes Leben hat – und Knuddel hat noch nicht mal was angestellt dafür, dass er gefangen war!«

»Phin«, erwiderte Mrs. Wardman, »ich verstehe ja, dass das nicht leicht für dich ist, aber es ist Knuddel gut gegangen bei uns …«

»Nein, ist es nicht!«, rief ich. Und dann begann ich zu weinen. Die Tränen liefen mir nur so übers Gesicht und tropften auf den Boden. Ich sah Knuddel an, und ein paar Tränen fielen auch auf ihn. Obwohl ich versuchte leise zu weinen, sahen mich alle an. Bird kam herüber und stellte sich neben mich. Er sagte nichts, aber er schaute auch traurig, und ich weinte noch mehr. Das einzige Geräusch in der Klasse war Lyles Lachen und dann Mrs. Wardmans Stimme, die ihm sagte, dass er aufhören solle.

Ich weinte, weil Knuddel tot war. Und ich weinte, weil ich ihm nicht hatte helfen können. Wenn ich es nicht einmal schaffe, das Leben eines Frosches zu retten – wie soll ich dann ganze Tierarten vor dem Aussterben bewahren?

Ich weinte noch mehr, als ich sah, dass ich als Einziger weinte. Ich fühlte mich so allein – als wäre ich das letzte Lebewesen auf der Erde. Als würde ich um Hilfe rufen, aber nichts und niemand konnte mich hören, weil die ganze Welt tot war wie Knuddel.

Mrs. Wardman nahm mir Knuddel aus den Händen und

platzierte ihn wieder im Terrarium. Dann legte sie den Arm um meine Schultern und führte mich zur Tür hinaus. Sie ging mit mir zu Mr. Legacies Büro und sagte, dass alles gut werden würde. Wenn ich wollte, könne ich meine Mom anrufen, damit sie mich abholte, und zu Hause bleiben, bis es mir wieder besser ginge.

Ich wollte meine Mutter nicht anrufen. Ich wusste, was sie mir sagen würde, und ich wollte es nicht hören. Sie würde das Gleiche sagen wie Mrs. Wardman, und dann würde ich mich noch mehr allein fühlen. Ich setzte mich auf einen Sessel vor Mr. Legacies Büro. Der Direktor kam heraus und fragte, was passiert sei. Mrs. Wardman erklärte ihm, dass Knuddel gestorben war und dass mir das sehr nahegehe. Er setzte sich auf den Sessel neben mir und sagte zu Mrs. Wardman, dass er bei mir bleiben würde. Mrs. Wardman ging in die Klasse zurück.

Mr. Legacie holte mir ein Glas Wasser, und nach ein paar Minuten hörte ich auf zu weinen. Er fragte mich, ob ich darüber reden wolle, und ich schüttelte den Kopf. Ich war froh, dass er nichts sagte.

Nach ein paar Minuten sagte ich ihm, dass ich in die Klasse zurückgehen wolle, und er war einverstanden. Als ich das Klassenzimmer betrat, spürte ich, dass mich alle anschauten, aber ich sah nicht vom Boden auf. Ich setzte mich auf meinen Platz und weinte weiter – aber nur innerlich.

In der Mittagspause versuchte Bird mich ein bisschen aufzuheitern. Er sagte mir, er hätte von seinem Bruder gelernt, dass man ein normales Stück Papier nicht achtmal in der Mitte falten könne – das sei ganz einfach unmöglich. Er meinte, ich solle es versuchen, und er hatte recht – ich konnte es nur sechsmal falten. Das lenkte mich für ungefähr fünfundsechzig Sekunden von Knuddel ab.

Weil ich immer noch traurig aussah, sagte Bird, er glaube, dass Knuddel jetzt an einem besseren Ort sei – im Himmel. Ich nickte. Ich dachte mir, wenn es einen Himmel gab, dann musste er jetzt dort sein, weil er in der Hölle schon gewesen war.

Einmal hatte ich meine Großmutter gefragt, ob sie glaube, dass es eine Seele gibt, und sie sagte, sie sei Agnostikerin. Ein Agnostiker glaubt, dass man nicht wissen kann, ob es einen Gott und eine Seele gibt. Aber sie meint, die Tatsache, dass es keine Beweise gäbe, wäre noch lange kein Beweis, dass es nichts gäbe – und so ist sie immer noch offen für diese Möglichkeit.

Mein Vater ist Atheist – er glaubt überhaupt nicht an Gott oder eine Seele, und er ist sich da ziemlich sicher. Er meint, unser Leben auf der Erde sei das einzige, das wir je haben werden, und wenn wir wollen, dass es besser wird, dann liegt es an uns, etwas dafür zu tun.

Meine Mutter glaubt an Gott und an eine Seele, und sie ist sich auch ziemlich sicher – genauso sicher wie mein Vater. Sie können aber nicht beide recht haben.

Ich wünschte, jemand könnte mir sagen, wie es wirklich ist. Aber vielleicht ist es so wie mit dem Farben sehen. Wissenschaftler haben herausgefunden, dass Frauen mehr von dem Eiweiß bilden können, das in der Netzhaut die Farbwahrnehmung beeinflusst. Dadurch können Frauen mehr Farben wahrnehmen als Männer. Vielleicht ist es mit der Religion genauso – manche Leute sehen die Farben und andere nicht, und vielleicht ist das, was wir sehen, während wir leben, auch das, was sein wird, nachdem wir gestorben sind.

Ich würde gern an Gott und an eine Seele glauben, weil es

mir die Sache mit dem Tod erleichtern würde. Es wäre so, als würde man etwas verlieren, an dem man sehr hängt, würde aber wissen, dass man es wiederbekommt.

Aber wenn es eine Seele gibt, dann frage ich mich, seit wann die Menschen sie haben. Haben wir sie bekommen, als wir *Homo habilis* waren oder *Homo erectus*, oder erst als *Homo sapiens*? Ich finde, es gibt nicht wirklich einen idealen Zeitpunkt, um dem Menschen eine Seele zu geben. Es ist einfach widersinnig. Das wäre ja so, als würde Gott sagen: »Alle Menschen bis heute – keine Seele, alle Menschen ab morgen – mit Seele.«

Da wir genetisch fast identisch sind mit den Schimpansen und vom selben Vorfahren abstammen, müssten die Schimpansen eigentlich auch eine Seele haben. Und nachdem alle Tiere letztlich vom selben Vorfahren abstammen, müsste eigentlich jedes einzelne Tier eine Seele haben – also auch Frösche wie Knuddel. Das wäre nur logisch.

Bei dem Gedanken an Knuddels Seele überlegte ich plötzlich, wo sein Körper war. Ich fragte Bird, ob er es wisse.

»Na ja, Mrs. Wardman hat gesagt, dass Knuddel eigentlich nicht so früh hätte sterben dürfen, also hat sie ihn in einer Papiertüte in den Kühlschrank in der Schule gelegt. Sie will ihn in die Tierhandlung zurückbringen und sich eine Gutschrift holen, damit sie nächstes Jahr ein neues Klassenhaustier bekommt.«

»Was?«, schrie ich. »Sie bringt ihn zurück, um ihn einzutauschen?«

Bird nickte.

Ich sah Bird mit offenem Mund an, als wir das Läuten hörten.

Wir gingen hinein, ich zog ganz schnell meine Straßenschuhe aus und lief ins Klassenzimmer, während die anderen noch in der Garderobe waren. Dort machte ich den Kühlschrank auf und sah eine braune Papiertüte. Schnell zog ich sie heraus und guckte hinein – und wirklich, da war der tote Knuddel. Ich nahm ihn aus der Tüte und legte ihn in mein Tischfach. Am Nachmittag griff ich immer wieder einmal hinein und legte die Hand auf seine kalte Haut, weil ich noch nicht richtig glauben konnte, dass er tot war.

Als die Schule aus war, steckte ich Knuddel in meine Jackentasche. Es war mir egal, was Mrs. Wardman sagen würde, wenn sie merkte, dass er nicht mehr da war. Musste sie ihn wirklich ins Geschäft bringen und umtauschen wie ein Paar Schuhe? War es nicht schon schlimm genug, dass sie ihm sein natürliches Leben geraubt hatte? Konnte sie ihn nicht wenigstens im Tod in Frieden lassen?

Auf dem Nachhauseweg ging ich zu einer Sumpfwiese in der Nähe des Schulspielplatzes. Ich habe dort oft Frösche quaken hören – keine Korallenfingerfrösche, aber immerhin Frösche. Es war das Einzige, was ich noch für ihn tun konnte. Ich grub mit einem Stock ein Loch und legte Knuddel hinein. Dann sah ich ihn ein paar Minuten an und sagte: »Leb wohl, Knuddel.« Ich bedeckte ihn mit Schlamm und Tränen.

Heute ist Samstag, und ich habe auf gar nichts Lust. Kein bisschen. Ich fühle mich, als hätte ich eine schwere Schürze an, wie ich sie bei der Zahnärztin umgehängt bekomme, wenn die Zähne geröntgt werden müssen.

Als ich so dasaß und Fiddledee streichelte und kein Wort sagte, meinte meine Mutter, es sei ganz normal, dass ich mich so fühlte, dass es mir aber bald wieder besser gehen würde. Als ich später weinte, sagte sie, ich müsse versuchen, etwas Positives in dem Ganzen zu sehen. Ich sagte, das einzig Positive, das mir einfiele, sei, dass durch das Weinen mein Gesicht sauberer werde.

Vielleicht gibt es noch etwas Positives: Mom lässt mich in ihrem Bett schlafen und beklagt sich nicht einmal. Aber es sind jetzt neun Tage vergangen, seit Knuddel gestorben ist, und ich bin immer noch traurig. Ich muss pausenlos daran denken, wie Knuddel seine letzten Monate verbracht hat – in einem Käfig, von lachenden Menschen begafft. Ein bisschen weiß ich, wie sich das anfühlt, weil ich, als ich sieben war, eine Woche in dem Karton verbracht habe, in dem unser Fernseher geliefert wurde. Ich stieg damals hinein und schloss die Klappen. Der Karton war groß genug, dass ich ganz hineinpasste, aber nicht so groß, dass ich mich darin bewegen konnte. Ich tat das, weil ich von Laika gelesen hatte, der Hündin, die 1957 in Russland in den Weltraum geschickt worden war. Ich wollte wissen, wie sie sich dabei gefühlt hatte. Das Problem war, dass ich draußen im Garten war und die Vögel und Eichhörnchen hörte, während Laika nichts gehört hatte, was irgendwie nach Leben klang. Und sie war an alle möglichen Geräte angeschlossen, als sie in den Weltraum geschossen wurde. Ich wusste außerdem, dass ich jederzeit aus dem Karton steigen konnte, wenn ich wollte, und ich musste auch wirklich jede Stunde für eine Weile herauskommen, weil meine Mutter darauf bestand. Aber Laika konnte nicht darauf hoffen, sich irgendwann noch einmal frei bewegen zu können.

Als ich in dem Karton saß, versuchte ich mir, so gut es ging, vorzustellen, wie es für Laika gewesen sein musste. Bevor man sie in die Raumkapsel steckte, wurde sie an einen Beutel angehängt, der ihr Pipi sammeln sollte. An wichtigen Stellen ihres Körpers wurden Sensoren befestigt, um ihre Körperfunktionen zu überwachen.

Dann führte sie jemand in die Kapsel, und sie lief mit, weil

Hunde das nun einmal tun – sie folgen den Menschen, denen sie vertrauen. Dort steckte man sie in ein Korsett, in dem sie nur sitzen, stehen oder sich hinlegen konnte. Man gab ihr gerade genug von der pastetenförmigen Diätnahrung für eine Woche mit. Das Futter für den siebten Tag war vergiftet, damit sie sterben würde, nachdem sie bewiesen hatten, dass ein Hund im Weltraum leben konnte. Dann verschlossen sie die Kapsel, und sie blieb ganz allein zurück.

Als Sputnik II gestartet wurde, steigerte sich Laikas Atemfrequenz auf das Vierfache des Normalwerts, und ihr Herz raste dreimal so schnell wie gewöhnlich. Als sie die Erdumlaufbahn erreichte, hörte Laikas Herz zu schlagen auf. Sie starb an dem Schock und an der Erschöpfung durch die große Hitze in der Kapsel.

Ich versuchte mir vorzustellen, was für eine Angst sie gehabt haben musste, aber ich glaube nicht, dass es mir auch nur annähernd gelang. Sie starb allein, verängstigt und an einem Ort, der ihr völlig unbekannt war. Und dabei war sie ein Hund, also ein geselliges Tier. Hunde lieben die Gesellschaft anderer Hunde und der Menschen, denen sie vertrauen. Für Laika muss es noch schlimmer gewesen sein, kurz bevor sie starb, als es für Knuddel war.

Was das Ganze noch schrecklicher machte, war, dass sie den Menschen wahrscheinlich vertraut hatte. Sie hatte getan, was man von ihr verlangte, weil sie die Menschen zufriedenstellen wollte.

Und das Allerschlimmste war, dass die Wissenschaftler wussten, dass sie Laika in den Tod schickten. Sie wussten es, als sie die Tür hinter ihr schlossen, und sie taten es trotzdem. Ich wette, sie lächelten ihr noch zu und sagten: »Braver Hund, Laika.« Nur auf Russisch.

Gesellige Tiere können Gefühle für andere Tiere empfinden. Wissenschaftler haben herausgefunden, dass die meisten Rhesusaffen lieber Hunger leiden, wenn sie, um Futter zu bekommen, einem anderen Affen einen Elektroschock versetzen müssten.

Ich würde lieber neun Jahre bei meiner Familie auf der Erde leben und dann sterben, als hundert Jahre ganz allein in einem Käfig im Weltraum zu leben.

Ich hatte Knuddel nicht helfen können. Ich konnte nicht einmal einen Frosch retten. Nicht einmal einen einzigen kleinen Frosch.

Auf dem Green Channel habe ich gesehen, dass Leute in Spanien die Regierung aufgefordert haben, den Menschenaffen Menschenrechte zu geben. Dann dürften sie nicht mehr in Käfige gesperrt und für Tierversuche benutzt und getötet werden. Bis jetzt haben diese Leute das nicht durchsetzen können, aber wenn sie Erfolg haben, werde ich wahrscheinlich beantragen, die Art zu wechseln.

Ich habe genug von den Menschen. Ich wäre lieber ein Rhesusaffe.

Heute konnte ich an nichts anderes als an den Tod denken. Überall wo ich hinsah, sah ich tote Dinge – zum Beispiel eine tote Spinne im Netz in einer Ecke im Badezimmer. Ihre Beine sahen aus wie die Wimpern einer Puppe, die ich einmal hatte. Oma und Opa – wieder jemand, der tot ist – hatten mir die Puppe geschenkt, als ich drei Jahre alt war.

Bei den Gedanken an den Tod fragte ich mich, wie lange Tiere durchschnittlich leben. Ich suchte mit Google nach der Lebenserwartung verschiedener Tiere. Dann machte ich eine Liste:

Korallenfingerfrosch: 8 Jahre
Katze: 18 Jahre
Hund: 13 Jahre
Pferd: 22 Jahre
Hirsch: 8 Jahre
Elefant: 50 Jahre
Gelbkopfamazone (Papagei): 70 Jahre
Galapagos-Riesenschildkröte: über 100 Jahre
Mensch: 80 Jahre

Man kann sich aber nicht auf diese Durchschnittswerte verlassen, denn man weiß nie, wer als Nächster um ein paar Jahre betrogen wird. Es kann sein, dass man denkt, man hat noch dreiundfünfzig Jahre zu leben, und dann ist man plötzlich tot – oder noch schlimmer, man wird irgendwo in einen Käfig gesperrt. Es könnte jederzeit passieren, von einem Moment auf den anderen, bevor man überhaupt weiß, was los ist.

Ich machte mir sehr große Sorgen, wer der Nächste ist, dem ein paar Jahre geklaut werden. Vielleicht meine Großmutter? Bei dem Gedanken hatte ich das Gefühl, innerlich zu schrumpfen. Ich machte eine Liste der Lebewesen, die ich persönlich gekannt habe und denen Lebensjahre gestohlen wurden. Dazu schrieb ich die Zahl der Jahre, um die ihr Leben verkürzt wurde:

Knuddel (wenn er ein Jahr alt war, als er gefangen wurde, hieße das, dass man ihm sieben Jahre gestohlen hat, also -7)
Karen, ein Mädchen, das ich aus dem Kindergarten kannte und das an Leukämie starb (-72)
Jakie, Onkel Johns Hund, der im Alter von sechs Jahren von einem Auto überfahren wurde (-7)

Aaron, ein Freund von Mom und Dad, der manchmal zum Essen zu uns kam und der an einem Gehirnaneurysma starb, als er gerade zur Arbeit fuhr (ungefähr -40)
Mein Großvater (-12)

Großvater starb mit achtundsechzig Jahren, aber kurz vor seinem Tod sah er eher aus wie 108. Er lag im Krankenhaus und schien richtig zu schrumpfen, bis auf die Knochen. An dem Tag, als ich ihn zum letzten Mal sah, ging meine Mutter kurz aus dem Zimmer, um eine Schwester zu holen, damit sie ihm mehr von dem Schmerzmittel gab. Als sie weg war, wollte sich Großvater aufsetzen. Er machte ein Zeichen mit der Hand, damit ich einen Knopf an der Seite des Bettes drückte, mit dem man das Kopfende hochfahren konnte. Ich drückte auf den Knopf, und das Kopfende stieg immer höher und höher, und Großvater sagte nicht stopp. Er sagte überhaupt nichts. Er hatte die Augen geschlossen und den Mund zu einem O geformt, aber er rührte sich nicht und sagte nichts. Schließlich hörte ich auf zu drücken. Als meine Mom zurückkam, sah sie Opa an und drückte sofort den Schwestern-Rufknopf. Dann sagte sie mir, dass ich mich in den Fernsehraum setzen solle. Ein paar Minuten später kam Oma und weinte. Ich saß da und starrte ins Leere, während die Schwestern versuchten, mit mir zu reden, doch ich wollte nicht reden. Schließlich kam Onkel John, um mich zu holen und zu Oma und Opa nach Hause zu bringen. Opa starb noch in dieser Nacht.

Ein paar Tage lang musste ich immer wieder denken, dass ich den Knopf vielleicht zu lang gedrückt hatte. Dadurch, dass Opa zu stark nach vorn gebeugt wurde, war womöglich ein zu großer Druck auf seine Organe entstanden. Oder er hatte mir mit dem Handzeichen nicht sagen wollen, dass ich den Knopf drücken solle, sondern Hilfe holen.

Zuerst sagte ich meiner Mutter nichts davon, weil sie einfach zu traurig war. Und später sagte ich es ihr nicht, weil ich Angst hatte, ich könnte sie damit auf den Gedanken bringen, dass ich genauso schuld an Opas Tod sei wie der Krebs. Ganz tief in mir drin weiß ich, dass es nicht so ist. Aber manchmal kommt mir der Gedanke trotzdem wieder. Und jetzt muss ich ständig denken, dass die ganze Mission Korallenfinger vielleicht zu viel für Knuddel war und dass er deswegen gestorben ist. Nicht nur, dass ich ihn nicht retten konnte – vielleicht bin ich sogar mitschuldig daran, dass er nicht mehr lebt.

Meine Mutter fragt mich ständig, was los ist. »Was ist denn los mit dir, Phin?«, wiederholt sie laufend. Seit einer Woche geht das jetzt so. Ich glaube, sie hat mir zehn Tage zum Trauern gegeben, und dann sagte sie sich wahrscheinlich: »Die Zeit ist um, jetzt wird wieder gelächelt.« Sie klingt wie eine CD, die hängen geblieben ist. Ich sage jedes Mal, nichts ist los. Aber das ist gelogen, und das weiß sie auch.

Ich fühle mich gar nicht gut. Ich habe keine Lust, Bird zu sagen, dass er nach der Schule zu mir kommen soll. Ich habe keine Lust, nach draußen zu gehen. Ich hab keine Lust, in meinem Reull-Heft weiterzuschreiben. Ich hab nicht einmal Lust, mit Fiddledee zu spielen, aber ich mag es, wenn sie bei mir sitzt. Ich hatte auch keine Lust, in die Schwimmstunde zu gehen, aber meine Mutter bestand darauf. Ich habe auf überhaupt nichts Lust.

Meine Mutter sagt, dass sie sich Sorgen um mich mache. Sie sagt, ich sei irgendwie gar nicht ich selbst. »Warum machst du dir dann Sorgen?«, fragte ich. »Ist das nicht das, was ihr wolltet, du und Dr. Barrett?« Darauf sagte sie nichts.

»Phin, das stimmt nicht«, meinte sie schließlich. »Dr. Barrett und ich wollen sehr wohl, dass du du selbst bist, nur mit weniger Sorgen.«

»Na gut, dann freu dich, ich mache mir nämlich keine Sorgen.«

Meine Mutter wechselte das Thema und fragte mich, ob sie mir etwas vorlesen solle. Ich verneinte. Sie fragte mich, ob ich Schach spielen wolle, und ich verneinte wieder. Sie fragte mich, ob ich im Internet Antworten auf meine Fragen suchen wolle, und ich sagte, dass man die Antworten auf meine Fragen nicht im Internet finden würde. Dann fragte sie mich, ob ich ein Eis wolle, und ich sagte nein. Ich ging fernsehen. Das ist alles, was ich nach der Schule tun will, weil ich mich dann nicht bewegen und auch nicht denken muss. Und es ist nicht einmal wichtig, was im Fernsehen läuft. Gestern habe ich mir *Doodlebops* angesehen. Da waren ein Haufen Erwachsene mit bunten Kostümen und Perücken. Sie sprangen herum und sangen komische Lieder. Manchmal begann ein Elchkopf an der Wand zu sprechen, und eine Lady sprang aus der Wand heraus.

Heute habe ich *Atomic Betty* angesehen, eine wirklich superdumme Serie. Da geht es um ein Mädchen, dessen Uhr immer wieder einmal klingelt. Dann wird sie von einem Raumschiff abgeholt, fliegt weg und kämpft zusammen mit einem Alien und einem Roboter gegen das Böse.

In einer Werbepause ging es in einem Spot um einen Vater und einen Sohn, die auf verschiedenen Erdteilen einen Oreo-Keks essen und das mit einer Webcam aufnehmen. Als ich das sah, vermisste ich meinen Vater noch mehr. Es machte mich aber auch zornig. Warum können wir nicht auch solche Dinge machen, wenn er weg ist? Manche Kinder haben einfach Glück. *Mein* Vater hat keine Webcam. Und er mag keine Oreo-Kekse.

Nach *Atomic Betty* sah ich mir *Pokemon* an. Das ist diese

Serie, wo menschliche Figuren die Pokemon fangen, sie in kleine rote Bälle stecken und sie gegen die kleinen Monster anderer Pokemon-Trainer kämpfen lassen. Ich wusste nicht einmal genau, warum sie überhaupt kämpften. Es ergab irgendwie keinen Sinn für mich. Aber das war mir egal.

Dann sah ich mir eine Serie mit dem Titel *Animals Flanimals* an. Es war ein Zeichentrickfilm mit einer Giraffe, die im Dschungel lebte. Eine Giraffe im Dschungel. Das weckte mich dann doch auf. Im Dschungel! Giraffen leben nicht im Dschungel – sie leben in Buschsteppen und Savannen. Wozu bräuchte man denn einen so langen Hals, wenn man im Urwald lebte, wo man nichts als Bäume vor sich sieht, auch wenn man noch so groß ist?

Da hatte ich plötzlich einen Geistesblitz. Und es war wirklich ein bisschen so, als würde mich ein Blitz treffen, denn mein Kopf schnellte bei dem Gedanken zurück und stieß gegen die Lehne der Couch.

Plötzlich wurde mir klar, dass ich zu einem Idioten wurde, wenn ich mir diese ganzen dummen Fernsehsendungen ansah. Es war nicht damit zu rechnen, dass mir die gewöhnlichen Kanäle Informationen liefern würden, mit denen ich etwas anfangen konnte. Ich musste wieder Bücher lesen und mir Sendungen ansehen, die mir sagten, wie es wirklich war. Ich musste den Green Channel sehen – den einzigen Fernsehkanal auf der Welt, den ich nicht sehen durfte.

Mit einem Schlag war meine Traurigkeit weg. Mir war, als hätte jemand in meinem Kopf einen Deckel aufgemacht, mich umgedreht und die Traurigkeit herauslaufen lassen. Dafür spürte ich etwas anderes in mir: Wut. Ich war richtig sauer. Nicht nur ein bisschen, sondern super-unendlich-sauer.

Ich stand auf und schaltete den Fernseher aus, und dann sah ich nach, wo meine Mutter war.

Meine Mutter strich gerade die Wände in ihrem Arbeitszimmer. Das war schon das dritte Mal, soweit ich mich erinnere. Zuerst war das Zimmer weiß, aber das war ihr zu langweilig, darum strich sie es burgunderrot. Die Farbe war ihr aber bald zu dunkel, also strich sie es grün, was mir gefiel, weil es aussah wie im Wald. Wenn ich mich auf das Sofa legte und den Geräuschen von Pete's Pond lauschte, konnte ich mir vorstellen, ich wäre wirklich dort. Jetzt streicht sie es gelb, aber nicht zitronengelb, sondern in der Farbe von Butterblumen. Oder von Pisse, wenn man vorher Vitamintabletten genommen hat.

Meine Mutter fragte mich, wie mir die Farbe gefiel, und ich sagte: »Warum quälst du mich eigentlich so?«

»Was meinst du damit?«, fragte sie. »Und sei bitte nicht so melodramatisch.«

»Mir hat es gefallen, wie es vorher war«, sagte ich.

»Aber die Farbe war zu grün«, meinte sie.

»Wie kann etwas zu grün sein?«, fragte ich. »Liegt es daran, dass es mich daran erinnern könnte, dass ich den Green Channel nicht sehen darf? Das werde ich nämlich trotzdem nicht vergessen.«

Meine Mutter schwieg einen Moment, dann sagte sie: »Das hat nichts mit dir zu tun, Phin.«

»Außerdem macht es den Raum kleiner. Dabei hast du doch immer gesagt, dass du mehr Platz brauchst.«

»In Gelb wird der Raum größer wirken, weil Gelb eine helle Farbe ist«, meinte sie.

»Aber du machst den Raum wirklich kleiner, weil jede Farbschicht die Wand dicker macht. Das bedeutet, die Wände rücken immer näher zusammen«, sagte ich.

Sie sah mich an und lachte. »Daran hab ich noch gar nicht

gedacht. Da könntest du recht haben. Dein Gehirn arbeitet wirklich ständig – wird es denn gar nie müde?«

»Nein«, antwortete ich. »Wird deinem denn nie langweilig?«

Sie sah mich überrascht an. »Ich sehe, dir geht's wieder besser. Möchtest du mir beim Streichen helfen?«

»Nein! Warum sollte ich dir helfen, damit es hier so aussieht wie in einer Kloschüssel?«, rief ich. Ich wusste, dass sie das wütend machen würde, aber aus irgendeinem Grund war es mir egal.

Meine Mutter wandte sich von der Wand ab und zeigte mit dem Pinsel auf mich, sodass kleine gelbe Farbkleckse auf das Gesicht von George Bush in der Zeitung tropften, mit der sie den Boden ausgelegt hatte. »Phineas, es freut mich, dass du nicht mehr auf der Couch herumsitzt und dass du dich wieder für das interessierst, was um dich herum passiert, aber ich warne dich – noch ein freches Wort, und du kannst für heute Abend alles vergessen – Fernsehen, Computer, dein Geschichtenheft, alles. Also sei vorsichtig, was du sagst, und hol dir etwas zu essen. Das verbessert deine Laune.«

Also stampfte ich in die Küche, um mir etwas zu essen zu holen.

Ich fand eine Schachtel Müsliriegel, aber es war eine andere Sorte, als sie meine Mutter normalerweise kauft. Auf der Rückseite der Schachtel standen die Zutaten. Da las ich Folgendes: Haferflocken, Weizenvollkornflocken, Rohzucker, Palmöl.

»Mom!«, rief ich. »In diesen Müsliriegeln ist Palmöl drin! Gottverdammtes Palmöl!«

Meine Mutter legte ihren Pinsel hin und sah mich an. Sie machte ein Gesicht, als hätte ich gerade gesagt, dass Kacka in der Milch schwimmen würde. Ihre Augen wurden ganz groß, und ihr Mund stand ein wenig offen. Sie sah aus wie ein Rotgesichtsmakak, der eine Schlange sieht. »Phineas William MacKeamish Walsh, jetzt reicht's – heute gibt es kein Fernsehen! Und überleg dir gut, was du sagst – ich bin nämlich nicht in der Stimmung für noch mehr Verrücktheiten!«

»Dann solltest *du* vielleicht was essen, um deine Stimmung zu verbessern«, schleuderte ich ihr entgegen. »Und das hier kannst du nach Indonesien zurückschicken, weil ich nämlich nichts essen werde, wo etwas drin ist, weswegen Orang-Utans sterben müssen! Und in was für einer Stimmung musst du überhaupt sein, damit du ein Mensch bist, der nicht grundlos Tiere umbringt?«

»Phin, es reicht!«, schrie meine Mutter zurück. »Hör endlich auf, dir Sorgen zu machen wegen Dingen, die irgendwo am anderen Ende der Welt passieren, sonst machst du dich selbst und alle anderen noch verrückt!«

»Das ist doch kein Grund!«, rief ich. »Das ist so, wie wenn du sagst, man soll nur nett zu den eigenen Kindern sein und sich nicht aufregen, wenn der Nachbar seine Kinder isst! Oder wie wenn du sagst, es hat keinen Sinn, in der Schule etwas zu lernen, weil man sowieso nicht alles lernen kann! Was meinst du, Mom? Vielleicht sollte ich nicht mehr in die Schule gehen, weil es sowieso keinen Sinn hat. Ich kann niemals alles lernen!«

»Ich sehe schon, du hörst mir gar nicht zu«, sagte meine Mutter, »also werde ich mir die Mühe sparen, noch länger mit dir zu diskutieren, Phin. Du kannst darüber nächste Woche mit Dr. Barrett sprechen.«

»Du bist diejenige, die nicht zuhört, also solltest vielleicht du zum Arzt gehen!«, schrie ich. »Ich werde mir auch die Mühe sparen, mit dir zu reden!«

Meine Mutter ließ den Pinsel fallen und stürmte auf mich zu. Sie packte mich an den Schultern und schüttelte mich.

Richtig fest. Wenn ich ein Baby wäre, hätte sie mein Gehirn ernsthaft verletzen können. »Hör auf, dich wie ein Verrückter zu benehmen!«, schrie sie mich an.

Als sie mich losließ, lief ich in die Küche und warf den Müsliriegel in den Müll. Dann packte ich die ganze Schachtel Müsliriegel und warf sie hinterher. Am Ende gab ich dem Mülleimer noch einen ordentlichen Tritt.

Es wunderte mich, dass meine Mutter nicht angelaufen kam, als der Mülleimer gegen die Wand krachte. Ich wusste, dass sie es gehört hatte. Aber manchmal tut sie so, als würde sie nichts hören.

Ich blieb bis zum Abendessen in meinem Zimmer. Ich war so wütend, dass sich sogar Fiddledee von mir fernhielt. Bestimmt konnte sie die heiße Wut sehen, die mein Körper ausstrahlte.

Nach einer Weile kam meine Mutter zu mir ins Zimmer und setzte sich auf die Bettkante. »Es tut mir leid, Phin, dass ich dich so geschüttelt habe«, sagte sie. »Das war falsch, und es tut mir leid.«

Ich sagte nichts.

»Möchtest du darüber reden?«

Ich schüttelte den Kopf.

»Okay, sag mir Bescheid, wenn du es dir anders überlegst.« Dann stand sie auf und ging hinaus.

Nachdem ich mich ein wenig beruhigt hatte, schrieb ich in meinem Reull-Heft weiter. Ich schrieb über das jähe Ende der Herrschaft der Gorachs. Die Wesen von Reull sahen keinen anderen Ausweg mehr, als um Hilfe zu rufen. Sie wussten, dass jedes Mal wenn ein Wesen auf Reull starb, ein Loch von der Größe des Wesens im Universum entstand. Mittlerweile gab es schon so viele Löcher, dass die anderen Lebewesen Angst hatten, die ganze Galaxie könnte in ihnen verschwinden.

Die erste Lebensform, die die Hilferufe der Wesen von Reull hörte, waren die Wooloofs vom Planeten Chary. Sie schickten Botschaften zu den anderen Planeten weiter. So erfuhren alle Lebensformen, was auf Reull passierte, und sie machten sich große Sorgen. Aber die Wooloofs auf Chary schickten ihnen die mentale Botschaft, dass sie sich keine Sorgen zu machen bräuchten – sie würden das Problem lösen.

Die Wooloofs landeten mit einigen Raumschiffen auf Reull. Nur wenige Gorachs bekamen es mit, und als sie den anderen von den großen dünnen Wesen mit den riesigen Köpfen und elf Augen erzählten, die in Raumschiffen gekommen waren, wurden sie ausgelacht, und man hielt sie für verrückt.

Die Wooloofs sprachen mit den Lebewesen von Reull und hörten ihre traurigen Geschichten an, wie zum Beispiel, dass die Gorachs Oster-Babys vor den Augen ihrer Eltern töteten, indem sie sie in die Luft warfen und mit ihren Speeren auffingen. Man zeigte den Wooloofs die Massengräber, in denen die Knochen von Milliarden von Tieren lagen – die Schädel von Wanstschildkröten, die Wirbelsäulen von Ozies, die Füße von Plubbers, die Hüftknochen von Elektrischen Katzen.

Die Besucher von dem fernen Planeten weinten, als sie das alles sahen. Sie konnten trotz ihrer elf Augen nicht glauben, dass so etwas Schreckliches auf Reull passiert war. Dann überlegten sie gemeinsam mit den Wesen von Reull, was sie tun könnten, und die Gedanken sprangen zwischen ihnen hin und her. Schließlich hatten sie eine Idee. Eine Idee, die zum ersten Mal die Chance bot, das Problem zu lösen.

In der Mittagspause fühlte ich mich ziemlich allein, weil Bird krank war und ich niemanden hatte, mit dem ich reden konnte. Ich überlegte kurz, ob ich mit den koreanischen Jungen Fangen spielen sollte, aber ich hatte keine Lust, dauernd den anderen hinterherzulaufen. Diese Jungs sind wieselflink und immer ruck, zuck auf dem Klettergerüst oben. Ich komme auch hinauf, nur brauche ich dreimal so lang. Wenn ich zum Fangen dran bin, ist es so, als würde ein Igel ein paar Eichhörnchen jagen. Was die Sache verlockender macht, ist, wenn einer der Jungs seine koreanischen Süßigkeiten mit mir teilt. Bird mag sie nicht, aber ich schon, auch wenn sie mir die Tränen in die Augen treiben und es mir die Wangen zusammenzieht.

Ich beschloss, dass es das Beste war, gleich beim Läuten zu den Schaukeln zu laufen, weil man das auch gut allein machen kann. Es ist ziemlich langweilig, einfach nur über den Spielplatz zu trotten, ohne irgendwas zu tun. Mir war klar, dass es ein bisschen riskant war ohne Bird – zu zweit ist man ist sicherer vor den Rowdys –, aber ich beschloss, es zu wagen. Eigentlich hätte ich es besser wissen müssen. Der Spielplatz ist wie eine Savanne, hier laufen alle möglichen Raubtiere herum.

Mir sind diejenigen Störenfriede lieber, die einen wenigstens warnen. Zum Beispiel gibt es da einen Jungen namens Walter, der normalerweise sagt: »Hau ab, Bürschchen«, was seine erste Warnung ist. Wenn du dich dann nicht bewegst, sagt er: »Hau ab, du kleiner Racker«, nur dass er das Wort *Racker* nicht mit R sagt, sondern mit F. Bleibst du dann immer noch auf deinem Platz, wirft er dich zu Boden. Ich habe es noch nie so weit kommen lassen, aber ich habe andere Jungen gesehen, die es getan haben. Es ist nicht schön.

Mir ist Walter auch noch aus einem anderen Grund am liebsten von allen Rowdys in der Schule. Er piesackt nur jemanden, wenn er etwas will, und es ist normalerweise nicht schwer zu erkennen, was das ist. Es kann sein, dass er schaukeln will oder dass du ihm beim Trinkbrunnen im Weg stehst. Typen wie Lyle sind da anders. Sie sind einfach gern gemein, und sie freuen sich, wenn ihr Opfer Angst hat oder weint. Der Mann, der vor unserer Klasse über Mobbing und Bullying in der Schule gesprochen hat, meint, dass solche Leute im Grunde unsicher seien und Minderwertigkeitsgefühle hätten und dass sie sich stärker fühlen, wenn sie gemein sind. Ich glaube nicht, dass das stimmt. Ich denke eher, dass sich solche Typen *zu* toll vorkommen.

Die Mädchen, die andere schikanieren, sind ein bisschen anders. Sie schlagen nicht zu, aber sie sagen gemeine Sachen. Wirklich gemeine Sachen. Sie rufen anderen Mädchen zu, dass sie nicht mit ihnen spielen können, weil sie zu hässlich seien, oder sie sagen Sachen wie *Transe* zu ihnen.

Einmal war ich ohne Bird auf der Schaukel, und zwei Mädchen kamen daher und sagten mir, ich solle runtergehen. Ich weigerte mich, denn ich war zuerst da gewesen. Daraufhin nannten sie mich Streber und Intelligenzbestie und behaupteten, sie wären schon vor mir da gewesen und sie würden es der Lehrerin sagen, wenn ich nicht abhaute. Ich sagte: »Von mir aus«, aber sie machten es dann doch nicht. So was nennt man einen Bluff. Sie erinnerten mich an einen Fangschreckenkrebs, der sich gerade gehäutet hat, aber einem Angreifer trotzdem mit seiner Keule droht. Die neue Keule ist noch zu weich und schwach, um damit zu kämpfen, aber das weiß der Eindringling nicht.

Ich schaukelte seit ungefähr sieben Minuten, als ich Ärger kommen sah. Lyle war auf dem Weg zu mir. Ich sah mich nach den Lehrern um. Das machen Leute wie ich in so einer Situation.

Drüben bei der Rutsche sah ich eine Lehrerin. Sie schaute zwar in meine Richtung, aber wahrscheinlich konnte sie nicht erkennen, was ich für ein Gesicht machte. Ich sah zu dem Fünftklässler hinüber, der neben mir schaukelte, aber er beachtete mich überhaupt nicht und sah auch nicht so aus, als würde er mir eine große Hilfe sein. Die Mobbing-Experten raten einem, dass man sich gegenseitig helfen soll oder zum nächsten Lehrer laufen, wenn man sieht, dass jemand geärgert wird, aber die meisten von uns halten das für keine besonders gute Idee. Wer einen Rowdy verpfeift, der ist der Nächste, der mit blauen Flecken rechnen muss.

Ich versuchte mich zusammenzureißen. Ich zwang mich zu einem richtig breiten Lächeln, bei dem man alle Zähne sieht, weil ich wusste, dass mich das beruhigen würde. Meine Mutter sagt, dass ich sie an Snoopy von Charlie Brown erinnere, wenn ich so lächle, und dass es so aussehe, als würde ich meine Zähne lüften. Außerdem hörte ich auf zu schaukeln und rieb die Hände aneinander, um sie zu wärmen, weil ich auf dem Discovery Channel gehört habe, dass man sich nicht gestresst fühlen kann, wenn man warme Hände hat.

Als ich meine Hände dreizehn Mal gerieben hatte, stand Lyle vor mir. »Hey, Froschjunge, runter von der Schaukel, aber dalli.«

Ich sagte nichts. Ich versuchte geradeaus zu schauen. Dann hörte ich auf, mir die Hände zu reiben, und begann wieder zu schaukeln.

»Ich hab gesagt, runter von der Schaukel, du kleiner Fucker«, sagte Lyle. »Bist du vielleicht taub? Is' irgendwas mit deinen kleinen Froschohren?«

Ich starrte weiter geradeaus und holte mit den Beinen kräftig Schwung. Der Junge neben mir schaute herüber, um zu sehen, was hier vor sich ging. Nach wenigen Sekunden war ich so hoch, dass ich Lyles Baseballkappe von oben sehen konnte. Er stand da mit seinem hässlichen Gesicht und den Händen in den Hüften. Wenn ich den Fuß ausgestreckt hätte, dann hätte ich ihm wahrscheinlich gegen den Kopf treten können. Ich musste mich sehr konzentrieren, um diesen Gedanken wieder zu verwerfen. Ich mag es nicht, wenn ich an so etwas denke, weil ich mir vorstelle, dass ich dann nur noch ein paar Gehirnzellen davon entfernt bin, es wirklich zu tun.

Meine Mutter hat mir einmal erzählt, dass sie den kleinen Hund ihrer besten Freundin nicht leiden konnte. Der Hund hätte sie immer angeknurrt und nach ihren Fersen geschnappt und sie einmal sogar in die Hand gebissen. Eines Tages ging ihre Freundin mit dem kleinen Hund vor ihr auf einem Baumstamm über einen Bach, als meine Mutter plötzlich den Gedanken hatte, dem Hund einen Tritt zu verpassen. Im nächsten Moment schwang ihr Fuß in die Höhe und schob das Hündchen weg, sodass es in den Bach plumpste. Ich schätze, dass bei ihr damals einfach ein paar Gehirnzellen durcheinandergeraten sind. Ich würde so etwas zwar nie mit einem Hund machen, aber vielleicht könnte es genetisch bedingt sein, dass die Gehirnzellen durcheinandergeraten. Deshalb musste ich mich sehr beherrschen, um meinen Fuß nicht in die Nähe von Lyles Kopf kommen zu lassen.

Wenn ich jetzt so überlege, war das vielleicht ein Fehler. Ich hätte Lyle besser gegen den Kopf treten sollen – vorausgesetzt, ich hätte ihn so schwer getroffen, dass er bewusstlos umgefallen wäre. Dann hätte er keine Möglichkeit mehr gehabt, das zu tun, was er dann tat. Nachdem er mir noch einmal gedroht hatte mit seinem »Ich hab gesagt, runter von der Schaukel, du kleiner Fucker«, packte Lyle meine Schaukel, sodass ich mit einem Ruck zum Stillstand kam und rücklings in den Kies stürzte. Ich schlug hart mit dem Hinterkopf auf, und

Lyle begann sofort zu schaukeln, sodass ich mich blitzschnell zur Seite rollen musste, damit er mich nicht traf.

Ich sprang schnell auf und lief weg. »Wo rennst du denn hin, kleines Froschmännchen?«, hörte ich Lyle rufen. »Willst du zu deiner Mami?«

Ich hatte eine Stinkwut, und mein Hinterkopf tat mir weh. Ich ging zur Bank hinüber.

»Wehe du verpfeifst mich, dann ziehe ich dir deine Froschbeinchen lang, du kleiner Fucker.«

Ich setzte mich auf die Bank und rieb mir den Kopf. Wenn ich ein Kapuzineraffe wäre, hätte ich mir jetzt auf die Hände und Füße gepinkelt, weil das der Verlierer in einem Kampf oft tut, um seinen Stress abzubauen. Zum Glück bin ich kein Affe, denn wahrscheinlich hätte es nicht sehr gegen meinen Stress geholfen, mir auf die Hände zu pinkeln. Was vielleicht geholfen hätte, wäre, Lyle anzupinkeln.

Ich begann mir alle möglichen Dinge vorzustellen, von denen ich mir wünschte, dass sie Lyle passierten – zum Beispiel dass ihm jemand einen Pfeil durch seinen hohlen Schädel jagt oder dass ihn die Larven der Pferdebremse von innen auffressen.

Dann musste ich wieder an den Rat denken, dass man einen Bully am besten einfach ignoriert – aber auch das funktioniert offenbar nicht besonders gut. Warum erzählt man uns so was überhaupt? Ich hätte ihm wirklich gegen den Kopf treten sollen. Manchmal sehe ich mir zusammen mit meiner Mutter Dr. Phil an. Einmal sprach er darüber, dass die Leute immer das tun, wofür sie belohnt werden. Ich denke, wenn man einen Typ wie Lyle ignoriert und er einen dann verprügelt, hat er das bekommen, was er will, und so wird er für das, was er getan hat, auch noch belohnt. Ich hätte ihm gegen den Kopf treten sollen.

Wie ich so über diesen beschissenen Tag nachdachte, sah ich einen Schatten vor mir. Ich blickte auf und sah den Fünftklässler, der neben mir geschaukelt hatte, als Lyle mich runterwarf. Er stand direkt vor mir, und er war ziemlich groß und hatte starke Muskeln. Auf seinem Arm prangte eine Drachentätowierung. Ich wusste, dass es wahrscheinlich keine echte Tätowierung war, aber er sah trotzdem wie ein harter Typ aus.

»Ich hab geseh'n, was er mit dir gemacht hat«, sagte der Fünftklässler. »Wenn du mir fünf Dollar gibst, verprügle ich ihn für dich.«

Ich blickte auf. Dabei musste ich blinzeln, weil mir die Sonne in die Augen schien. Der Junge sah mich an und wartete auf eine Antwort.

»Ich hab kein Geld dabei«, sagte ich.

»Das macht nichts«, sagte der große Junge. »Ich kann's morgen in der Mittagspause für dich machen. Wir treffen uns bei den Schaukeln. Bring das Geld mit.«

»Und was würdest du mit ihm machen?«, fragte ich.

»Na ja, für fünf Dollar kann ich ihn fünfmal schlagen oder treten«, sagte der Junge. »Dann könnte ich ihm sagen, dass er dich in Ruhe lassen soll, sonst kriegt er beim nächsten Mal das Doppelte.«

»Oh«, sagte ich, weil ich nicht wusste, was ich sonst hätte sagen sollen.

Der große Junge sagte tschüss und lief zu den Schaukeln zurück. Und ich brauche jetzt fünf Dollar für fünf Backpfeifen.

Beim Abendessen fragte mich meine Mutter, wie der Tag war. Ich erzählte ihr nichts davon, dass Lyle mich von der Schaukel gestoßen hatte. Was hätte es schon genützt? Gar nichts. Wenn ich es sage, dann passiert Folgendes:

1. Sie wird wütend.
2. Sie geht in die Schule und spricht mit Mrs. Wardman und Direktor Legacie.
3. Sie sagen irgendwas, um sie zu beruhigen.
4. Sie kommt nach Hause und erzählt mir, dass die Sache unter Kontrolle sei, dass ich mich aber von dem Jungen fernhalten solle.
5. Es ist für drei Tage besser, weil die Lehrer Lyle im Auge behalten.
6. Am vierten Tag lässt die Wachsamkeit nach, und Lyle schlägt wieder zu.

Nach dem Abendessen ging ich zur Schwimmstunde ins Y. Meine Schwimmlehrerin heißt Leah, und heute zeigte sie uns, was man tun soll, wenn man sieht, dass jemand im oder am Wasser ohnmächtig geworden ist. Es gibt einiges, worauf man achten muss, bevor man einem Bewusstlosen hilft. Das sind Gas, Glas, Feuer, Kabel, Leute, Haustiere und Gift. Alle diese Dinge können gefährlich sein, und man muss sich zuerst vergewissern, dass einem nichts davon in die Quere kommt, bevor man dem Betroffenen hilft. Einige der Kinder wunderten sich, dass auch Haustiere auf der Liste waren, aber ich nicht. Ich weiß, dass Haustiere – vor allem Hunde – ihr Herrchen beschützen wollen. Es kann leicht sein, dass ein Hund denkt, man würde seinem Herrchen etwas tun wollen, wenn er sieht, wie man dem Bewusstlosen auf die Brust drückt.

Nachdem sich alle Kinder die Dinge gemerkt hatten, auf die wir achten müssen, übten wir, uns auf dem Rücken treiben zu lassen. Ich werde immer besser im Schwimmen, und das freut mich, weil viele der Arten, die ich retten will, im Meer leben. Es gibt auch ein paar Arten im Meer, mit denen ich gern mal reden würde.

Eines dieser Tiere ist der Delfin. Er ist extrem intelligent. Außerdem ist er sehr gesellig, genau wie der Mensch. Ich würde gern wissen, was die Delfine darüber denken, was mit der Erde passiert. Vielleicht haben sie ein paar neue Ideen, was wir tun könnten.

Gestern wurde ich auf eine Schlagzeile aufmerksam, die in der Zeitung stand: »Tümmler greift Schwimmer an«. Es ging um einen Delfin, der vor der englischen Küste einen Schwimmer mit der Nase anstieß und ihn nicht aus dem Wasser lassen wollte. Ein Biologe sagte, es sei schon öfter vorgekommen, dass Delfine Menschen angegriffen hätten. Er meinte, die Wissenschaftler fragten sich derzeit, ob sie sich mit ihrer Annahme geirrt hätten, dass Delfine sanftmütig seien. Ich habe eine andere Vermutung: Ich glaube nicht, dass die Wissenschaftler eine falsche Vorstellung davon hatten, wie die Delfine sind – ich glaube eher, dass die Delfine langsam draufkommen, wie die Menschen wirklich sind. Das erinnerte mich an die Schimpansen in einem Zoo in Schweden, die Steine und Kacka sammelten und die Besucher damit bewarfen. Sie fingen an sich zu wehren, so wie diese Delfine.

Während ich mich auf dem Rücken treiben ließ, fiel mir etwas Grünes in dem Fenster auf, hinter dem meine Mutter saß. Ich begann mit den Füßen zu paddeln, um besser sehen zu können. Und wirklich, da stand etwas Grünes neben ihr. Ich konnte nicht erkennen, was es war, also ließ ich mich näher zum Beckenrand treiben. Und da sah ich ganz deutlich etwas, was ich lieber nicht gesehen hätte.

Ich schloss die Augen und hoffte, dass es dadurch verschwinden würde, aber als ich die Augen wieder aufmachte, war es immer noch da und genauso grün. Warum immer dieses Grün? Hat er keine Hemden in einer anderen Farbe? Und hat meine Mutter nicht gesagt, dass er in Europa oder Asien oder sonstwo wäre? Was machte dieser Mann schon wieder hier in Kanada? Und noch dazu im Y? Bei *meiner* Mutter?

Ich versuchte meine Mutter auf mich aufmerksam zu machen. Aber sie achtete überhaupt nicht auf mich. Sollten Mütter nicht auf ihre Kinder aufpassen – vor allem wenn sie in einem großen Schwimmbecken sind und noch nicht gut schwimmen können? Was wäre, wenn der Bademeister niesen müsste und ich genau in dem Moment einen Krampf im Bein bekäme und auf den Grund des Beckens sinken würde?

Brent lachte so laut, dass er aussah wie eine Wackelkopfpuppe oder eine Jesus-Actionfigur. Die echte Jesus-Figur hatte Arme, die sich auf und ab bewegen ließen, und Räder, auf denen man sie herumrollen konnte. Auf der Verpackung stand, es wäre die coolste Actionfigur seit G. I. Joe. Meine Mutter fand das ein wenig respektlos. Ich fand G. I. Joe hundertmal cooler.

Leah blies in ihre Pfeife, damit wir aus dem Becken kletterten. Wir beeilten uns, weil es nur vier Duschen gibt und wir in der Schwimmstunde zu zehnt sind. Zum Glück war ich in der Nähe der Leiter und schon als Zweiter draußen. Ich duschte und zog mich an, so schnell ich konnte, weil ich die Vorstellung nicht ertrug, dass Brent so lange mit meiner Mutter sprach.

Als ich zu ihr kam, war er noch immer da. Sie wandten sich mir zu und lächelten. »Hey, Phin«, sagte Brent, »wie geht's?« Und dann fügte er, ohne auf meine Antwort zu warten, hinzu: »Du bist ein guter Schwimmer, Phin, willst du vielleicht mal Rettungsschwimmer werden?«

Ich zuckte nur mit den Achseln.

Meine Mutter stieß mich an und fragte: »Was meinst du dazu, Phin?«

Ich zuckte noch mal mit den Achseln und bückte mich, um mir die Schuhe zuzubinden.

Sie wechselte das Thema. »Brent«, sagte sie, »das muss doch ein tolles Gefühl für dich sein. Alle Kritiker loben dein Buch – und ich muss ihnen zustimmen, ganz nebenbei gesagt.«

»Ach, Liza, das ist wirklich nett von dir.«

»Sie sieht vielleicht nett aus, aber sie ist es nicht«, sagte ich und stand wieder auf.

Meine Mutter und Brent lachten, was nicht ganz die Reaktion war, die ich erwartet hatte. »Nun«, sagte meine Mutter, »dann lassen wir dich jetzt zurück in deine Tretmühle, Brent. War nett, mit dir zu reden.«

»Finde ich auch, Liza«, sagte Brent. »Ich ruf dich an. Dann vielleicht bis nächste Woche, Phin.«

Ich zuckte nur mit den Achseln. Meine Mutter stieß mich an, aber ich sagte trotzdem nichts.

Als wir im Auto waren, wusste ich, was mich erwartete – und ich täuschte mich nicht.

»Phineas William Walsh«, sagte meine Mutter, »das war sehr unhöflich von dir. Wenn man dich etwas fragt, dann antworte gefälligst. Wenn jemand nett ist und du keinen guten Grund hast, ihm böse zu sein, dann sei gefälligst auch nett. Wie würdest du dich fühlen, wenn dich jemand so ignorieren würde, wie du Brent gerade ignoriert hast?«

»Kommt drauf an, wer es ist«, antwortete ich, obwohl ich wusste, dass das nicht besonders klug war. »Und wer sagt überhaupt, dass ich nicht doch einen guten Grund hatte?«

»Phineas!«, rief meine Mutter. »Ich will ein solches Benehmen nicht noch einmal erleben. Hast du mich verstanden?«

Ich schwieg.

»Wenn du noch einmal so unhöflich bist«, fügte sie hinzu, »dann kannst du ein paar Dinge, die dir wichtig sind, endgültig vergessen.«

Da wurde ich zornig, und mein Zorn war viel größer als

der ihre. »Was willst du mir denn noch wegnehmen? Den Green Channel hast du mir schon weggenommen, und das ist so ziemlich das Einzige, was mich im Fernsehen interessiert. Was willst du mir als Nächstes wegnehmen? Ich weiß was – wie wär's mit der Hälfte von meinem Gehirn? Dann würde ich sicher gern mit diesem Mann sprechen!«

»Phin, ich warne dich«, sagte meine Mutter mit leiser Stimme, »es ist nicht so, dass du dir aussuchen könntest, ob du höflich zu meinen Freunden bist. Ich erwarte es von dir.«

Ich sagte nichts, und wir hörten schweigend Radio, bis wir daheim waren. Es lief der Song »Are You Happy Now?«, was wohl ein gutes Beispiel für Ironie ist.

Zu Hause ging ich gleich in mein Zimmer. Ich holte meine Geldbörse und nahm fünf Dollar heraus.

Heute früh wachte ich mit einem unguten Gefühl im Magen auf. Zum Teil lag das daran, dass ich nicht gut geschlafen hatte. Ich war nicht zu meiner Mutter ins Bett geschlüpft, weil ich immer noch sauer auf sie war wegen der Sache mit Brent. In meinem Zimmer konnte ich aber nicht schlafen. Als ich das letzte Mal auf die Uhr sah, war es 2:13 Uhr. Um 6:11 Uhr wachte ich schon wieder auf, genau eine Stunde bevor ich für die Schule aufstehen muss.

Ich glaube, der Hauptgrund für mein ungutes Gefühl war, dass ich vorhatte, den großen Jungen dafür zu bezahlen, dass er Lyle verprügelte. Deshalb sah ich, während meine Mutter noch schlief, im Internet nach, ob es irgendwelche Körperteile gab, auf die der große Junge besser nicht schlagen sollte. Ich wollte nicht, dass das Ganze zu einem Fall von Totschlag wurde.

Auf einer Seite von Yahoo! las ich, dass es viele empfindliche

Punkte am menschlichen Körper gibt, wo Verletzungen bis hin zu Bewusstlosigkeit und Tod verursacht werden können. Die meisten von diesen Punkten sind am Kopf. Ich nahm mir vor, dem großen Jungen zu sagen, dass er Lyle nicht auf den Kopf schlagen oder treten solle. Es wurden noch einige andere empfindliche Punkte aufgezählt. Ich notierte mir diejenigen, die mir am gefährlichsten erschienen:

1. die Luftröhre in der Mitte des Halses – ein heftiger Schlag kann einen Menschen töten,
2. die Halsvene und die Halsschlagader, die das Blut zum Herzen und zum Gehirn transportieren,
3. das Herz – ein heftiger Schlag kann Rhythmusstörungen auslösen und in manchen Fällen einen Menschen sogar töten,
4. die Nieren – eine Verletzung kann zu inneren Blutungen und zum Tod führen,
5. die freien Rippen, die nicht mit dem Brustbein verbunden sind, können brechen und sich in die Leber oder Milz bohren, was zu schweren Blutungen und zum Tod führen kann.

Nachdem ich alles gelesen hatte, wollte ich mich noch vergewissern, wo das Herz, die Leber und die freien Rippen waren, damit ich dem großen Jungen genau sagen konnte, worauf er achten musste. Ich tippte also bei Yahoo! ein: »Wo ist das Herz?«. Als Antwort kam nur: *Sie suchen das Herz? Finden Sie es auf www.eBay.com.*

Lieber suchte ich mit Google weiter und kam so zu Wikipedia. Dort erfuhr ich, dass ein Drittel des Herzens rechts von der Mitte liegt und zwei Drittel links von der Mitte. (Ich erfuhr außerdem, dass man Herzkrebs bekommen kann, auch wenn das sehr selten ist, und dass es ein Feiertag-Herz-Syndrom gibt, das vom übermäßigen Trinken kommt. Was mich von all den Dingen, die ich las, am meisten überraschte, war, dass der Mensch Herzwürmer bekommen kann, wenngleich das normalerweise bei Hunden vorkommt. Im Menschen stirbt der Wurm meist recht schnell).

Als Nächstes fand ich heraus, dass die Leber das größte Organ im Körper ist (sie wiegt eineinhalb bis zwei Kilo) und auf der rechten Seite unter dem Brustkorb liegt. Dann las ich, dass die freien Rippen die beiden untersten (die elfte und zwölfte) sind. Sie sind nur an der Wirbelsäule befestigt, aber nicht am Brustbein, einem breiten platten Knochen in der Mitte des Brustkorbs.

Das alles erschien mir in Textform ein bisschen verwirrend, also beschloss ich, ein Bild von Lyle zu malen und alle Teile einzuzeichnen, die der große Junge nicht treffen sollte. Ich machte Lyles Gesicht gemein und hässlich, sodass es nicht schwerfiel, ihn zu hassen und ihm in die anderen Körperteile zu schlagen.

In der Schule konnte ich mich kaum konzentrieren, weil ich ständig daran denken musste, was in der Mittagspause passieren würde. Bird war noch krank, deshalb konnten wir uns nicht gemeinsam Sorgen machen, was es ein bisschen leichter gemacht hätte. Ich sah immer wieder zu Lyle hinüber, um festzustellen, ob er irgendeine Ahnung hatte, was auf ihn zukam. Aber er sah aus wie immer – gemein. Vor der Pause bekam er schon zweimal Ärger. Das erste Mal, weil er in der Toilette auf den Boden gepinkelt hatte. Mrs. Wardman wusste, dass er es gewesen war, weil er vor Justin auf die Toilette gegangen war – und Justin hatte nach seiner Rückkehr gesagt, dass der Boden voller Pipi sei. Mrs. Wardman sagte zu Lyle, das sei ein unmögliches Benehmen, und wenn es noch einmal vorkomme, dann dürfe er nicht mehr in der Schule aufs Klo gehen, sondern müsse warten, bis er zu Hause sei. Daraufhin bekam Lyle gleich noch einmal Ärger. »Das geht nicht!«, beschwerte er sich. »Ich kann meine Pisse nicht so lang zurückhalten!«, und Mrs. Wardman erteilte ihm einen Verweis für das Wort *Pisse*. Das wunderte mich, weil er es schon öfter gesagt hatte, ohne deswegen Ärger zu bekommen.

In der Mittagspause brachte ich nur einen Bissen von meinem Käsesandwich mit Essiggurke hinunter und einen halben Bissen von meinem Apfel. Wenn meine Großmutter das gesehen hätte, hätte sie gesagt, ich esse wie ein Vögelchen. Bird hingegen isst wie ein Pferd.

Schließlich war es Zeit hinauszugehen. Ich klopfte mir auf die Hosentasche, um mich zu vergewissern, dass ich die fünf Dollar noch hatte und auch die Zeichnung mit den Körperteilen von Lyle, die nicht getroffen werden sollten. Dann ging ich in die Garderobe hinaus, um mich für draußen anzuziehen. Es kam mir vor, als würde ich mir besonders viel Zeit dabei lassen, in die Schuhe und die Jacke zu schlüpfen.

Lyle benahm sich ganz wie immer und zog Justin die Mütze vom Kopf. Justin bereute wahrscheinlich schon, dass er Mrs. Wardman von der Pisse auf der Toilette erzählt hatte. Er rannte Lyle hinterher, um seine Mütze wiederzubekommen, und der Rowdy lachte, bis Mrs. Wardman ihn sah und ihm befahl, damit aufzuhören, da er schon genug angestellt habe. Lyle gab Justin die Mütze zurück, aber er grinste ihn dabei boshaft an. Ich wusste, dass Justin sich draußen auf dem Spielplatz auf etwas gefasst machen konnte, und ich hatte nicht mehr ganz so ein ungutes Gefühl wegen dem, was ich vorhatte. Wenn der große Junge Lyle verprügelte, der seinerseits vorhatte, Justin zu verprügeln, dann würde das vielleicht uns beide schützen, Justin und mich. Es war als würde man zwei Lyles mit einer Klappe schlagen. Nur das mit dem Schlagen bereitete mir immer noch Kopfzerbrechen.

Draußen auf dem Spielplatz lief Justin zum Klettergerüst, und Lyle ging ihm nach. Ich folgte den beiden. Den großen Jungen konnte ich nirgends sehen. Justin kletterte auf das Gerüst, Lyle stand unten. Ich ging ein Stück entfernt auf und ab und schaute mich nach dem großen Jungen um. Lyles Mund bewegte sich, aber ich konnte nicht hören, was er zu Justin sagte, der ganz oben auf dem Klettergerüst saß und die Füße herunterbaumeln ließ. Wenn er sich weiter hätte herunterhängen lassen, hätte er Lyle gegen den Kopf treten können, aber jetzt, wo ich weiß, was das für Folgen haben kann, würde ich es nicht empfehlen.

Dann endlich sah ich den großen Jungen! Er musste mich ebenfalls gesehen haben, denn er kam direkt auf mich zu. Er trug eine Tarnhose, eine grüne Jacke und ein tarnfarbenes Tuch um den Kopf. Das wäre ein gutes Outfit für den Dschungel gewesen, aber hier auf dem Spielplatz, wo alle Kinder Kleider in den Grundfarben trugen und wo selbst die Spielgeräte rot, grün, blau und gelb waren, fiel er auf wie ein bunter Hund.

»Hallo«, sagte der große Junge, »hast du das Geld?«

Ich nickte und griff in meine Hosentasche. Ich zog den Fünfdollarschein heraus und die Zeichnung von Lyle mit dem gemeinen Gesichtsausdruck und den markierten Körperteilen, die der Junge verschonen sollte. Beides gab ich ihm.

»Was soll ich mit der Zeichnung?«, fragte er.

»Na ja«, sagte ich, »es gibt da ein paar Stellen am Körper, die man nicht treffen sollte, weil man einen Menschen damit schwer verletzen oder sogar umbringen könnte. Ich meine, du solltest versuchen, ihn nicht an den Stellen zu treffen, die ich eingezeichnet habe.«

Der große Junge sah sich die Zeichnung genauer an. »Aber dann bleiben ja nur noch die Arme und Beine übrig. Wie soll das denn gehen? Es ist nicht so einfach, jemanden genau dort zu erwischen, wo man möchte – er springt bestimmt herum, wenn man ihn schlägt, und wo man ihn erwischt, hängt davon ab, wie er sich bewegt.«

»Na ja«, sagte ich, »ich will nicht, dass er stirbt. Wenn Lyle irgendwas Schlimmes passiert, dann bin ich genauso dran wie du.«

Der große Junge machte ein komisches Gesicht. »Hör mal«, sagte er, »ich kann dir nicht versprechen, dass ich ihn nicht auch dort treffe, wo du es nicht haben willst. Willst du jetzt, dass ich's mache, oder nicht?«

Ich überlegte einige Sekunden. Ich sah zu Lyle hinüber, der immer noch mit Justin redete. Justin saß oben auf dem Klettergerüst und hatte die Füße hochgezogen, so als hätte er Angst, Lyle würde ihn herunterziehen. Sosehr ich Lyle auch hasste, ich glaubte nicht, dass ich es riskieren konnte. »Nein«, sagte ich schließlich, »dann will ich es lieber nicht.«

Der große Junge zuckte nur mit den Achseln und gab mir das Geld und die Zeichnung zurück. Ich war irgendwie erleichtert und gleichzeitig enttäuscht, aber ich kam gar nicht zum Nachdenken, welches Gefühl stärker war, denn in diesem Moment schrie Justin: »Lass mich in Ruhe, du verdammter F…er!«, und stieg so schnell er konnte vom Klettergerüst herunter. Als er unten war, trat ihm Lyle in die Beine. Justin fiel um und landete auf dem Hintern. »F… off, du verf… F…er!«, schrie er, aber Lyle blieb vor ihm stehen und lachte. Justin stand auf und rannte weg, und Lyle drehte sich um und ging zur Rutsche, um sich ein neues Opfer zu suchen.

Der große Junge hatte es auch beobachtet und lief zu Justin. Ich wartete ab, was passieren würde. Obwohl ich nicht hörte, was sie sagten, konnte ich mir denken, worüber sie sprachen. Der Junge würde Justin das gleiche Geschäft vorschlagen wie mir. Auch wenn ich es nicht getan hatte, hoffte ich, dass Justin das Angebot annehmen würde.

Als ich von der Schule nach Hause kam, war ich immer noch sauer auf meine Mutter wegen gestern. Und ich war sauer auf mich selbst, weil ich die Chance, es Lyle heimzuzahlen, nicht genutzt hatte.

Meine Mutter rief aus ihrem Arbeitszimmer hallo, aber ich ignorierte sie. Ich schaltete den Fernseher ein und sah mir eine Sendung über eine Gruppe Kinder an, die einen Komodowaran als Haustier hatten. Als sie ihm eine Weste anzogen, um ihn zu wärmen, schaltete ich um. Eine Weste für ein Reptil! Reptilien sind ektothermische Tiere oder Kaltblüter, das heißt, sie produzieren ihre Körperwärme nicht selbst. Also wie zum Teufel soll ihm eine Weste dann helfen?

Ich wollte endlich etwas sehen, das Sinn machte, und das war nun mal der Green Channel. Also beschloss ich, zu meiner Mutter zu gehen und sie zu fragen. Wer weiß – vielleicht war heute der Tag, an dem sie wieder zur Vernunft kommen würde? Wenn ich es nicht versuchte, würde ich es nie herausfinden.

Ich steckte den Kopf in ihr Zimmer. Dann ging ich hinein und blieb neben ihr stehen, während sie tippte. »Mom«, sagte ich leise, »kann ich den Green Channel sehen?«

Ich sagte es ganz leise, weil sie manchmal nicht richtig zuhört, wenn sie an etwas arbeitet. Wenn ich sie in einem solchen Moment erwische, sagt sie zu allem ja, was ich sie frage.

Diesmal registrierte meine Mutter aber sofort, was ich gesagt hatte, denn sie blickte mit einem überraschten Gesicht von ihrem Computer auf. »Phin«, sagte sie, »ich verstehe ja, dass das frustrierend für dich ist, aber nein, du darfst nicht. Du weißt warum.«

»Dann sag mir, was ich sonst tun soll, Mom! Was soll ich mit meiner Zeit anfangen? Was soll ich mit meinem Kopf machen?«

Sie sagte nichts.

»Mom, sag's mir!«, schrie ich sie an.

»Phin, ich werde nicht mit dir reden, wenn du dich so benimmst. Du schreist hier herum wie ein Verrückter und machst mich damit auch noch ganz verrückt.«

»Vielleicht würde ich mich nicht so benehmen, wenn du es mir erklären würdest!«, erwiderte ich laut.

Meine Mutter zog mich auf ihren Schoß. »Warum machst du nicht deine Hausaufgaben?«, sagte sie, nun wieder mit ruhiger Stimme.

»Ich hab gesagt, ich langweile mich – und nicht, dass ich mich langweilen will!«, rief ich. »Und außerdem werde ich meine doofen Hausaufgaben nicht machen, weil es Blödsinn ist, eine Seite darüber zu schreiben, was ich tun würde, wenn der Premierminister in unsere Schule käme! Das wäre überhaupt kein besonderer Tag für mich! Ich würde mir deswegen nicht mal saubere Unterwäsche anziehen! Was kann mir Mrs. Wardman schon tun? Es macht mir nichts aus, wenn ich in der Pause drinbleiben muss. Besser drinnen sein als draußen mit Leuten wie Lyle.«

»Möchtest du, dass wir zusammen einkaufen gehen?«, schlug meine Mutter vor. »Ich schreib nur noch diesen Bericht fertig.«

»Mit dir bestimmt nicht! Warum sollte ich meine Zeit mit

dem Menschen verbringen, der mich am meisten quält?«, schrie ich.

»Wie wär's, wenn du dir eine Spaghetti in die Nase steckst oder ins Ohr?« Sie wollte mich zum Lachen bringen, aber ich fiel nicht auf ihren Trick herein.

»Nein, nichts mit Spaghetti!«, rief ich.

»Wir könnten deine Fingernägel grün anmalen.«

»Nein, nicht mit dir!«, rief ich noch lauter. »Und hör auf, mich zu ärgern!«

»Was hältst du davon, wenn wir *Worst Case Scenario* spielen?«

»Nein, nicht mit dir!«, rief ich erneut.

»Du willst mir wehtun, aber am Ende tust du dir selber weh. Willst du mich bestrafen?«

»Geh weg.«

»Aber du sitzt auf meinem Schoß.«

Ich sprang von ihrem Schoß herunter.

»Also kommt ein Spiel nicht infrage – das willst du mir doch sagen, nicht wahr?«

»Hast du noch einen anderen Vorschlag?«

»Jetzt bist du dran. Ich habe schon zwei Dinge vorgeschlagen.«

»Lass mich den Green Channel sehen.«

»Um Himmels willen, Phin – nein! Die Antwort ist nein, N-E-I-N, NEIN!«, schrie sie, offenbar hatte sie wieder vergessen, dass sie nicht schreien wollte.

»Ich hab genug! Ich lass mich nicht mehr von dir quälen!«, rief ich. »Ich gehe! Ich gehe weg von hier! Weg von dir!«

»Dann tschüss!«, rief sie, und das machte mich noch wütender. Ich stampfte hinaus in den Vorraum und zog mir Schuhe und Jacke an. Dann ging ich nach draußen und knallte die Haustür hinter mir zu.

Ich wusste nicht, wo ich hingehen sollte, und schaute ratlos die Straße hinauf und hinunter. Dann beschloss ich, nach links zu gehen, weil ich Linkshänder bin.

Ich lief und lief und wurde dabei immer ruhiger. Nach einer Weile beschloss ich, zu meiner Schule zu gehen und mich unter die Rutsche zu setzen. Ich war erleichtert, dass niemand mehr da war, und kroch so tief unter die Rutsche, wie ich nur konnte. Da saß ich dann und las die Dinge, die irgendwelche Schüler auf die Unterseite geschrieben hatten. »Poop loves you« stand da, und »I have more brians than you.«

Ich saß lange so da und dachte nach, bis ich auf einmal Füße sah. Es waren die von meiner Mutter. Sie trug braune Lederschuhe mit beigen Blumen an den Seiten. Ich konnte mich noch daran erinnern, wie sie sie gekauft hatte. Sie mochte Blumen, weil sie ihr gute Laune machten. Ihre Füße sahen fröhlich aus, aber ihr Gesicht überhaupt nicht.

Kurz vor dem Abendessen rief mein Vater aus Edinburgh in Schottland an. Ich war nervös, als mir meine Mutter das Telefon reichte, weil ich dachte, dass ich mich auf etwas gefasst machen könne. Aber er erwähnte überhaupt nicht, dass ich weggelaufen war, obwohl ich mir sicher bin, dass meine Mutter ihm alles erzählt hat. Ich weiß nicht genau, warum er es nicht ansprach – vielleicht hatte meine Mutter ihm gesagt, er solle damit warten, bis er wieder hier sei. Oder er nimmt es nicht so wichtig wie sie. Schließlich ist er ja auch weggelaufen.

Mein Vater erzählte mir, dass er in Schottland viel zu tun habe. Er sollte dort auf einer internationalen Konferenz einige Umweltaktivisten interviewen. Eine Aktivistin aus Indien heißt Vandana Shiva. Sie startete in den Siebzigern zusammen mit einigen anderen Frauen die Chipko-Bewegung – sie umarmten Bäume und ketteten sich an ihnen fest, um die Abholzung in Indien zu stoppen (Chipko ist das Hindi-Wort für umarmen). Dad sagte, dass Umweltschützer seitdem manchmal auch *Tree Hugger* genannt werden.

Ich fragte mich, ob es auch hier, wo ich lebe, Leute gibt, die Bäume umarmen würden. Auf dem Green Channel habe ich gesehen, dass die fünf größten Klopapierhersteller Bäume aus den borealen Wäldern verwenden, wie es sie auch in meiner Provinz gibt. Diese Firmen benutzen kaum Recyclingpapier, weil sich die Leute mit etwas Weichem den Hintern wischen wollen. Aber das bedeutet, dass Bären, Wölfe, die gefährdeten Karibus und viele andere Tierarten ihren Lebensraum verlieren.

In einem Werbespot für Klopapier kommt tatsächlich ein großer lächelnder Zeichentrickbär vor, der ganz begeistert von dem extraweichen Klopapier ist. Das ist so, als würde man einen Menschen zeigen, der ganz begeistert Werbung für eine Pistole macht, kurz bevor er erschossen wird. Ich glaube, die Leute, die sich diesen Spot ausgedacht haben, wollten eine Satire machen.

Ich fragte mich, wie es für diese Tiere sein musste, in einem Wald zu leben, der zerstört wurde. Wie fühlt sich das an, wenn jemand zu dir nach Hause kommt, dein Haus niederreißt und aus den Einzelteilen Klopapier macht? Das Leiden der Tiere, die ihr Zuhause verlieren, ist doch weit größer als die Freude, die es den Menschen bringt, sich den Hintern mit einem besonders weichen Klopapier abwischen zu können. Es will mir einfach nicht in den Kopf, wie das einen Sinn ergeben soll.

Als ich den Hörer aufgelegt hatte, fragte ich meine Mutter, ob es hier in der Gegend auch Tree Hugger gebe. Ich vermutete, dass es welche gab, weil in unserer Umgebung ziemlich viele Bäume stehen. Heute früh erst habe ich im Radio gehört, dass einige Nester von Blaureihern zerstört wurden, weil eine große Firma die Bäume gefällt hat – obwohl der Blaureiher hier zu den geschützten Arten zählt. Was für Leute tun so etwas? Im Fernsehen laufen ständig Werbespots der besagten Firma, in denen es heißt: »Die Natur hat Vorrang, das ist unsere Devise«. Das ist so, als würde Lyle sagen: »Zu allen nett sein, das ist meine Devise.« Was soll's.

Meine Mutter sagte, dass *Tree Hugger* kein sehr netter Ausdruck sei, weil man damit betonen würde, dass diese Leute ziemlich extrem seien in dem, was sie tun. Sie würden verrückte Dinge anstellen, um Firmen daran zu hindern, Bäume zu fällen. Ich fragte sie, ob es verrückt sei, einen Baum zu umarmen, um jemanden daran zu hindern, ein Blaureihernest zu zerstören. Sie schwieg. Dann fragte ich sie, ob es verrückt sei, eine Firma daran zu hindern, das zu zerstören, was uns allen den Sauerstoff zum Atmen liefert. Auch darauf sagte sie nichts. Sie stellte nur das Geschirr fürs Abendessen auf den Tisch.

Dann wollte ich noch etwas von ihr wissen: Wenn jemand den Baum fällen will, der als Einziger genug Sauerstoff produziert, damit sie atmen kann – würde sie den Baum dann umarmen, um es zu verhindern? Sie gab mir keine Antwort. Ich sagte, jeder Mensch auf der Welt sollte einen Baum bekommen, um ihn zu beschützen. Jeder sollte für seinen oder ihren Baum verantwortlich sein, so als wäre es genau der Baum, der diesem Menschen die Luft zum Atmen liefert. Kein Baum, kein Leben. Vielleicht würde es dann gar nicht mehr so verrückt aussehen, wenn Leute Bäume umarmen. Womöglich sieht es nur deshalb seltsam aus, weil es so wenige tun, aber sie tun es, damit viele Menschen und Tiere überleben können. Vielleicht ist das wirklich Verrückte daran, sagte ich zu ihr, dass sich die Umweltschützer überhaupt die Mühe machen und etwas ändern wollen, obwohl es allen anderen EGAL ist!

Ich wollte sarkastisch sein und schrie das Wort *egal* richtig heraus. Da sagte meine Mutter endlich etwas – aber nicht das, was ich von ihr hören wollte.

»Phin«, begann sie, »du bewegst dich auf sehr dünnem Eis. Also, jetzt essen wir besser, okay?«

Sie sagte das sehr leise, so als würde sie mir ein Geheimnis anvertrauen. Das macht sie manchmal so, wenn meine Stimme lauter wird als normal. Dadurch klinge ich dann noch lauter. Das macht mich wütend, und ich werde noch mal lauter, weil ich mir denke, sie hält mich sowieso schon für verrückt, also kann ich mich auch gleich richtig verrückt aufführen. Was hat es für einen Sinn, sich normal zu benehmen, wenn jemand dich für durchgedreht hält? Wenn die anderen denken, du hast einen Knall, dann kannst du dich auch gleich wie ein Verrückter aufführen. Das ist viel einfacher.

Als ich so wütend wurde, dachte ich nicht an die Übungen, die mir Dr. Barrett gezeigt hatte, aber selbst wenn ich daran gedacht hätte, wäre ich nicht in der Stimmung gewesen, um sie anzuwenden. »Mom, hörst du mich überhaupt?«, rief ich. »Bin ich im Weltraum oder so, wo es keine Luft gibt und man keine Geräusche hören kann? Verstehst du mich?«

»Phin!«, schrie mich meine Mutter an. »Es reicht! Hör sofort auf!« Bei dem Wort *sofort* spritzte ihr der Speichel aus dem Mund. Wenn sie eine Speispinne wäre, hätte sie mich jetzt mit ihren klebrigen Spinnfäden gefangen und könnte mich fressen.

Ich fühlte mich besser, als sie auch schrie, weil das der richtige Ton für ein so wichtiges Thema war. Ich wollte nicht, dass sie dabei ruhig blieb, weil ich es auch nicht war. Sie sollte sich mit mir aufregen! Wenigstens das war mir gelungen.

Nach dem Abendessen telefonierte meine Mutter mit irgendjemandem, und ich suchte währenddessen das Wort *tree hugger* mit Google. Es kamen 5 920 000 Einträge, und ich vermutete, dass es ziemlich viele von diesen Leuten gab. Ich stellte mir vor, wie sie ihre Arme um die Bäume schlangen und sich an ihnen festhielten und sie nicht mehr losließen.

Dann nahm ich mein Reull-Geschichtenheft zur Hand und zeichnete ein Bild von einer großen Waage. Auf der einen Seite standen alle Tiere des Waldes (ich malte aber nur fünf von ihnen), auf der anderen Seite zeichnete ich einen Menschen, der auf der Toilette saß (aber man konnte nicht sehen, dass er die Hose unten hatte), mit einer Rolle Klopapier in der Hand. Auf meinem Bild wogen die Tiere viel weniger als der Mann auf der Toilette. Das war eindeutig eine Satire.

Ich habe beschlossen, in der Schule nichts mehr zu lernen. Diesem Entschluss habe ich aus drei verschiedenen Gründen getroffen. Der erste Grund ist, dass sie in der Schule falsche Dinge behaupten. Ich habe zum Beispiel beim letzten Sozialkunde-Test eine Frage richtig beantwortet, und sie wurde trotzdem als falsch gewertet. Die Frage lautete: »Welcher Berg war der höchste, bevor die Menschen vom Mount Everest wussten?« Ich schrieb »Mount Everest«, und Mrs. Wardman behauptete, das sei falsch und die richtige Antwort sei der Kangchenjunga. Das stimmt ganz einfach nicht.

Der zweite Grund, warum ich in der Schule nichts mehr lernen werde, ist, dass mein Gehirn dann so voll ist mit den Dingen aus der Schule, dass kein Platz mehr da ist für Informationen, die wirklich wichtig sind und die ich für meinen zukünftigen Beruf brauche. Dann könnte es passieren, dass ich mir merke, wie hoch der Kangchenjunga ist – nämlich 8586 Meter –, aber dass diese Information ausgerechnet den Namen der am stärksten gefährdeten Tierart in Südchina verdrängt. (Es ist der Amoy-Tiger. Von dieser Art sind keine wild lebenden Tiere mehr bekannt – es gibt sie womöglich nur noch im Zoo. Damit gehört dieser Tiger zu den Arten, die wirklich überaus stark bedroht sind.)

Ich habe gelesen, dass das menschliche Gehirn eine bestimmte Größe hat und darum nicht endlos aufnahmefähig ist und dass ein gewisser Zusammenhang zwischen der Kopfgröße und der Intelligenz besteht. Daraufhin habe ich den Umfang meines Kopfes gemessen – fünfzig Zentimeter. Ich glaube, das ist eine ganz gute Größe, aber ich fürchte, dass mein Kopf mit den falschen Dingen vollgestopft werden könnte.

Der dritte Grund, warum ich in der Schule nichts mehr lernen werde, hat ein wenig mit dem zweiten Grund zu tun: Ich fürchte, dass sie mir dort eine Gehirnwäsche verpassen werden und dass ich am Ende die wichtigen Dinge für unwichtig halte und die unwichtigen für wichtig. Gestern zum Beispiel ließ uns Mrs. Wardman Pyramiden aus den Wörtern unserer Rechtschreibübung machen. Das sah dann so aus:

Käfig
Käfi
Käf
Kä
K

Wir mussten sogar zu Hause noch mehr Pyramiden machen. Als meine Mutter mich dabei sah, fragte sie, worum es bei dieser Aufgabe gehe, und ich sagte, dass ich es nicht wisse.

»Hat Mrs. Wardman es euch denn nicht erklärt?«

»Nein«, sagte ich.

»Und was glaubst du würde sie sagen, wenn du sie fragst?«

»Sie würde sagen, dass sie es nicht weiß«, antwortete ich.

Und das war nicht sarkastisch gemeint. Was ist, wenn ich lauter solche Sachen lerne und dann anfange zu glauben, dass das wichtiger ist, als zu lernen, wie man das Leben eines Tieres rettet? Ich würde meine ganze Perspektive verlieren. Das ist etwas, was mir in letzter Zeit echt Sorgen macht.

Das Problem mit meinem Plan, in der Schule nichts mehr zu lernen, ist, dass es nicht so leicht ist, wie es klingt. Manche Dinge sickern einfach in dein Gehirn, ohne dass du etwas dazutust.

Heute hatte ich dann eine Idee. Ich weiß, dass es am leichtesten geht, etwas nicht zu lernen, wenn man sich mit etwas anderem beschäftigt. Also aß ich gestern Abend viel Popcorn, und die Schalen der Körner blieben mir zwischen den Zähnen stecken. Und so hatte ich heute genug damit zu tun, sie mit der Zunge herauszubekommen, während Mrs. Wardman sprach.

Nach der ersten Pause machte ich einen Kreis und zog dreizehn Linien quer durch. Das ergab sechsundzwanzig Teile. Dann schrieb ich die Buchstaben des Alphabets der Reihe nach in die einzelnen Bereiche. Jetzt kann ich den entgegengesetzten Namen von jemandem finden, indem ich bei jedem Buchstaben nachsehe, welcher Buchstabe ihm im Kreis genau gegenüberliegt. Während Mrs. Wardman über die grafische Darstellung von Zahlen sprach, fand ich heraus, dass mein entgegengesetzter Name Cuva ist und der von Bird Oveq. Als Bird und ich uns beim Mittagessen mit diesen Namen ansprachen, wollten die anderen wissen, was wir da machten, und jetzt wollen alle ihre entgegengesetzten Namen wissen. Damit hatte ich einen großen Teil des Nachmittags zu tun. Jeder Name hat ein Gegenstück – und auch das Gegenstück hat einen entgegengesetzten Namen. Welchen? Den richtigen Namen.

Heute Abend tat ich etwas, was ich eigentlich nicht durfte. Es war nur möglich, weil meine Mutter zu einer Sitzung gegangen war und ich wusste, dass sie erst zurückkommen würde, wenn ich schon im Bett lag.

Rena kam herüber, meine »Betreuerin«. Sie sprach ganz freundlich mit meiner Mutter, aber sobald Mom draußen war, fing sie auch schon an zu telefonieren. Manchmal nervt mich das, weil ich gern was mit ihr spielen würde, wie zum Beispiel *Worst Case Scenario*, wo man erklären muss, was man tun sollte, wenn man auf dem Eis einbricht oder wenn einen ein Puma erwischt, oder wie man auf einer Wüsteninsel überlebt. Die richtige Antwort auf diese Frage ist, sich Grasbüschel an die Fußknöchel zu binden. Dort sammelt sich dann der Tau, sodass man das Gras ausdrücken kann und Wasser bekommt. Aber an diesem Abend hatte ich keine Lust auf ein Spiel, weil ich viel lieber das tun wollte, was mir meine Mom verboten hatte: Ich sah mir den Green Channel an.

Dabei hatte ich ein klein wenig schlechtes Gewissen – aber wirklich nur ganz wenig. Ich dachte mir, dass es einer guten Sache diente, wenn ich gegen die Regeln verstieß. Wie sollte ich sonst lernen, was ich tun kann, um Tiere zu retten?

Und außerdem – was kann mir schlimmstenfalls passieren, wenn es meine Mutter herausfindet? Sie wird richtig wütend werden und mich vielleicht anbrüllen. Ich finde, eine solche Frage sollte auch in *Worst Case Scenario* vorkommen. Sie könnte lauten: »Was solltest du tun, wenn deine Mutter superzornig wird und dich anbrüllt?« Die Antwort wäre vermutlich, dass man sich vorstellen soll, sie wäre ein bellender See-Elefant.

Im ersten Beitrag, den ich sah, ging es darum, dass in Michigan neun Hunde tot aufgefunden worden waren, einige davon enthauptet. Jemand hatte ein Schild für denjenigen geschrieben, der das getan hatte. Darauf stand: »Du wirst erwischt werden und deine Strafe bekommen. Du wirst in der Hölle schmoren.«

Dann zeigten sie einen Film über sogenannten Konsumboykott – es geht dabei um Leute, die die Produkte von anderen Leuten nicht kaufen, weil sie es ablehnen, wie sie gemacht werden. Als Beispiel wurde das Problem mit den Thunfischen und Delfinen genannt. Irgendwann entdeckten die Fischfänger, dass Thunfische oft unter Delfinherden entlangschwimmen, deshalb begannen sie ihre Netze um die Delfine herum zu legen. Dann wurden die Netze zusammengezogen, um zu verhindern, dass die Thunfische entkamen, doch die Delfine waren ebenfalls gefangen. Millionen Delfine sind schon auf diese Art gestorben. Als die Öffentlichkeit davon erfuhr, kam es zu einem Boykott. Die drei größten Thunfischfirmen beschlossen, ihren Thunfisch nur noch von Fischern zu kaufen, die keine Delfine mitfangen.

Jetzt arbeiten die Leute vom Green Channel an anderen Problemen, wie zum Beispiel daran, dass Millionen von Meerestieren durch andere Fangarten, wie die Grundschleppnetzfischerei, getötet werden. Dabei werden schwere Schleppnetze über den Meeresboden gezogen, die alles zerstören, was ihnen in den Weg kommt – und das nur um ein paar Garnelen zu fangen. Das ist ungefähr so sinnvoll, wie wenn man einen ganzen Wald mit Bulldozern niederwalzt, um eine Handvoll Pilze zu finden.

Ich habe auf dem Green Channel gesehen, dass wir Hunderte anderer Dinge kaufen, für die wild lebende Tiere sterben müssen. Manches davon war mir bekannt, aber von den meisten Produkten, die erwähnt wurden, hatte ich nichts gewusst.

Nach der Sendung schrieb ich alles auf, woran ich mich

erinnern konnte. Dann setzte ich mich an den Computer meiner Mutter und googelte die Worte *Boykott* und *Produkt*. Es kamen über zwei Millionen Einträge. Ich sah mir einige der Webseiten an, die angezeigt wurden, wie zum Beispiel ethicalconsumer.org, humanefood.ca und idausa.org.

Dann machte ich mir eine Liste. Es wurde eine sehr lange Liste.

Meine Mutter erinnert mich immer wieder daran, dass ich in ein paar Tagen einen Termin bei Dr. Barrett habe. Ich versuche ständig, das zu vergessen, und es macht mich wütend, dass sie mich jeden Tag daran erinnert.

»Mom«, sagte ich, »wenn dir eine Operation bevorstehen würde, bei der sie dir ein Stück von deinem Gehirn herausschneiden, und du wüsstest, dass es richtig wehtun wird – würdest du es dann gut finden, wenn ich dich jeden Tag daran erinnere?«

»Tut es dir weh, zu Dr. Barrett zu gehen?«

»Meinem Körper nicht, aber im Kopf tut es weh.«

»Wie?«

»Dr. Barrett sagt Dinge, die einfach keinen Sinn ergeben, und wenn jemand so etwas tut, dann verwirrt mich das.« Ich sagte ihr noch, dass es vielleicht dasselbe Gefühl ist, wie wenn man Drogen nimmt.

»Phin, vielleicht kommt dir Dr. Barrett am Anfang verwirrend vor, aber bald wirst du verstehen, was er meint, und er wird dir helfen, dass du dich besser fühlst.«

Was sie da sagte, machte mich wütend. »Da bin ich aber neugierig, wie er das anstellen wird. Wird er die Zerstörung der Erde aufhalten? Wird er ausgestorbene Tiere zurückholen? Ist er vielleicht Gott oder so was?«

»Phin! Du steigerst dich schon wieder hinein! Hör auf damit! Die Welt wird nicht untergehen!«

Das machte mich noch wütender. »Aber, Mom, siehst du denn nicht, was los ist? Wie schlimm es steht? Und das ist kein Computerspiel – es gibt keine Taste, die man drücken kann, damit es von vorn anfängt!«

»Phin«, erwiderte meine Mutter ganz leise, »bitte beruhige dich.«

Daraufhin schrie ich, so laut ich konnte. Ich schrie so laut, dass meine Stimme mir selbst Angst machte. Wenn vor mir eine Pfütze gewesen wäre, hätte meine Stimme mit Sicherheit das Wasser aufgepeitscht und einen dreißig Zentimeter hohen Tsunami erzeugt. »Hör auf zu lügen!«, schleuderte ich ihr entgegen. »Hör auf, mir zu sagen, dass alles gut wird! Gar nichts wird gut! Gar nichts, solange Leute wie du und Dr. Barrett und all die anderen riesengroßen Lügner nicht endlich anfangen, sich die Wahrheit einzugestehen!«

Da sagte meine Mutter mit wirklich superleiser Stimme, ich solle ins Badezimmer gehen und über mein Benehmen nachdenken. Sie bemüht sich, nicht mit mir zu streiten. Ich weiß das, weil ich gehört habe, wie sie zu ihrer Freundin Jill am Telefon sagte, dass sie ruhig bleiben müsse und nicht mit mir streiten dürfe, weil ich dann nur noch geschickter im Argumentieren würde. Was sie nicht weiß, ist, dass ich für einen Streit gar nicht unbedingt Worte brauche. Mir genügt schon der Gesichtsausdruck meiner Mutter und ihr Seufzen, damit ich mit ihr streiten will.

»Nein!«, schrie ich. »Geh du doch ins Badezimmer und denk nach! Denk über dein eigenes Benehmen nach!« Dann setzte ich mich auf den Boden und rührte mich nicht vom Fleck, obwohl sie mir noch dreimal sagte, dass ich ins Badezimmer gehen solle.

Das Gesicht meiner Mutter sah aus wie das Gesicht eines zornigen Pavians. Sie wollte mich unter den Armen fassen und wegtragen, aber ich machte mich ganz steif. Ich stellte mir meine Mutter als unaufhaltsame Kraft vor und mich als unbewegliches Objekt, aber ich wusste, dass einer von uns irgendwann nachgeben würde, deshalb stimmte der Vergleich nicht ganz.

Schließlich begann sie mich wegzuziehen, aber ich machte mich weiterhin steif. Sie schleppte mich durchs Wohnzimmer, aber als sie versuchte, mich durch die Tür und zur Treppe zu zerren, erwischte ich den Pflanzenständer und zog ihn mit mir.

Meine Mutter vergaß, was Dr. Barrett ihr gesagt hatte, drehte sich um und schrie mich an: »Phin! Lass sofort diese Blume los – du wirfst sie um!«

»Ich werfe sie nicht um!«, erwiderte ich. »Du ziehst mich – also wirst du sie umwerfen, nicht ich! Ich sitze nur hier und mache nichts!«

Da kippte der Pflanzenständer wirklich um. Er krachte mit lautem Gepolter auf den Boden. Fiddledee erschrak und versteckte sich unter der Couch. Der Blumentopf zerbrach, und das Einblatt fiel heraus. Das machte meine Mutter noch wütender. Sie sah jetzt um einiges gefährlicher aus als ein zorniger Pavian, eher wie ein Mädchen aus einem Horrorfilm, den ich einmal im Fernsehen gesehen hatte. Das Mädchen saß im Bett, und ihr Gesicht sah aus wie das von einem Monster; dann erhob sich das Bett plötzlich in die Luft, und der Kopf des Mädchens begann sich zu drehen wie ein Fahrradreifen. An der Stelle schaltete ich um. Ich wünschte, ich hätte auch bei meiner Mutter auf einen anderen Kanal schalten können.

Meine Mom kümmerte sich nicht um die Pflanze auf dem Boden. Der Zorn musste ihr zusätzliche Kräfte verliehen haben, denn auf einmal hob sie mich mühelos hoch und trug mich schnell die ersten acht Stufen hinauf. Meine Arme und Beine schlugen gegen das Geländer. »Mom, hör auf!«, rief ich. »Du tust mir weh!«

»Phin«, sagte sie leise, »wenn du nicht sofort aufstehst und allein die Treppe hinaufgehst, wird dir gleich noch viel mehr wehtun. Uns beiden wird alles wehtun, weil wir nämlich bald die Treppe runterfallen.«

Ich dachte kurz nach. Wir waren auf der achten Stufe, und wenn wir nach hinten fielen, würden wir auf jeder zweiten Stufe aufschlagen. Auf der sechsten Stufe würde ich auf sie fallen, zwei Stufen weiter würde sie auf mir landen und auf der zweiten Stufe wieder ich auf ihr. Am Ende der Treppe wäre wieder ich unten – und das wäre die schmerzhafteste Landung, weil der Boden in der Diele aus Hartholz ist, während auf den Stufen ein Teppich liegt. Es würde sich wahrscheinlich nicht besonders angenehm anfühlen, also beschloss ich, den Rest des Weges zum Badezimmer allein zu gehen. Aber als ich oben war, knallte ich die Tür richtig fest hinter mir zu.

»Und zu diesem Fucker Dr. Barrett geh ich nie wieder!«, schrie ich, so laut ich konnte. Dann tat mir der Hals weh.

Als meine Mom sagte, dass ich aus dem Badezimmer kommen könne, ging ich in mein Zimmer und blieb dort zwei Stunden. Ich wollte, dass sie ein schlechtes Gewissen bekam, aber sie fragte mich nicht einmal, ob ich nicht rauskommen wolle, wie sie es sonst immer tut. Ich hörte, wie sie in der Küche herumpolterte.

Sehr lange saß ich einfach nur da, meine Hände zitterten, und mir taten die Arme und Beine weh. Nach einer Weile versuchte ich mich zu beruhigen. Ich nahm mein Reull-Heft heraus und überlegte, was ich schreiben könnte. Aber mir wollte nichts einfallen, weil ich immer noch wütend war.

Ich legte mich aufs Bett und stellte mir vor, ich wäre an Pete's Pond in Afrika. Ich hörte die Laute der Vögel und das Geräusch des Windes. Ich dachte an den Duft des Grases und des Wassers. Ich stellte mir vor, dass es dort sehr warm war, und die Wärme ließ das Blut in meine Hände und Füße strömen. Das beruhigte mich.

Dann setzte ich mich an den Tisch und schrieb so schnell ich konnte. Ich schrieb, dass auf Reull eines Tages plötzlich Dinge vom Himmel zu fallen begannen. Die Gorachs blickten staunend zu den unbekannten glänzenden Klumpen hinauf, die auf die Erde herabsanken. Sie waren verblüfft und begeistert.

Als die schimmernden Gegenstände auf dem Boden lagen, strömten alle Gorachs herbei, um sich einen davon zu holen. Die Macher-Gorachs drängten sich vor, stießen die anderen weg und schossen mit Pistolen in die Luft, damit sie sich selbst so viele wie möglich sichern konnten. Sie hatten vor, diese Dinge den gewöhnlichen Gorachs teuer zu verkaufen und ein Vermögen damit zu verdienen.

Doch die Wooloofs und die anderen Lebewesen von Reull hatten vorhergesehen, dass das passieren würde, und so fielen noch mehr schimmernde Gegenstände vom Himmel wie Millionen Regentropfen. Bald hatte jeder Gorach zumindest einen davon.

Sobald die geheimnisvollen Objekte die Haut der Gorachs berührten, nahmen sie DNS-Proben und verwandelten sich in perfekte Kopien der Gorachs. Die Gorachs waren darüber so verblüfft, dass man überall auf dem Planeten ihr *ooohhhh* und *aaahhhh* hören konnte. Es klang, als würde der Planet *Ooohhhhs* einatmen und *Aaahhhhs* ausatmen.

Während die Gorachs ihre Kopien anstarrten, traten die Wooloofs und die anderen Lebewesen in Aktion. Sie umzingelten die Gorachs, die die Augen nicht von ihren Doppelgängern losreißen konnten. Die wenigen, die es schafften, sich umzublicken, durften weglaufen. Aber am Ende waren so gut wie alle Macher-Gorachs, die Führer und die Wissenschaftler in Käfigen gefangen.

Dann zerfielen die schimmernden Objekte zu Staub. Die gefangenen Gorachs sahen sich zum ersten Mal um. Sie trauten ihren Augen nicht – deshalb schlossen sie sie lieber wieder. Auch ihren langen Gliedmaßen trauten sie nicht – also verknoteten sie sie. Und ihre Ohren, denen sie ebenfalls nicht glaubten, stopften sie zu. Sie konnten auch nicht begreifen, dass ihre Hände tatsächlich den kalten Stahl der Käfigstäbe berührten – also ballten sie sie zu Fäusten. Aber das alles änderte nichts an der Tatsache, dass sie in Käfigen gefangen waren.

Als ich mich heute früh für die Schule fertig machte und meine Mutter gerade unter der Dusche stand, klingelte das Telefon. Es war erst 7:33 Uhr. Immer wenn das Telefon so früh klingelt, schlägt mein Herz einen Purzelbaum. Der Einzige, der so früh anruft, ist mein Dad.

Ich lief zum Apparat und sah auf die Anzeige, bevor ich abhob. Dad hat ein Handy, und wenn er anruft, erscheinen die Worte *Walsh Will* auf dem Display. Aber als meine Hand schon am Hörer war, las ich etwas anderes. Ich zuckte zurück. Da stand ein anderer Name. Zuerst glaubte ich mich verlesen zu haben. Ich blinzelte und schaute noch einmal hin – aber der Name stand immer noch da: *Gaskell Brent*. BRENT!

Kann sich irgendjemand vorstellen, wie es ist, wenn man

einen der liebsten Menschen auf der Welt erwartet und stattdessen den bekommt, auf den man am ehesten verzichten kann? Das ist richtig grausam. Es ist so, als würde man sich etwas in den Mund stecken, das man für eine süße blaue Weintraube hält, aber in Wirklichkeit ist es eine bittere Olive.

Ich ließ es dreimal läuten, dann hob ich ab und legte wieder auf. Als ich das tat, fühlte ich mich ein bisschen mächtig. Ich stellte mir Brents verwirrtes Gesicht vor. Vermutlich glaubte er jetzt, meine Mutter wolle nicht mit ihm sprechen. Bestimmt dachte er sich: »Oh, na ja, dann ruf ich eben eine andere Frau an, die nicht verheiratet ist.«

Ein paar Minuten später hörte ich es wieder klingeln, diesmal kam das Geräusch aus der Manteltasche meiner Mutter. Ich zog ihr Handy heraus, drückte die Empfangstaste und dann gleich die Auflegen-Taste.

Es wäre mir noch lieber gewesen, meine Mom hätte einen Anruf von Mrs. Wardman bekommen. Oder von Lyle. Oder meinetwegen auch vom Teufel.

Heute kam eine Mobbing-Expertin in die Schule und hielt uns einen Vortrag – wieder einmal.

Sie hatte sich einen guten Tag ausgesucht, denn kurz bevor sie gekommen war, hatte Ryan sich einen Kugelschreiber von Lyle geliehen. Es stellte sich heraus, dass es in Wirklichkeit ein Elektroschock-Kugelschreiber war. Als Ryan auf den Knopf drückte, bekam er einen Stromschlag, schrie los und schleuderte das Ding weg. Es landete auf Mittys Kopf, und Mrs. Wardman wurde richtig sauer. Sie nahm den Kugelschreiber, warf ihn in den Müll und schickte Lyle zu Mr. Legacie.

Das bedeutete aber, dass der schlimmste Bully den Anti-Bullying-Vortrag verpasste. Die Expertin erzählte uns, dass

Mobbing und Bullying falsch wäre und dass wir Folgendes tun sollten, wenn es uns passierte:

1. es einem Erwachsenen sagen,
2. in einer Gruppe bleiben,
3. in einen Club oder eine Gruppe gehen, wo wir andere Kinder treffen,
4. wenn wir online gemobbt werden, nicht antworten, sondern es jemandem sagen, dem wir vertrauen.

Sie sagte auch, dass es Bullys oft auf schüchterne oder stille Kinder abgesehen hätten oder auf solche, die irgendwie anders als andere wirkten. Das war etwas, das für mich Sinn machte. Wissenschaftler haben eine Theorie aufgestellt, die besagt, dass Fische am ehesten von Raubtieren gefangen werden, wenn sie optisch auffallen. Das erklärt, warum sie so gern in einem Schwarm mit anderen Fischen schwimmen, die aussehen wie sie selbst. Offenbar bin ich im falschen Schwarm unterwegs.

Als die Mobbing-Expertin gerade gehen wollte, kam Lyle in die Klasse zurück. Auf dem Weg zu seinem Platz warf er meinen Radierer auf den Boden – direkt vor den Augen von Mrs. Wardman und der Expertin. Er machte es so, dass es alle sehen konnten, und das nachdem wir gerade einen Vortrag über Mobbing gehört hatten. Aber niemand sagte etwas! Ist das denn nicht Mobbing? Und ist das nicht auch ein Beispiel für Ironie? Als ich aufstand, um meinen Radierer vom Boden aufzuheben, war ich super-unendlich-sauer.

Nachdem die Frau gegangen war, sagte Mrs. Wardman, dass wir Plakate für eine »Mobbing-freie Schule« zeichnen sollten, die wir dann im Klassenzimmer aufhängen würden. Sie meinte, es sollten einige der Dinge vorkommen, die die Expertin erwähnt hatte.

Ich saß lange da und starrte auf das weiße Blatt vor mir. Ich wusste nicht, was ich zeichnen sollte. Kaitlyn zeichnete ein Mädchen, das mit einer Lehrerin sprach. In einer Sprechblase über ihrem Kopf stand: »Ich werde gemobbt.« Ich sah zu Gordon hinüber; er zeichnete Kinder, die zusammen in einem Lego-Club spielten.

Ich überlegte weiter, was ich zeichnen sollte, denn ich wollte nichts malen, was eigentlich auf meine Liste der Lügen gehört hätte und nicht an die Klassenwand. Schließlich nahm ich den Bleistift zur Hand und zeichnete einen Jungen, der seine Mütze von einem anderen Jungen zurückholen wollte, der sie in die Luft hielt und lachte. Ich zeichnete die beiden Jungen so, dass der eine möglichst wie Lyle aussah und der andere wie ich. Darüber schrieb ich »Freies Mobbing«.

Als ich die Zeichnung abgab, sagte Mrs. Wardman nichts. Nicht ein Wort. Aber ich weiß, dass sie wieder mit meiner Mutter sprechen wird. Das alte Lied.

Heute Abend rief ich meine Großmutter an. Ich kam gleich zur Sache. »Oma, weißt du eigentlich, warum sich meine Eltern getrennt haben?«, fragte ich sie.

Meine Großmutter sagte zuerst gar nichts. Dann räusperte sie sich und erklärte mir: »Manchmal, Schatz, kommen Leute einfach nicht so gut miteinander aus.«

»Na und?«, fragte ich. »Heißt das, sie können nicht mehr in derselben sozialen Gruppe leben? Wenn Schimpansen Streit haben, dann leben sie hinterher immer noch in derselben Gruppe zusammen. Es ist nicht so, dass einer der beiden seine Sachen packt und in ein anderes Land auswandert.«

»Nun, wenn deine Mom und dein Dad zusammenleben würden, dann gäbe es wahrscheinlich oft Streit; sie würden sich gegenseitig wehtun, und das wäre nicht gut, weder für deine Mom noch für deinen Dad … und für dich auch nicht, Liebling«, meinte Oma.

Ich sagte nichts, und Oma erzählte mir noch mehr Dinge über Erwachsene, die nicht gut miteinander auskamen. Dinge, die ich alle schon gehört hatte.

Nach ein paar Minuten wechselte ich das Thema, und wir unterhielten uns über Tiere. Oma hatte gestern im Wald eine Schneeeule gesehen. Das erinnerte mich an Jean Craighead George, deren Kinder eine Eule namens Yammer als Haustier gehabt hatten. Diese Eule lebte in einem Bücherregal, sah fern und ging sogar mit den Kindern duschen. Ihr Sohn malte einmal ein Schild für das Badezimmer, auf dem stand: »Bitte nach dem Duschen Eule mitnehmen.«

Als ich aufgelegt hatte, verstand ich immer noch nicht, warum sich meine Eltern getrennt hatten. Es ergibt einfach keinen Sinn. Wenn zwei Schimpansen nicht aufhören können zu kämpfen, schreitet oft ein dritter Schimpanse ein und trennt die Streithähne mit Gewalt. Bei einem Streit zwischen zwei Berggorillas geht manchmal ein kleiner Gorilla dazwischen, und die beiden beruhigen sich wieder.

Vielleicht hätte ich dazwischengehen sollen, als Mom und Dad zum ersten Mal stritten. Aber ich hab es nicht getan. Und jetzt ist es zu spät.

Heute hatte ich ein Erlebnis mit Lyle, das mich auf eine Idee brachte. Die Ironie daran ist, dass mir der Einfall kam, nachdem Lyle etwas Gemeines getan hatte – etwas Ähnliches, wie das, was ein Mann und eine Frau einmal gemacht hatten. Sie hatten den Finger eines Toten in einen Hamburger gelegt, um Geld von dem Restaurant zu bekommen.

Es begann damit, dass Ronald McDonald bei uns in der Schule war und über gesundes Leben sprach. Ich saß auf einem Sessel zwischen Bird und Gordon und direkt vor Lyle. Während Ronald über gesundes Obst und Gemüse sprach, musste ich plötzlich dringend auf die Toilette.

Als ich wieder in die Turnhalle kam, setzte ich mich auf meinen Platz und lehnte mich zurück, weil das, was ich auf der Toilette erledigt hatte, eine echte Erleichterung gewesen war. Aber als ich mich anlehnte, spürte ich, dass jemand an meinem Sessel zog, und ich fiel nach hinten, immer weiter und weiter, bis ich – wumm! – mit dem Rücken und Kopf auf den Boden der Turnhalle knallte. Was dann kam, geschah so schnell, dass ich überhaupt keine Zeit hatte, darüber nachzudenken. Es war so, als wäre ein Teil meines Gehirns auf Automatik geschaltet, und ich hätte es nicht aufhalten können, selbst wenn ich gewollt hätte.

Ich setzte mich auf und schrie Lyle etwas ins Gesicht, von dem ich immer noch nicht glauben kann, dass ich es wirklich gesagt habe. »*Mo chreach*!«, rief ich. »Fuck off, du verdammter verfickter Scheiß-Fucker!« Alle drehten sich zu mir um – sogar Ronald hörte auf mit seiner Hampelmann-Übung. Lyle sah mich einen Moment lang überrascht an, dann fing er an laut zu lachen. Er schüttelte sich vor Lachen, bis ihm der Rotz aus einem Nasenloch hing.

Bird half mir hoch und hob meine Vierteldollarstücke und eine Eindollarmünze auf, die mir aus der Hosentasche gefallen waren. Mrs. Wardman kam herbeigelaufen und fragte, ob ich okay sei, und ich sagte ja, obwohl mein Kopf wirklich wehtat. Dann sah sie Lyle an, der immer noch lachte, dass ihm der Rotz aus der Nase kam.

»Hast du etwas damit zu tun, Lyle?«, fragte Mrs. Wardman.

Lyle hörte auf zu lachen und schüttelte den Kopf. Doch

dann sagte Gordon: »Doch, er war's. Er hat Phins Sessel nach hinten gezogen, und dann ist Phin umgefallen.« Lyle machte ein Gesicht, als würde er Gordon am liebsten umbringen. Er wurde ganz rot, und in seinen Augen lag ein irres Funkeln, als könnte ihm jeden Moment eines davon aus dem Kopf springen wie in einem Zeichentrickfilm. Das fand ich irgendwie beängstigend, weil ich glaube, dass Lyle ohne das Du-sollst-keinen-Menschen-töten-Gen auf die Welt gekommen ist, wie es manche Wissenschaftler von Ted Bundy und Paul Bernardo vermuten.

Mrs. Wardman sah Lyle an und sagte: »Stimmt das, Lyle?«

»Nein … das stimmt nicht!«, behauptete Lyle.

»Doch, es stimmt!«, widersprach Gordon. »Ich hab's gesehen!«

Ich mache mir ein bisschen Sorgen um Gordon. Ich fürchte, dass ihm vielleicht der Selbsterhaltungstrieb fehlt. Jedenfalls wäre er besser dran, wenn er ein Pfauenbutt wäre, der die Farbe seiner Umgebung annehmen kann. Gordons Augen oder sein Gehirn schienen nicht richtig zu funktionieren.

Mrs. Wardman glaubte Gordon und nicht Lyle. Sie packte Lyle am Arm und marschierte mit ihm aus der Turnhalle hinaus. Lyle warf Gordon einen bösen Blick zu, dann sah er mich an und grinste. Aber es war kein freundliches Grinsen, sondern das Grinsen eines durchgeknallten Jungen ohne das Du-sollst-keinen-Menschen-töten-Gen.

Direktor Legacie kam zu mir und nahm mich mit in sein Büro. Er sah besorgt aus, aber ich sagte ihm, dass ich in Ordnung sei. Mein Kopf tat zwar noch weh, aber er machte so ein besorgtes Gesicht, dass ich ihn unbedingt beruhigen wollte. Er sagte mir, dass er meine Mutter anrufen würde, damit sie mich abholte.

Ich sah meine Mutter in die Schule kommen, bevor sie mich

sah. Sie musste gespürt haben, dass sie jemand beobachtete, denn auf einmal drehte sie sich um und sah mich an. Sie eilte auf mich zu, nahm mich in die Arme und fragte, ob ich okay sei. Als ich ja sagte, wurde sie richtig wütend. Ihre Augenbrauen neigten sich nach unten, und ihre Lippen wurden ganz dünn. Dann sprach sie mit ihrer Sandpapierstimme, die man nicht missverstehen kann:

»Wie ist das passiert?«

Er berichtete ihr, was geschehen war, erwähnte aber nicht, wer es getan hatte. Er sagte nur, dass es ein Junge gewesen war.

Der Kopf meiner Mutter wirbelte herum. »War es Lyle, Phin?«, fragte sie mich.

Ich nickte.

Der Kopf meiner Mutter wirbelte zu Direktor Legacie zurück. »Ich will, dass das aufhört, und zwar noch HEUTE!«

Obwohl meine Mutter das Wort *heute* herausschrie, sprach Direktor Legacie mit ganz ruhiger Stimme. Er sagte, man würde Schritte einleiten und die Eltern des Jungen verständigen. »Mrs. Walsh«, fügte er hinzu, »es tut mir wirklich leid, was Ihrem Jungen passiert ist. Bitte glauben Sie mir, wir werden uns darum kümmern. Keine Sorge ...«

Der erste Fehler, den Mr. Legacie machte, war, dass er meine Mutter mit *Mrs. Walsh* ansprach. Ihr Nachname ist MacKeamish. Aber noch viel schlimmer waren die Worte *keine Sorge*, die er richtig gedehnt aussprach, wie in Zeitlupe. Ich wusste, jetzt konnte er sich auf etwas gefasst machen.

Bei meiner Mutter ist es so, dass sich alle, die sie nicht wirklich gut kennen, in ihr täuschen. Sie hat große grüne Augen – die sogar noch größer aussehen, seit sie kurze Haare hat – und ein breites Lächeln, und sie lacht viel. Der Mensch lacht durchschnittlich achtzehn Mal am Tag, aber meine Mutter lacht bestimmt sechsundachtzig Mal täglich. Sie sieht aus wie ein großer lächelnder, schwanzwedelnder Hund. Man denkt sich nichts dabei, sie am Kopf zu streicheln, aber eh man sich's versieht, hat sie einen mit ihren Zähnen an der Gurgel gepackt.

»Mr. Legacie«, begann meine Mutter, »das geht jetzt schon ziemlich lange so. Und wenn nicht sehr bald etwas geschieht, dann werde ich selbst was dagegen unternehmen.« Sie sagte das mit ihrer Sandpapierstimme, die in diesem Moment besonders scharf klang.

Ich sah in Mr. Legacies Gesicht, doch er wirkte immer noch ganz ruhig. Vermutlich ist er aber einfach nur ein guter Schauspieler, denn meine Mutter klang wirklich bedrohlich. Wenn Direktor Legacie eine Krötenechse wäre, hätte er jetzt Blut aus seinen Augen spritzen können. Wenn er eine Seegurke wäre, hätte er wahrscheinlich seinen Darm ausgestoßen, um Mom abzulenken, während er flüchtete. Meine Mutter dagegen sah aus wie eine Kragenechse, die fauchte und ihren Kragen aufstellte, um noch bedrohlicher zu wirken.

Dann kehrte sie Mr. Legacie den Rücken zu, nahm mich an der Hand, und wir gingen, ohne ein Wort zu sagen.

Als wir nach Hause kamen, war meine Mutter ein bisschen ruhiger. Sie setzte sich mit mir auf die Couch, und wir sahen uns eine Folge von *The Nature of Things* an. Es ging um die Zerstörung des Regenwalds. Ich kannte den Film schon. Sie berichteten, dass die Regenwälder eine Art Thermostat für die Erde seien, weil sie unser Klima regulierten. Mehr als zwanzig Prozent des Sauerstoffs für die ganze Welt werden vom Regenwald produziert, außerdem sind dort fünfzig Prozent aller Pflanzen und Tiere der Erde zu Hause. Die Hälfte aller Regenwälder ist in nur zwanzig Jahren gerodet worden.

Ich wusste, dass meine Mutter immer noch über Lyle nachdachte, weil es ihr nicht einmal auffiel, dass wir uns eine Sendung über die Zerstörung der Erde ansahen. Um sicherzugehen, dass sie wirklich nicht zuschaute, fragte ich sie, ob sie lieber ein Kuckuck oder eine Kuckuckshummel wäre. Sie lächelte nur und legte mir den Arm um die Schultern. Dabei kam in dem Film weder ein Kuckuck noch eine Kuckuckshummel vor.

Dann sagte meine Mutter plötzlich: »Ich denke, du solltest ein Victim-Impact Statement schreiben.« Ich fragte sie, was das sei, und sie sagte, es sei ein Brief, in dem man seine Gefühle beschreibt, nachdem einem jemand etwas angetan hat. So ein Opferbrief würde bei Gericht vorgelegt, damit derjenige, der ein Verbrechen begangen hat, erkennt, was er dem anderen damit angetan hat. »Das war nicht ernst gemeint, Phin«, fügte sie hinzu. »Aber ich denke schon, dass irgendwer diesen Jungen zur Vernunft bringen muss, sonst endet er irgendwann noch als Mörder.« Ich glaube, sie hat meine Gedanken gelesen.

Obwohl sie es nicht ernst gemeint hatte, brachte mich das, was meine Mutter gesagt hatte, zum Nachdenken. Und so setzte ich mich an ihren Computer, während sie auf der Couch saß und nicht wirklich fernsah. Ich tippte bei Google die Worte *victim impact statement* ein und fand 178 000 Einträge. Auf einer der Webseiten stand, dass man über die emotionalen, körperlichen und finanziellen Folgen des Verbrechens schreiben solle. Also nahm ich Papier und Kugelschreiber zur Hand und schrieb einen Brief an Lyle:

Lieber Lyle,
ich weiß nicht genau, warum du mich nicht magst. Ich weiß nur, dass ich manchmal, wenn du irgendwas Gemeines machst, gern eine Tannenzapfenechse wäre, mit

einem Schwanz, der aussieht wie der Kopf, damit du mein Gehirn nicht angreifst.
Heute in der Turnhalle hast du meinen Stuhl umgerissen, und ich bin auf den Hinterkopf gefallen. Das hat verdammt wehgetan. Ich glaube, ich werde eine ganze Weile eine dicke Beule haben.
Ich habe wegen meiner Verletzung kein Geld verloren, aber mein Gehirn wurde durchgeschüttelt, und es könnte sein, dass ich wichtige Dinge vergessen habe, die ich für meinen zukünftigen Job brauche, wenn ich mit Tieren arbeite. Das könnte mich irgendwann in eine wirtschaftliche und soziale Notlage bringen.
Mit freundlichen Grüßen
Phineas Walsh
PS: Und bitte lass auch die anderen Jungs wie Bird und Gordon in Ruhe.

Ich sah mir an, was ich geschrieben hatte, und las den Brief noch einmal. Und dann noch einmal. Beim vierten Mal überlegte ich, was Lyle denken würde, wenn er das las. Ich versuchte mir vorzustellen, was er empfinden und was er dann tun würde. Im Geiste sah ich ihn vor mir, wie er so sehr lachte, dass ihm der Rotz aus der Nase hing.

Ich zerriss den Brief und warf ihn in den Mülleimer. Es war eine dumme Idee gewesen.

Lyle würde nie damit aufhören, gemein zu sein, nur weil er weiß, dass es andere verletzt, denn das ist es ja gerade, was ihm daran gefällt. Meine Großmutter sagt, dass sie noch nie einen Menschen gesehen hätte, der nur gut oder nur böse gewesen wäre. Aber sie ist Lyle noch nicht begegnet.

Nachdem ich den Brief weggeworfen hatte, stand ich auf, um ins Badezimmer zu gehen, aber dabei dachte ich weiter über Opferbriefe nach und darüber, wie sehr ich Lyle hasse. Als ich gerade noch neunzehn Schritte vom Arbeitszimmer meiner Mom entfernt war, kam mir eine neue Idee, die in gewisser Weise eine Weiterentwicklung der vorherigen war.

Mit Opferbriefen erreichte man nichts bei Leuten wie Lyle – aber bei normalen Menschen konnte es funktionieren. Und meist sind es ganz normale Menschen, die den Tieren Schaden zufügen – oft ohne es zu wissen. Ich glaube, die meisten von ihnen würden den Tieren helfen, wenn sie wüssten, was da vor sich geht.

Auch in der Tierwelt kommt selbstloses Verhalten vor, und das gar nicht mal so selten, wie man vielleicht denken würde. Zum Beispiel hat man Delfinschulen (so nennt man Gruppen dieser Säugetiere) dabei beobachtet, wie sie andere Tiere über Wasser hielten, damit sie atmen konnten, während sie ihnen halfen, zur Küste zurückzugelangen. Und einmal sahen ein paar Leute in Afrika eine Antilope, die ein krankes Gnu mit zugeschwollenen Augen zu einem Wasserloch führte. Eines der großartigsten Beispiele für selbstloses Verhalten zwischen verschiedenen Tierarten habe ich einmal auf dem Green Channel gesehen: Eine Katzenmutter adoptierte sieben Küken, deren Mutter gestorben war. Sobald eines der Küken zu weit weg lief, hob sie es sanft auf und brachte es zurück zu ihren eigenen Kätzchen.

Auch Menschen zeigen manchmal selbstloses Verhalten gegenüber anderen Arten. Vor ein paar Wochen wurden in den Nachrichten Bilder von vier Weißschnauzendelfinen gezeigt, die schon drei Tage im Eis eingeschlossen und dadurch dem Tod nahe waren. Die Menschen, die sie vom Ufer aus beobachteten, konnten nicht länger mit ansehen, wie die Tiere litten, und so setzten sich ein paar Männer und ein Junge in ein Motorboot und arbeiteten fünf Stunden daran, für die Delfine einen Weg durch das Eis freizuschlagen. Der Junge sprang sogar ins Wasser, um einem der Delfine zu helfen, sich zu befreien, und am Ende waren alle drei befreit. Vielleicht müssen die Menschen wirklich nur sehen, wie Tiere leiden.

Noch besser wäre es natürlich, wenn sie auch ihre Stimmen hören könnten. Ich überlegte, ob ihnen ein Übersetzer dabei helfen könnte, die Stimmen der Tiere zu verstehen. Fällt es manchen Menschen deshalb so leicht, die Leiden der Tiere zu ignorieren, weil sie die Sprache der Wesen nicht verstehen, die sie töten?

Manche Tiere können sogar mit den Menschen sprechen. Ich habe einmal einen Film über eine Schimpansin namens Lucy gesehen, die in einer Menschenfamilie in den Vereinigten Staaten aufwuchs, wo man ihr die Zeichensprache beibrachte. Lucy lebte zwölf Jahre dort, doch dann wurde es der Familie zu anstrengend mit ihr (sie warf oft irgendwelche Dinge im Haus herum und kackte den Leuten in den Schoß). Also kam sie in ein Rehabilitationscenter für Schimpansen in Afrika. Zum ersten Mal in ihrem Leben war sie mit anderen Schimpansen zusammen. Sie hatte große Angst vor einem Männchen, das sie nicht in Ruhe ließ, und als ihre Menschenfamilie sie besuchte, sagte sie in Zeichensprache: »Bitte helft mir. Raus.«

Es gibt Papageien, denen man beigebracht hat, in Menschensprache zu sprechen. Ein afrikanischer Graupapagei namens Alex konnte sich ziemlich gut auf Englisch ausdrücken. Als er einmal zu einer ärztlichen Untersuchung musste, rief er seinem menschlichen Begleiter zu: »I love you. I'm sorry. I want to go back!«

Ich sah zu meiner Mutter ins Wohnzimmer. Sie saß in ihrem Schaukelstuhl, in eine Decke gehüllt und eine Tasse Tee in der Hand, und telefonierte, wahrscheinlich mit ihrer Freundin Jill. Das macht sie meistens, wenn sie sich über etwas sehr aufgeregt hat. In letzter Zeit hat sie ziemlich oft mit ihr telefoniert.

Ich ging in ihr Arbeitszimmer zurück und setzte mich an den Computer. Vielleicht gab es irgendwo Anwälte, die mit einem Opferbrief für Tiere etwas anfangen konnten. Ich tippte *Anwälte*, *Tiere* und *Natur* ein und bekam zwei Millionen Ergebnisse. Bei den meisten ging es um Umweltrecht und ökologische Gerechtigkeit. Ich klickte einen der Links an und traute meinen Augen nicht. Es gab tatsächlich Anwälte, die Regierungen und Firmen verklagten, damit sie aufhörten, die Natur zu zerstören!

Als Nächstes tippte ich *Umweltrecht* und dazu den Namen meiner Stadt ein, um zu sehen, ob es auch hier in der Gegend solche Leute gab. Und es gab sie! Sie verklagten gerade eine Universität, die Stadtverwaltung und die Provinz, weil sie ein Feuchtgebiet zupflasterten, um Supermärkte ganz in der Nähe unseres Hauses zu bauen.

Ich klickte einen Link an und kam auf die Webseite der Baufirma, auf der sie ihr Bauprojekt vorstellte. Ganz oben waren Bilder von einem Elch, einem Biber und einem Bach. Was sollte denn das?, fragte ich mich. Warum werben sie mit Wildtieren für ihr Bauprojekt? Das ergibt doch überhaupt keinen Sinn.

Dann las ich die erste Seite, und es wurde immer verrückter. Sie wollten ihr Projekt nach dem Feuchtgebiet benennen, das sie zerstörten. Das wäre so, als würde man ein Gefängnis *Haus der Freiheit* nennen. Wenn ich in der zuständigen Behörde säße, würde ich mir denken, dass mir jemand einen Streich spielen will, so wie in der Sendung *Prank Patrol*, und ich würde mich nach der versteckten Kamera umsehen.

Ich notierte mir die Adresse der Umweltanwälte und steckte sie ein. Ich werde Opferbriefe für die Tiere in diesem Feuchtgebiet schreiben – zum Beispiel für die Frösche, die dort leben. Das bin ich Knuddel schuldig.

Mir ist richtig schlecht. Ich habe mich an Moms Computer geschlichen und gelesen, was passiert, wenn die Lebensräume von Tieren und Pflanzen zerstört werden. Ich wollte alles darüber wissen, damit ich in meinen Briefen an die Anwälte nichts Falsches schreibe.

Was ich da erfuhr, war noch schlimmer, als ich es mir vorgestellt hatte. Ich schätze, das liegt daran, dass ich mir nie Gedanken darüber gemacht habe, was passiert, wenn Bulldozer einen Wald roden; das geschieht ständig, auch in meiner Umgebung.

Auf einer Webseite schrieb ein Mann, der eine Planierraupe fuhr, dass Weißwedelhirsche auf die Straße gelaufen wären, wo sie von Autos angefahren oder getötet wurden. Er berichtete auch, dass viele Tiere lebendig begraben wurden und dass immer wieder Kaninchen und Eichhörnchen in seine Schaufel sprangen, während er durch ihre Baue und Nester pflügte.

Das erklärte, warum ich dort, wo neue Supermärkte gebaut wurden, immer so viele tote Tiere wie Waschbären, Waldmurmeltiere und Stachelschweine an der Straße sah. Wahrscheinlich waren sie um ihr Leben gelaufen, als die Maschinen ihre Behausungen niederzureißen begannen. Meine Mutter und ich hatten einmal eine tote Stinktiermutter mit ihren vier Babys auf dem Highway liegen sehen. Sie hatten es über zwei Fahrspuren geschafft, aber dann war eine Betonmauer gekommen, die ihnen den Weg versperrt hatte.

Warum lassen sich die Menschen keine besseren Methoden einfallen, um Bauland zu gewinnen – Methoden, bei denen nicht so viele Tiere sterben müssen? Sie haben sich doch auch eine Menge Dinge ausgedacht, die das Leben der Menschen verbessern – warum finden sie dann keine Wege, wie man anderes Leben schonen kann? Warum ist das Leben von Tieren nicht wenigstens so viel wert?

Bei dem Gedanken an die vielen toten Tiere entstand ein Bild in meinem Kopf. Deshalb werde ich auch Bilder zu meinen Opferbriefen zeichnen.

Liebe Menschen,
ich bin eine Eule. Als ihr gekommen seid, war ich eine von denen, die Glück hatten, weil ich die warnenden Geräusche hörte. Ich flog schnell zu einem anderen Baum, der nicht von den scharfen Zähnen umgeknickt wurde. Dort landete ich und machte die Augen fest zu. Ich bemühte mich, die lauten und leisen Schreie von unten nicht zu hören.
Als schließlich alle Geräusche verstummt waren, machte ich die Augen auf. Was ich da sah, verfolgt mich noch heute in meinen Albträumen: Ich sah riesige klaffende Wunden. Ich sah abgeknickte Bäume und niedergewalztes Land und das Blut der Toten und Beinahe-Toten. Und dann passierte plötzlich etwas, das ich noch nie gesehen hatte – vom Erdboden erklang ein tiefer trauriger Seufzer, und Tausende helle Lichter, manche groß, manche klein, stiegen hinauf zum Himmel, zur Sonne.
Mit freundlichen Grüßen
Eule

Ich zeichnete ein Bild von den Resten eines Waldes. Der Boden war rot vom Blut, und darüber schwebten Tausende helle Lichter – die Seelen aller ermordeten Tiere, die die Erde verließen.

Liebe Menschen,
ich war ein Frosch. Bis ihr gekommen seid.
Mit freundlichen Grüßen aus dem Jenseits
Frosch

Dazu zeichnete ich noch ein Bild. Ich malte Bulldozer, die eine Schneise in den Wald schlugen, Bäume, die geknickt wurden, und Frösche, die davonsprangen. Manche wurden plattgewalzt, die hervorquellenden Augen vor Angst erstarrt.

Liebe Menschen,
ich bin eine Hirschkuh. Als alles begann, lief ich mit meinem Hirschkalb so schnell ich konnte weg von den Geräuschen der Ungeheuer mit den großen Zähnen und von den Schreien der Tiere, die zerrissen und lebendig begraben wurden. Ich kann gar nicht beschreiben, was für eine Angst wir hatten. Alles, was wir tun konnten, war weglaufen – irgendwohin, nur weg von hier.
Aber jetzt ist mein Kind tot. Ich hörte, wie es gegen etwas Großes, Hartes prallte. Dann blieb ich stehen, schaute zurück und ging so nahe heran, wie ich konnte, aber ein Mensch lief auf mein Kalb zu, und ich musste flüchten.
Mein Baby ist tot. Der Schmerz ist so groß.

Hier malte ich den Schmerz der Hirschkuh – in Rot, wie eine offene Wunde. Der Schmerz eines Lebewesens kann viele verschiedene Rottöne haben. Wenn er klein ist – zum Beispiel wenn man hungrig ist, aber nicht so hungrig, dass man Brokkoli essen würde –, dann ist er nur ein kleiner rosaroter Punkt auf einem weißen Blatt. Aber wenn der Schmerz groß ist, dann ist er ein riesiger dunkelroter Fleck. Der Schmerz der Hirsch-Mutter war sehr dunkel, ein dunkles Rot, das die ganze Seite füllte. Es war ein riesengroßer Schmerz. Noch dazu war es ein seelischer Schmerz – und der ist am schlimmsten.

Ich zeichnete die drei Bilder, so gut ich konnte. Dann holte ich meine Wasserfarben, die ich nur für besondere Gelegenheiten verwende. Es dauerte lange, bis ich die Farben richtig hinbekam, so wie ich sie im Kopf hatte und wie ich mir vorstellte, dass die Opfer sie sahen. Das Bild der Eule wurde am buntesten, weil Vögel alle Farben sehen können, die wir Menschen sehen, und vielleicht noch einige mehr. Das Bild der Hirschkuh war nicht so farbenprächtig, weil Hirsche weniger Farben sehen als Menschen. Sie nehmen die Welt so ähnlich wahr wie Menschen, die rot-grün-blind sind. Das Bild des Frosches wirkte ein bisschen verschwommen, um die Bewegungen darzustellen, da Frösche die Dinge hauptsächlich durch Bewegungen wahrnehmen.

Dann faltete ich die Bilder und schrieb einen Brief an die Anwälte dazu, in dem ich erklärte, warum ich ihnen das alles schickte. Ich steckte die Bilder und die Briefe zusammen in einen Umschlag und holte mir eine Briefmarke aus dem Büro meiner Mutter. Morgen auf dem Weg zur Schule würde ich den Brief in den Postkasten werfen.

Heute bekam ich eine schriftliche Entschuldigung von Lyle. Er schrieb: »Lieber Phin, es tut mir sehr leid, dass du dir wegen mir wehgetan hast. Das wollte ich nicht. Lyle.«

Ich glaube kein Wort davon. Mr. Legacie hat ihm befohlen, diese Entschuldigung zu schreiben. Was soll's.

Meine Mutter fand auch, dass das ein bisschen wenig war und dass es ein bisschen spät kam. Sie sagte, dass sie nächste Woche noch einmal mit Mr. Legacie über das, was passiert war, reden würde. Ich musste versprechen, es ihr zu sagen, wenn es einen neuen Vorfall gab. Dann machte sie Popcorn, und wir fläzten uns auf die Couch und sahen uns *Jeopardy!* an. Es war fast wie in alten Zeiten, bevor wir angefangen hatten, uns dauernd zu streiten. Ich glaube, das lag daran, dass wir beide mit demselben Desaster fertig werden mussten: mit Lyle.

Aber die Harmonie war natürlich zu schön, um lange zu dauern. Nach *Jeopardy!* ging meine Mutter duschen, und nach einer Weile läutete das Telefon. *Gaskell Brent*. Diesmal hob ich ab.

Brent sagte hallo und fragte mich, wie es mir gehe, und ich sagte gut. Dann fragte er mich, ob ich immer noch Schwimmstunden nähme, und ich kam gleich zur Sache und erklärte ihm, dass meine Mutter nicht zu Hause sei. Brent fragte, wann sie zurückkäme, und ich sagte, wahrscheinlich erst in ein paar Stunden. Er sagte eine Weile nichts, dann bat er mich, ihr etwas auszurichten. »Sag deiner Mom, ich komme wahrscheinlich ein bisschen später zu der Ausstellung heute Abend, aber ich rufe sie auf dem Handy an, sobald ich dort bin.« Ich schwieg. »Phin?«, fragte er. »Bist du noch dran?« Ich legte auf.

Als meine Mutter herunterkam, fragte sie, wer angerufen habe. »Niemand Bestimmter«, antwortete ich.

»Was meinst du damit? Wer hat angerufen?«

»Wo gehst du heute Abend hin?«, fragte ich.

»Das hab ich dir doch gesagt – in eine Kunstausstellung in der Galerie«, sagte sie.

»Mit wem?«, wollte ich wissen.

»Mit vielen Leuten, Phin. Leute von der Arbeit, Jill und so weiter.«

»Nun, *so weiter* sagt, er kann heute nicht kommen«, erklärte ich.

Meine Mutter hob die Augenbrauen. »Dann hat Brent angerufen?«

Ich sagte nichts.

»Phin, ich sehe, dass du ein Problem hast. Willst du darüber reden?«

»Du hast behauptet, dass du es mir sagen würdest, wenn du dich mit diesem Mann treffen würdest!«, rief ich.

»Phin, ich würde es dir sagen, wenn ich eine ernste Beziehung mit ihm hätte oder mit irgendjemand anderem«, erwiderte meine Mutter ruhig.

»Und? Hast du?«, fragte ich laut.

Meine Mutter zögerte. Dann sagte sie: »Ich treffe mich manchmal mit Brent. Das ist aber nichts Ernstes, Phin. Wie ich dir damals schon gesagt habe, ich unterhalte mich gern mit ihm.«

»Und mit Dad?«, rief ich.

»Phin, dein Dad und ich haben uns getrennt. Das heißt, wir sind kein Paar mehr, okay? In ein paar Monaten werden wir geschieden sein.«

»Geschieden?«, schrie ich. »Was zum Teufel heißt das denn?«

»Na ja … das heißt, dass wir nicht mehr verheiratet sind, dass wir wieder frei sind. Dann kann jeder von uns heiraten, wen er will – nicht dass das allzu bald passieren würde …«

»Und was ist mit mir?«, rief ich. »Du bist vielleicht frei, aber ich nicht! Ich fühle mich überhaupt nicht frei, ich bin gefangen! Du und Dad, ihr seid wieder frei, aber ich sitze in der Falle und kann nicht raus!«

Ich wollte nicht losheulen. Ich bemühte mich wirklich sehr. Ich dachte sogar an irgendwelche Mathe-Aufgaben, um mich abzulenken, aber ich konnte nicht anders – ich begann zu weinen. »Dann gibt es überhaupt keine Chance mehr, dass du wieder mit Dad zusammenkommst? Nicht einmal eine kleine Chance – nicht einmal 0,01 Prozent?«, fragte ich.

Meine Mom schüttelte den Kopf, dann zog sie mich auf ihren Schoß und streichelte mir über den Rücken. Obwohl ich es ganz tief drin schon gewusst hatte, war es doch etwas anderes, es von meiner Mutter zu hören, und ich wünschte mir wirklich, ich hätte nicht gefragt. Ich wollte es gar nicht so genau wissen. Hätte ich diese Worte doch nur zurückholen können.

»Dann wirst du für Dad nie wieder ein Grund sein, dass er zu Hause bleibt. Und ich bin ihm nicht Grund genug«, sagte ich.

»Phin, Liebling, so ist es nicht, Schatz …«

Nach einigen Augenblicken sagte ich: »Manchmal vermisse ich meinen Dad so sehr, dass es mir vorkommt, als wäre er tot. Und wenn ich mir dann überlege, dass er lebt und ich ihn trotzdem fast nie sehe, werde ich richtig sauer auf ihn …« Dabei wurde meine Stimme so hoch, dass man sie kaum noch verstehen konnte.

Meine Mom schwieg. Sie strich mir über den Rücken und wartete, bis ich weitersprechen konnte.

»Manche männlichen Primaten kümmern sich nicht um ihre Jungen, aber Menschenväter sollten mehr wie die Krallenaffen sein – deren Väter bleiben bei den Jungen. Was zum Henker ist nur los mit meinem Vater?«, schluchzte ich, aber weil ich so viele Tränen in der Kehle hatte, kamen die letzten Worte eher als langes Stöhnen heraus.

Meine Mom stand auf und holte mir ein Taschentuch, und ich putzte mir die Nase.

»Funktioniert Dads Geruchssinn eigentlich?«, fragte ich sie ein paar Minuten später.

»Ja, ich glaube schon«, sagte sie. »Warum?«

Ich erzählte ihr, dass es der Geruch des Jungen ist, durch den der Krallenaffen-Vater die enge Bindung zu ihm bekommt. Dieser Geruch senkt den Testosteronspiegel des Vaters und macht ihn so fürsorglicher. Die Wissenschaftler denken, dass es beim Menschen genauso ist.

»Ich glaube, dass da mehr dahintersteckt«, vermutete meine Mutter.

»Nun, es wäre besser, wenn es nicht so wäre«, sagte ich. »Glaubst du, dass es noch etwas gibt, das Dads Testosteronspiegel senken könnte?«

Mom lachte ein wenig, aber sie sah müde aus, so als würden alle Muskeln in ihrem Gesicht gleichzeitig eine Pause einlegen. Dann sagte sie: »Phin, ich glaube, du musst mit deinem Dad darüber reden, wie du dich fühlst.«

Ich sagte nichts.

»In ein paar Wochen kommt er nach Hause. Du solltest dich richtig mit ihm aussprechen. Sei ganz ehrlich zu ihm. Mach dir keine Sorgen, dass du seine Gefühle verletzen könntest. Sag ihm ganz einfach, wie es dir geht und was du dir wünschst. Okay?«

Ich schwieg.

»Hast du Angst davor, Dad zu sagen, wie es dir geht?«, fragte meine Mom.

Ich nickte. »Ich sehe ihn nur alle paar Monate, da sollten wir doch Spaß haben, wenn wir zusammen sind. Ein bisschen denke ich mir, wenn ich ihm solche Dinge sage, kommt er vielleicht noch seltener heim.«

»Dein Dad ist vielleicht nicht oft da, aber er liebt dich, egal was du denkst oder sagst. Ihr müsst ehrlich zueinander sein – keine Geheimnisse, kein Verstellen.«

Fiddledee kam ins Wohnzimmer und sprang auf meinen Schoß. Ich streichelte sie, während meine Mom mich streichelte.

Nach ein paar Minuten sagte sie: »Wie wär's, wenn du fürs

Erste alles aufschreibst – wie du dich dabei fühlst, dass er so lange weg ist und dass wir uns scheiden lassen? Manchmal geht es einem schon viel besser, wenn man etwas aufgeschrieben hat.«

Meine Mom beschloss, nicht zu der Ausstellung zu gehen. Sie rief Jill an und entschuldigte sich, und sie bat sie, es auch Brent zu sagen. Dann fragte sie mich, ob ich noch länger darüber reden wolle, und ich verneinte. Wir spielten viermal *Go Fish*, und ich gewann dreimal.

Später, als sie nach ihren E-Mails sah, begann ich einen Brief an meinen Dad zu schreiben.

Nach der Schule sagte Mom, dass wir um halb fünf zu Dr. Barrett gehen würden. Es ist komisch, aber als sie das zu mir sagte, wurde ich nicht sauer, sondern fühlte mich ganz ruhig. Vielleicht lag es daran, dass ich meine Liste der Lügen fertig hatte und deshalb auf das Gespräch gut vorbereitet war. Oder weil irgendwas in mir schon wusste, was ich tun würde, auch wenn es noch nicht ganz an die Oberfläche gedrungen war. Oder meine ganze Wut war einfach verraucht. Allein der Gedanke daran, wieder wütend zu sein, war zu ermüdend. Es fühlte sich an, als würde der Zorn meine Muskeln auffressen und mich schwächen.

Bevor wir zu Dr. Barrett fuhren, arbeitete ich an meiner Reull-Geschichte weiter. Beim letzten Mal war ich an der Stelle stehengeblieben, als die Gorachs in ihren Käfigen saßen. Sie schrien empört: »Lasst uns raus! Das ist eine Gemeinheit! Wir sind keine Tiere! Wir sind hochintelligente Wesen und haben das Recht, in Freiheit zu leben!«

Doch die Wooloofs, die ihnen Nahrung und Wasser brachten, antworteten: »Aber wir sind viel intelligenter als ihr. Wir kommen vom Planeten Chary. Wir haben Raumschiffe, mit denen wir das Universum erkunden und sogar andere Universen. Könnt ihr das auch?«

»Nein«, antworteten die Gorachs.

»Wir können auch mit Lebewesen auf anderen Planeten kommunizieren, nur mithilfe unserer Gedanken. So haben wir auch erfahren, was hier auf Reull vor sich geht. Wir haben den Schmerz in den Gedanken der Tiere gehört. Könnt ihr das auch?«, fragten sie.

»Nein, aber wir sind hochintelligente Wesen! Das ist ein Skandal!«, schrien die eingesperrten Gorachs.

»Dann beantwortet mir eine Frage, Gorachs – warum habt ihr andere Tiere in Käfige gesperrt und ihnen noch schlimmere Dinge angetan?«, fragten die Wooloofs.

»Warum nicht? Wir sind höhere Wesen als sie, darum!«, riefen die Gorachs.

»Oh, wir verstehen«, antworteten die Wooloofs. »Nun, nach dieser Logik darf es euch aber auch nicht stören, dass wir euch hier in Käfigen halten, weil wir ja eindeutig viel intelligenter sind als ihr. Wir geben euch genug zu essen und zu trinken. Wir behandeln euch sogar besser, als ihr viele andere Wesen behandelt habt. Ihr solltet also froh sein, dass wir so gut für euch sorgen. Nach eurer Logik müsstet ihr zufrieden sein.«

Mit diesen Worten drehten sich die Wooloofs um und gingen weg, während die Gorachs in ihren Käfigen schrien und tobten und verlangten, dass sie freigelassen wurden.

Ich lehnte mich zurück und las, was ich geschrieben hatte. Nachdem ich ein paar Worte geändert hatte, sagte meine Mutter, dass es Zeit wäre zu gehen.

Dr. Barrett begann mit der Frage, die er mir fast immer am Anfang stellte – er wollte wissen, ob es etwas gäbe, das mir in letzter Zeit irgendwie Sorgen gemacht hätte.

»Ja«, sagte ich, »heute fliegt schon so viel Plastikmüll in der Gegend herum, dass er einen Haufen so groß wie Texas ergeben würde – und die Tiere im Pazifik ersticken daran. Außerdem wird der Abbau der Teersande bald Waldgebiete so groß wie ganz Florida zerstören.« Ich habe beides erst heute Morgen in den Nachrichten gehört.

Dr. Barrett schwieg eine Weile, dann sagte er: »Nun, das sind sehr große Sorgen für einen Jungen in deinem Alter. Hast du in letzter Zeit Probleme mit dem Schlafen gehabt?«

»Ich schlafe wie ein Delfin, immer nur mit einer Gehirnhälfte.«

»Nun, da kannst du aber nicht wirklich ausgeruht sein.«

Ich schwieg.

»Wenn du dir Sorgen machst«, begann er erneut, »versuchst du es dann mit den Übungen, die ich dir gezeigt habe – zum Beispiel dass du tief durchatmest und dir vorstellst, du wärst an einem Ort, der dich ruhiger macht?«

»Ich habe meine Liste der Lügen mitgebracht«, sagte ich und zog sie aus der Hosentasche. Ich strich das Papier glatt und wischte ein bisschen Marmelade weg, bevor ich es Dr. Barrett gab.

Er sah sich die Liste eine Weile an. »Phin«, begann er schließlich, »weißt du, warum die Leute manchmal solche Lügen gebrauchen?«

Ich schwieg.

»Nun, die meisten Lügen sind nicht böse gemeint. Verstehst du, was ich meine?«

Ich nickte und rutschte auf meinem Stuhl nach vorn.

»Dann weißt du sicher auch, dass man manchmal aus dem Grund lügt, dass man jemanden beruhigen oder trösten will?«

Ich nickte und rutschte noch ein Stück nach vorn.

»Und der zweite Grund, warum Leute die Dinge sagen, die da auf deiner Liste stehen, ist, dass sie die Wahrheit nicht kennen. Also sind es gar keine richtigen Lügen. Verstehst du, was ich meine?«

Ich rückte noch ein bisschen vor, sodass mein Hintern sich nur noch zur Hälfte auf dem Stuhl befand und meine Beine über dem Boden baumelten.

»Und Sie«, fragte ich Dr. Barrett, »lügen Sie mich jetzt an, weil Sie die Wahrheit nicht kennen oder weil Sie mich beruhigen wollen?« Eigentlich war ich mir ziemlich sicher, dass er log, um sich selbst etwas vorzumachen und sich besser zu fühlen. Welches Tier tut so etwas Verrücktes? Welches Tier lügt sich selbst an und redet sich ein, dass kein Grund zur Sorge bestehe, wenn es in Wahrheit allen Grund haben müsste, beunruhigt zu sein? Tiere wollen vor allem überleben, und dieses Verhalten scheint dem Überleben nicht gerade förderlich zu sein.

»Phin, ich will dir helfen, dass du dich besser fühlst, aber ich lüge dich nicht an. Ich versuche dir die Wahrheit zu zeigen. Wenn du dir übertriebene Sorgen machst über Dinge, die du nicht ändern kannst, dann hilft das niemandem …«

In diesem Moment rutschte ich ganz vom Stuhl herunter und landete mit den Füßen auf dem Boden. Ich lief zur Tür. »Phin, wo gehst du hin?«, hörte ich Dr. Barrett fragen. »Musst du auf die Toilette?« Aber ich sah nicht zu ihm zurück.

Ich machte die Tür auf und ging hinaus, wo meine Mutter im Wartezimmer saß. »Mom«, erklärte ich, »ich warte draußen im Auto.« Sie sah mich überrascht an und machte den

Mund auf, um etwas zu sagen, doch was es war, hörte ich nicht mehr, weil ich rasch weglief, den Gang hinunter.

Ich rannte so schnell ich konnte. In meiner Fantasie sah ich Leute in Uniformen, die mir mit Betäubungspistolen nachjagten. So machen sie es bei Tieren – bei Bären, Elchen und Hirschen –, die sich am falschen Ort herumtreiben. Und ich war eindeutig am falschen Ort. Ich rannte, als hätte ich Siebenmeilenstiefel an.

Mitten in der Nacht wachte ich auf und musste wieder an das denken, was heute passiert war. Es ging mir nicht aus dem Kopf, wie still meine Mutter gewesen war. Wenn Mom still ist, ist das kein gutes Zeichen. Es heißt meistens, dass es in ihr brodelt. Sie sagte nicht viel dazu, dass ich aus Dr. Barretts Büro davongelaufen war. Das überraschte mich, es beunruhigte mich aber auch. Es könnte nämlich bedeuten, dass sie jetzt ganz scharf nachdenkt, was sie als Nächstes mit mir machen soll. Vielleicht droht mir ein noch schlimmeres Schicksal, als zu Dr. Barrett gehen zu müssen – wenn das überhaupt möglich ist.

Dann dachte ich über die Lüge nach, die mir Dr. Barrett erzählt hatte. Er war der Meinung, ich würde mir übertriebene Sorgen machen und könnte sowieso nichts ändern. Aber das stimmt nicht. Ich wette, Pete Le Roux hat sich auch Sorgen gemacht – und das Ergebnis ist die Wasserstelle Pete's Pond in Afrika. Genauso wird sich David Suzuki Sorgen gemacht haben, bevor er anfing, die Umwelt zu schützen, und Vandana Shiva, als sie damit begann, Wälder zu retten.

Wie ich so nachdachte, kamen mir auf einmal immer neue Gedanken – einer nach dem anderen, wie Kaninchen aus einem Hut –, und diese Gedanken zogen mich geradezu aus dem Bett.

Auf Zehenspitzen ging ich zum Schlafzimmer meiner Mutter und lugte hinein. Sie lag auf dem Rücken und schnarchte. Ich schlich zur Treppe und stieg sie ganz superleise hinunter. Dabei achtete ich besonders darauf, dass ich nicht auf eine der Stellen trat, von denen ich wusste, dass sie knarrten. Ungefähr in der Mitte blieb ich stehen und horchte; meine Mutter schnarchte zum Glück immer noch.

In der Küche holte ich einen großen Plastikmüllsack unter der Spüle hervor. Dann hängte ich den Sack an die Lehne eines Küchenstuhls.

Ich begann mit dem Kühlschrank. Ich brauchte lange, bis ich alles durchgesehen hatte, aber es lohnte sich, denn ich fand eine halb volle Thunfischdose und eine Packung Muscheln. Ich warf beides in den Müllsack. Vermutlich waren in beiden Fällen die Tiere mit der industriellen Langleinen-Fischerei oder Grundschleppnetzfischerei gefangen worden. Außerdem fand ich einen Becher Margarine und ein paar Flaschen mit Saucen und Salatdressings mit Palmöl. Das alles warf ich in den Müllsack.

Als ich den Kühlschrank gerade zumachen wollte, fiel mir noch etwas ein: Über neunzig Prozent der kanadischen Legehühner werden in Legebatterien gehalten. Die Hühner dort sind ihr ganzes Leben lang in kleinen Käfigen zusammengepfercht. Viele von ihnen verlieren ihre Federn, werden krank und sind voller Kacka. Ich machte den Kühlschrank noch einmal auf und sah mir die Eier an. Es stand nicht *Eier aus Freilandhaltung* drauf, was bedeuten würde, dass sich die Hühner frei auf dem Bauernhof bewegen können. Also warf ich sie in den Sack.

Dann ging ich weiter zum Gefrierschrank. Ich fand nicht viel außer Eiscreme und Pommes frites, aber auch eine Packung Eggo-Waffeln mit Palmöl und eine Packung Schweinekoteletts, auf der nichts stand. Das deutete eindeutig darauf hin, dass sie von Schweinen waren, die so gehalten wurden wie die meisten Schweine im Land, nämlich in einer Box, die so eng war, dass sich das Schwein nicht umdrehen und nur einen Schritt vor und zurück machen konnte. Auf diesem winzigen Raum frisst und schläft es. Seine Kacka fällt durch Ritzen im Boden. Ich warf die Koteletts weg und dann noch eine Packung Rinderhackfleisch, weil Kühe so ähnlich gehalten werden.

Als Nächstes nahm ich mir den Schrank vor, in dem Mom die Snacks lagerte, die Kräcker und anderes Knabberzeug. Ich las auf jeder Packung, woraus die Sachen gemacht waren, und fand eine Menge mit Palmöl drin: einen Kaffee-Knusperriegel, Heidelbeer-Haferplätzchen, Himbeer-Aufstrich, Kleie-Kekse, Yogos Beeren-Fruchtsnacks, Rosinen-Müsliriegel, Tütensuppen und Kaffeeweißer. Ich warf alles in den Müllsack.

Dann begann ich, den Schrank mit dem Mehl und den Gewürzen durchzugehen, war mir aber bei manchem nicht sicher. Was zum Kuckuck ist Piment? Sicherheitshalber warf ich es weg.

Ich nahm mir vor, auch die anderen Schränke zu sortieren, aber vorher wollte ich dorthin gehen, wo ich mit Sicherheit besonders viel finden würde, was aussortiert gehörte: ins Badezimmer. Im Schrank fand ich ein Lipgloss und ein Shampoo mit Palmöl drin. Außerdem waren da eine Zahncreme und ein Shampoo von einer Firma, die noch immer mit Tierversuchen arbeitete. Neben der Badewanne lag eine Seife ohne Verpackung, auch die warf ich sicherheitshalber weg.

Ich betrachtete meinen Müll. Der Sack war fast voll. Mir war klar, dass es irgendwie Verschwendung war, die Dinge nicht zu essen oder zu verwenden, aber mir war trotzdem wohler, weil ich etwas getan hatte. Mein Vater sagt manchmal, dass es ums Prinzip gehe.

Als ich zurück ins Bett gehen wollte, hörte ich meine Mutter die Treppe herunterkommen. Unten sah sie mich hinter der Tür stehen und sprang zurück. »Mein Gott, Phin«, rief sie, »hast du mich erschreckt! Was machst du denn mitten in der Nacht hier unten?« Bevor ich etwas antworten konnte, lief sie weiter in die Küche und sah den Müllsack. »Phin! Was soll das? Was machst du da?«

Ich machte den Mund auf, um es ihr zu erklären, doch sie guckte in den Müllsack, und ich wusste, dass das Spiel aus war. Sie griff hinein und nahm das Shampoo heraus, von dem Eiweiß heruntertropfte.

»Phin! Herrgott, was soll das hier? Was hast du getan?« Sie starrte mich mit hervorquellenden Augen an, die Shampooflasche in der Hand, von der Eiweiß auf den Boden tropfte.

»Mom«, sagte ich, »ich hab etwas getan, was dir nicht gefallen wird – ich habe diese ganzen Sachen hinausgeworfen, weil sie so hergestellt wurden, dass Tiere leiden mussten. Bitte sei nicht sauer. Bitte.«

Meine Mutter starrte mich an. Sie öffnete den Mund, um etwas zu sagen, dann machte sie ihn wieder zu. Sie wandte sich von mir ab und sah aus dem Küchenfenster. Dann ließ sie sich auf einen Stuhl sinken, stützte den Kopf in die Hände und tat etwas, das mich wirklich schockierte. Es war ein Schock, wie ich ihn das letzte Mal erlebt hatte, als Knuddel starb. Sie begann zu weinen. Und nicht leise, sondern mit lauten Schluchzern, so wie Jody geweint hatte, als sie nach Hause gehen musste, weil sie zu den anderen Kindern gesagt hatte, dass sie höher springen könnten, wenn sie Minzbonbons lutschen würden. Meine Mom weinte so wie damals, nachdem Opa gestorben war. Wenn ich sie auf diese Art weinen höre, schlägt mein Herz immer ganz schnell. Es macht mir Angst, weil meine Mom sonst immer so fröhlich ist. Abgesehen von der letzten Zeit, in der wir viel gestritten haben, macht sie mehr Witze und lacht mehr als jeder andere Mensch, den ich kenne. Normalerweise ist sie diejenige, die andere aufheitert und verrückte Sachen macht, damit sie etwas zu lachen haben. Meine Mutter weinen zu sehen ist so, wie wenn ein Kindermädchen ein kleines Kind schlägt oder wenn ein Polizist eine Bank ausraubt. Alles, was ich für absolut sicher gehalten hatte, war auf einmal gar nicht mehr so sicher. Es machte mir Angst, und ich wusste nicht, was ich tun sollte.

Ich ging zu ihr und berührte sie an der Schulter. Ihr Weinen wurde leiser. »Es tut mir leid, Mom«, flüsterte ich. »Es tut mir leid«, und sie schniefte nur noch leise. Die Wahrheit war, dass es mir nicht leidtat, dass ich das ganze Zeug hinausgeworfen hatte. Was mir leidtat, war, dass ich meine Mom so traurig gemacht hatte. Das tat mir richtig leid.

Meine Mom wischte sich mit ihrem Nachthemd die Tränen aus dem Gesicht und sah mich an. Sie sah furchtbar aus – traurig und gleichzeitig müde und verwirrt. Was es noch schlimmer machte, war, dass ihre Nase zu laufen begann.

»Es tut mir leid, Mom«, sagte ich noch einmal.

Sie sagte nichts. Sie stand auf, ging zur Couch hinüber und klopfte auf das Kissen neben ihr, damit ich mich zu ihr setzte. Dann griff sie in die Tasche ihres Morgenmantels, zog ein Taschentuch heraus, schnäuzte sich richtig laut und sah mich mit leicht zuckender Lippe an. »Okay, Phin«, begann sie schließlich. »Erklär's mir. Ich hör zu.«

Ich holte tief Luft und erzählte ihr, dass ich auf dem Green Channel gehört hatte, dass wir alle etwas für die Tiere und die Umwelt tun können, indem wir darauf achteten, welche Produkte wir kauften (ich sagte ihr aber nicht, dass ich das erst letzte Woche auf dem Green Channel gesehen hatte – so verrückt bin ich auch wieder nicht).

Ich sah meiner Mom ins Gesicht, aber sie sagte immer noch nichts. Sie schaute einfach nur geradeaus, selbst als Fiddledee sie mit dem Kopf anstupste. Nach einer Weile fragte sie: »Phin, hast du diese Sachen gekauft, die du weggeworfen hast?«

»Nein, du hast sie gekauft.«

»Genau. Ich hab sie von meinem Geld gekauft, das ich mit harter Arbeit verdient habe. Es gefällt dir vielleicht nicht, wo die Produkte herkommen, aber was würdest du sagen, wem sie gehören?«

»Dir.« Ich konnte mir schon denken, worauf sie hinauswollte.

»Glaubst du, dass du das Recht hast, etwas kaputt zu machen, was dir nicht gehört?«

»Nein … wahrscheinlich nicht. Aber die Leute, die diese Produkte herstellen, zerstören die Nester der Tiere im Wald – und die gehören ihnen auch nicht …«

»Moment, Phin – glaubst du, wenn jemand etwas kaputt macht, was einem anderen gehört, dann ist es in Ordnung, es auch so zu machen? Wie du mir, so ich dir?«

Ich dachte kurz darüber nach. Ich war mir nicht sicher, ob es nicht tatsächlich Momente gab, in denen das vielleicht das Richtige war. Aber in den meisten Fällen war es wahrscheinlich nicht in Ordnung. Also sagte ich: »Nein.«

Meine Mutter schwieg eine Weile, dann sagte sie: »Phin, das nächste Mal, wenn wir einkaufen gehen, höre ich mir an, was du von den Dingen hältst. Klingt das fair?«

»Ja, das ist fair.« Ich fühlte mich um einiges besser, als sie das sagte – noch besser als zuvor, als ich die ganzen Sachen in den Müllsack geworfen hatte.

»Gut, dann stellen wir diese Sachen jetzt wieder zurück. Es ist Verschwendung, sie wegzuwerfen. Siehst du das nicht auch so?«

»Doch – aber es ist mir ums Prinzip gegangen.«

»Nun, du hast nach deinen Prinzipien gehandelt, das ist mir schon klar. Aber jetzt kommen die Sachen wieder an ihren Platz, okay?«

»Okay, aber ich benutze das Zeug nicht.«

»Wie ich schon sagte, Phin, das ist in Ordnung – nur darfst du dich dann auch nicht beklagen, wenn du zum Frühstück nicht alles hast, was du möchtest.«

Nachdem wir alles wieder aufgeräumt hatten – bis auf die Eier, die alle zerbrochen waren –, gingen wir hinauf. Ich fragte Mom, ob ich bei ihr schlafen dürfe, und sie sagte sofort ja. Da umarmte ich sie und sagte ihr, dass ich sie sehr lieb hatte.

Ich glaube, meine Mutter verströmt beruhigende Pheromone, so wie andere Muttertiere, weil ich bei ihr immer sofort einschlafe, sobald mein Kopf das Kissen berührt. Man kann diese Pheromone in einer Sprühflasche kaufen, um damit jungen Hunden zu helfen, ihren Trennungsschmerz zu überwinden. Wenn meine Mutter will, dass ich in meinem Bett schlafe, sollte sie vielleicht ihre Pheromone in eine Flasche füllen und auf mein Kissen sprühen.

Heute war ein Fortbildungstag für Lehrer, deshalb hatte ich schulfrei. Ich dachte eigentlich, dass ich allein zu Hause spielen müsste, während Mom arbeitete, doch sie überraschte mich. Sie hatte ein Interview mit jemandem, der in der Nähe von Oma wohnt, deshalb nahm sie mich mit und brachte mich zu Oma – und das genau zur richtigen Zeit. Kurz nachdem wir dort angekommen waren, kam nämlich ihr Freund, der Rabe, zur Verandatür und wartete darauf, dass sie herauskam. Sie nennt ihn Plato und füttert ihn mit Erdnüssen aus der Hand. Ich blieb drinnen und sah zu, weil er mich nicht kennt. Es war wirklich cool. Als der Rabe fraß, hockte sich meine Großmutter zu ihm, er legte den Kopf auf die Seite, und sie sahen einander in die Augen, Vogel und Mensch. Als die Erdnüsse alle waren, hielt sie die leeren Hände hoch. Der Rabe flatterte einmal um den Garten, wie um danke zu sagen, dann flog er davon.

Raben sind viel, viel größer als Krähen und haben einen flacheren Kopf und einen größeren Schnabel. Es kommen auch viele Krähen zu Oma, die sie ebenfalls füttert. Manchmal wenn Oma aus dem Haus geht, kommen sie angeflogen, um sie auf sich aufmerksam zu machen.

Vor ein paar Monaten sah sie einmal zwanzig Krähen über dem Fluss herunterstoßen. Sie konnte nirgends ein Raubtier oder sonst etwas erkennen, was die Aufregung verursacht haben könnte, aber dann erblickte sie eine tote Krähe am Ufer. Die anderen Krähen versammelten sich um sie, und Oma sagte, sie hätten sich von ihr verabschiedet. Als sie wieder weg waren, verabschiedete sich Oma ebenfalls und begrub den toten Vogel.

Nach dem Essen sagte sie: »Was hältst du davon, wenn wir ans Meer fahren?« Nachdem ich seit dem letzten Herbst nicht mehr am Meer war, fand ich das toll. Es war zwar noch viel zu kalt zum Schwimmen, aber wir konnten uns nach Steinen und Muscheln und Meerestieren umsehen.

Oma und ich waren überrascht, dass wir die Einzigen am ganzen Strand waren. Wir sahen Rankenfußkrebse, Sanddollars und Schwämme. Nach einer Weile kletterten wir an den Felsen hinauf und beobachteten die Möwen entlang der Küste. Ich fragte Oma, ob sie auch das Gefühl hätte, dass die Vögel weniger wurden, und sie sagte, dass ihr das schon aufgefallen sei. »Früher waren viel mehr Drosseln und Kernbeißer da«, sagte sie.

Ich erzählte ihr, dass ich auf dem Green Channel einmal

einen Film über kanadische Wissenschaftler gesehen hatte, die in Sumpfgebieten in Ontario jedes Jahr Netze aufstellten, um Vögel zu fangen, zu beringen und zu wiegen. Dadurch stellten sie fest, dass die Zahl der Singvögel in den letzten vierzig Jahren um achtzig Prozent gesunken ist. Sogar die Fluss-Seeschwalben werden immer weniger.

»Bald wird unsere Seeschwalbe hier so selten sein wie ein Rhinozeros«, scherzte Oma.

Ich lächelte – über ihren Scherz, nicht darüber, dass die Seeschwalbe immer seltener wird. Dann saßen wir eine Weile still da und schauten aufs Meer hinaus. Sie erzählte mir, dass die Kelten geglaubt hätten, das Meer sei ein Ort, an dem die Grenze zur Geisterwelt feiner und durchlässiger sei. Ich weiß, dass sie Opas Gegenwart spürte.

»In letzter Zeit habe ich das Gefühl, dass überall nur Tod ist – überall«, sagte ich nach ein paar Minuten.

Oma sah mich an und strich sich ihre langen grauen Haare hinter die Ohren. »Erzähl mir, warum du das Gefühl hast, Phin.«

»Opa, Knuddel, die vielen Arten, die aussterben«, zählte ich auf und spürte Tränen in den Augen. Ich blinzelte ein paarmal, um sie zurückzuhalten.

Großmama legte den Arm um meine Schultern, zog mich zu sich heran und strich mir über die Haare. Da fing ich richtig an zu weinen. Sie hielt mich fest und sagte ganz leise: »Sch, sch, sch«, aber sie meinte damit nicht, dass ich aufhören sollte.

Nach ein paar Minuten sah sie mir in die Augen und sagte: »Ich verstehe dich, Phin, ich verstehe gut, dass du dir Sorgen um die Tiere und die Umwelt machst.«

»Machst du dir auch Sorgen?«

Meine Großmutter nickte. »Ja, manchmal schon. Und weißt du, was? Vor ein paar Tagen habe ich von einem Freund, einem Therapeuten, erfahren, dass es jetzt sogar schon ein Wort für das gibt, was wir beide empfinden. Man nennt es Umweltangst – nicht, dass wir ein Wort gebraucht hätten, damit es zu etwas Realem wird. Aber es zeigt uns, dass wir nicht allein sind.«

»Ist das eine erbliche Hirnkrankheit?«, fragte ich Oma im Scherz, obwohl es auch ein wenig ernst gemeint war.

Oma lachte. »Du meine Güte, nein. Erblich vielleicht – aber eine Krankheit ist das bestimmt nicht. Trotzdem beneide ich manchmal die vielen Leute, die sich keine Sorgen machen. Du nicht?«

Ich nickte. »Bird macht sich kaum Sorgen – aber er bemüht sich.«

Oma lachte wieder. »Weißt du, wenn ich richtig Angst habe, dann spreche ich mit anderen Leuten, denen es genauso geht – und die auch versuchen, etwas zu tun.«

Darüber dachte ich eine Weile nach. »Aber was ist, wenn du noch ein Kind bist und wenn deine Mutter Angst hat, dass du verrückt bist, und dich zu einem Arzt bringt – und der Arzt versucht dich in eine Art Roboter zu verwandeln? Und was ist, wenn du deine Mutter dann zum Weinen bringst – und zwar so richtig?«

Meine Oma legte mir die Hände auf die Schultern und sagte: »Phin, ich weiß, dass das alles verwirrend für dich ist, aber ich bin mir ganz sicher, dass ihr das wieder auf die Reihe kriegen werdet, du und Mom. Es wird alles gut werden zwischen euch, da mach dir mal keine Sorgen.«

»Aber vielleicht bekommt sie wegen mir noch eine posttraumatische Belastungsstörung«, sagte ich.

Oma lächelte. »Es ist am leichtesten, grob zu den Menschen zu sein, die man am meisten mag, stimmt's? Weil sie immer da sind und dich stets lieben werden, egal was passiert. Einmal habe ich Opa so laut angeschrien, dass Callie richtig Angst bekam.«

Das brachte mich zum Lachen, weil Omas Katze Callie taub ist.

»Ich fand es ja selbst nicht richtig, dass ich einen solchen Wutausbruch hatte, aber sogar in diesem Moment habe ich gewusst, dass mich dein Opa liebt. Deswegen haben wir uns auch immer die Wahrheit gesagt – selbst wenn wir dadurch in Streit gerieten. Unsere Auseinandersetzungen waren wie Schleifpapier, mit dem wir die Kanten unserer Beziehung geschliffen haben. Und so ist es auch bei dir und deiner Mom. Ihr zwei werdet schon einen Weg finden.«

Ich saß da und dachte darüber nach. Dass Oma das sagte, beruhigte mich irgendwie. Ich fühlte mich schon besser – um ungefähr 31 Prozent, würde ich sagen.

Einige Minuten später sagte Oma: »Weißt du, was ich noch mache, wenn ich ein bisschen Umweltangst bekomme, Phin?«

Ich schüttelte den Kopf.

»Ich nehme meinen Sorgenstein heraus«, sagte sie, zog einen glatten weißen Stein aus ihrer Jackentasche und gab ihn mir. »Ich habe immer einen oder zwei Meeressteine bei mir. Sie erinnern mich an friedliche Plätze wie diesen hier und verbinden mich mit der Erde. Das gibt mir Halt, und ich habe das Gefühl, dass es mich ein bisschen ruhiger macht, wenn ich einen Stein langsam in der Hand reibe. Probier es aus. Du kannst auch die Augen schließen, wenn dir das hilft.«

Ich nahm den runden Stein in die Hand und fing an, ihn zwischen Daumen und Zeigefinger zu reiben. Dann schloss ich die Augen und konzentrierte mich darauf, wie kühl und glatt er sich anfühlte. Meine Großmutter fragte, ob es mich ein bisschen beruhigte, und ich nickte. Es war wirklich so.

»Nun, Phin«, sagte Oma, »ich glaube, wir sollten einen speziellen Sorgenstein für dich finden.« Wir standen von dem großen Felsen auf und liefen zum Wasser hinunter. Es dauerte nicht lange, bis wir eine Menge kleiner glatter Steine gesammelt hatten. Ich probierte alle durch, wie sie sich in meiner Hand anfühlten, bis drei übrig blieben. Weil ich mich nicht entscheiden konnte, welchen ich aussuchen sollte, schlug meine Großmutter vor, ich sollte alle drei einstecken.

Auf dem Rückweg zum Auto sagte Oma: »Wenn du mithelfen könntest, ein bestimmtes Tier zu schützen – welches würdest du dir aussuchen?«

Ich überlegte einige Augenblicke, dann sagte ich: »Ich glaube, Amphibien.«

»Amphibien. Natürlich! Das ist eine ausgezeichnete Wahl«, rief sie.

Als ich ins Auto einstieg, merkte ich, dass meine traurige Stimmung weg war. Ich glaube, Oma besitzt heilende Kräfte. Ich habe so etwas einmal in einem Film gesehen. Es ging um eine Frau, die ihre Hände auf den kranken Rücken eines Mannes legte, und als sie sie wieder wegnahm, sprang er im Zimmer herum, als hätte ihm nie etwas gefehlt. Ich glaube, meine traurige Stimmung war verflogen, weil mir Oma die Hand auf den Kopf gelegt hatte.

Heute bekamen wir einen neuen Schüler in unserer Klasse, obwohl das Schuljahr nur noch einen Monat dauert. Sein Name ist Yoo Seok. Er kommt aus Südkorea.

So wie damals, als Mrs. Wardman Mitty vorstellte, wusste ich auch diesmal gleich, dass Yoo großer Ärger drohte. Es dauerte dann auch nicht lang – nur ungefähr zwei Minuten und vierundvierzig Sekunden –, bis Lyle etwas zu ihm sagte. Er wartete, bis Mrs. Wardman hinausging, um ein paar Seiten zu kopieren, dann rief er: »Hey, You Suck, du sitzt neben Shitty.«

Das Gute ist, dass Yoo noch kein Englisch spricht. Ich sah, dass er keine Ahnung hatte, was Lyles Absicht gewesen war, weil er nur lächelte und nickte. Aber Mittys Gesicht wurde knallrot. Blöd für sie, dass sie Englisch spricht.

Lyle bekam keinen Ärger deswegen, weil Mrs. Wardman es nicht gehört hatte. Dafür bekam Gordon bei der Rechtschreibübung beinahe Ärger. Mrs. Wardman sagte uns Wörter an und dazu Sätze, damit wir genau wussten, welches Wort gemeint war. Drei der Wörter auf ihrer Liste waren *to*, *too* und *two*. Diese Wörter findet man in jedem Rechtschreibbuch seit der ersten Klasse. Ich glaube, wenn es einen Schüler gibt, der den Unterschied immer noch nicht kennt, dann muss das einer sein, der mit offenen Augen schlafen kann, so wie Kühe und Giraffen.

Als Mrs. Wardman zu dem Wort *two* kam, sagte sie: »Ich habe zwei Augen, zwei Ohren, zwei Arme, zwei Hände«, und da sagte Gordon: »Zwei Titten.« Er sagte es nicht sehr laut, aber ich hörte es, weil ich neben ihm sitze. Ich glaube, er wollte es gar nicht sagen. Es war vielleicht so ähnlich wie als ich »Mo chreach« und »Fuck off, du verdammter verfickter Scheiß-Fucker« geschrien habe, nachdem Lyle meinen Sessel umgerissen hatte. Es rutschte ihm einfach so heraus, ohne dass er wusste, was er tat. Als er es gesagt hatte, wurde er ganz rot im Gesicht und konnte Mrs. Wardman nicht ansehen, die direkt vor unserer Reihe stand. Die anderen hatten es offenbar nicht gehört, sie aber schon. Sie sagte zwar nichts zu Gordon, aber sie brauchte einige Sekunden, bis ihr ein Satz für das nächste Wort einfiel, das Wort *too*.

Das Gute am heutigen Tag war, dass wir nach dem Mittagessen auf eine Exkursion in den O'Dell Park fuhren. Das machen wir jedes Jahr im Frühling, sobald es etwas wärmer wird. Als wir alle im Bus saßen, ging Mrs. Wardman die Regeln für die Fahrt durch. Sie lauten:

1. Bleibt auf euren Plätzen.
2. Sprecht leise.
3. Esst und trinkt nicht im Bus.
4. Hört auf den Busfahrer.
5. Streckt NIEMALS den Kopf oder die Arme aus dem Fenster.
6. Merkt euch, wo die Notausstiege sind, aber spielt nicht damit.
7. Werft keine Sachen herum.

Als sie zu Regel Nummer fünf kam, bekamen wir wieder die Geschichte zu hören, die sie uns schon auf der letzten Exkursion erzählt hatte, als wir zum Apfelpflücken fuhren. Sie sagte, sie kenne jemanden, der die Hand aus dem Busfenster gestreckt hatte, dann wäre der Bus plötzlich umgekippt, und die Hand musste amputiert werden. Und auch nachdem sie amputiert war, hätte sie dem Jungen später noch Schmerzen bereitet.

Ich erzählte Bird, dass ich nachgeschlagen hatte, warum die Hand dem Jungen auch nach dem Amputieren noch wehtat. Auf Ask.com stand, dass die Nervenzellen im Gehirn, die für das amputierte Glied zuständig waren, noch da sind, aber jetzt nichts mehr zu tun haben. Diese Zellen übernehmen dann einfach Impulse aus anderen Hirnregionen – und das kann sich so anfühlen, als hätte man Schmerzen in der Hand, die einem fehlt. Man nennt das Phantomschmerz.

»Wow, das muss echt beschissen sein«, stellte Bird fest, und ich stimmte ihm zu.

»Vielleicht hat Lyle ein Phantomhirn«, überlegte er weiter. Ich konnte fast nicht mehr aufhören zu lachen.

Im Park war es echt toll. Wir liefen den ganzen Wanderweg entlang und brauchten fast eine Stunde. Da einige von uns ziemlich langsam sind, kamen wir nicht gerade schnell voran, aber es war trotzdem ein Spaß. Es war sogar noch lustiger als sonst, weil Lyle ganz vorne neben Mrs. Wardman gehen musste und Bird und ich ganz hinten liefen.

Wir wechselten uns dabei ab, beim Gehen die Augen zuzumachen. Das hieß, ich musste Bird vertrauen und Bird mir, dass einer den anderen nicht gegen einen Baum oder in einen Sumpf führte – und das taten wir beide. In einer gefährlichen Umgebung brauchst du zumindest einen guten Freund, auf den du dich verlassen kannst.

Normalerweise gehen wir am Samstagmorgen immer auf den Bauernmarkt, aber heute schlug meine Mutter vor, dass wir in den Amphibienpark gehen könnten. Sie sagte, dort würde ein Frühjahrsputz durchgeführt und freiwillige Helfer würden den Müll an den Wegrändern einsammeln. Das machen sie immer nach der Schneeschmelze, damit sich die Frösche, Kröten und Salamander dort wohler fühlen. Ich sprang sofort auf und schlüpfte in meine Gummistiefel.

Als wir zum Amphibienpark kamen, waren schon ungefähr neunzehn Leute dort, darunter auch sechs Kinder. Eine große Frau namens Caroline dankte uns allen, dass wir gekommen waren, und sagte, dass unsere Arbeit heute sehr wichtig für die wild lebenden Tiere im Park sei. Dann gab sie uns Müllsäcke und Müllgreifer, die aussahen wie große Hummerscheren, und teilte uns in Gruppen ein, die sich die verschiedenen Abschnitte der Wege vornahmen.

Meine Mom und ich waren in einer Gruppe mit Caroline und einer Frau, die ungefähr im gleichen Alter wie meine Großmutter war. Sie war so alt, dass ihr Gesicht aussah wie ein Apfelring, der im Dehydrator meiner Großmutter gelegen hatte. Sie hieß Beth und sprach mit einem britischen Akzent, sodass für mich alles, was sie sagte, so klang, als wäre es klug und superwichtig.

Als wir zu unserem Abschnitt aufbrachen, ging ich hinter Caroline und Beth, und meine Mom hinter mir. Sie schnappte immer wieder mit ihrem Müllgreifer nach meiner Hose, und ich sprang dann schnell zur Seite. Habe ich eigentlich schon erwähnt, dass meine Mutter gern andere neckt? Solchen Leuten sollte man kein Werkzeug in die Hand geben, das länger als dreißig Zentimeter ist, weil sie einen sonst auch noch aus der Entfernung piesacken können. Mein Opa machte auch gern so was, aber mit einem ganz langen Grashalm, mit dem er mich im Nacken kitzelte, wenn wir über eine Wiese liefen.

Als wir zu unserem Bereich kamen, sahen wir den Damm, den die Biber auf der anderen Seite gebaut hatten. Caroline sagte, dass wir sie am Abend vielleicht bei der Arbeit beobachten könnten. Man hörte so viele Tiergeräusche – von Fröschen, Vögeln und Eichhörnchen –, dass man kaum glauben konnte, wie nahe die Stadt war. Das Einzige, was an Menschen erinnerte, war der Müll – und davon gab es eine Menge: Tim-Hortons-Becher, Plastiktüten, Bierflaschen, sogar ein alter Autoreifen, den Beth, die für eine so alte Frau wirklich stark ist, auf den Weg heraufzerrte, sodass wir ihn zur Straße rollen konnten.

Während wir arbeiteten, erklärte uns Caroline, dass es in unserer Provinz sechzehn Amphibienarten gebe und dass die meisten davon hier im Amphibienpark heimisch seien, darunter auch sieben verschiedene Froscharten. Am stärksten gefährdet sei der Graue Laubfrosch. Er stehe zwar nicht auf der Roten Liste der bedrohten Arten, doch es gebe nicht mehr viele von diesen Tieren in unserer Provinz. Caroline sagte, dass der Graue Laubfrosch viele verschiedene Farben annehmen könne, von weiß über grün bis schwarz. Diejenigen, die grau blieben, wären entweder tot oder lebten in einem Terrarium. Das klang logisch. Ich musste wieder an Knuddel denken, aber ich hatte keine Zeit, um traurig zu sein, weil es so viel zu tun gab.

Wir arbeiteten über eine Stunde, dann gingen wir wieder zurück. An einer Stelle führte uns Caroline in den Wald und hob ein paar große Steine auf. Unter einem saß ein Fleckensalamander. Sie erzählte uns einige Dinge, die ich schon wusste, die ich aber trotzdem gern hörte, wie zum Beispiel dass Salamander eine Familie der Amphibien sind. Sie fressen Insekten, Würmer und Schnecken und finden ihre Nahrung mit dem Seh- und dem Geruchssinn, weil sie nichts hören; sie spüren jedoch mit ihren Beinen die Vibrationen im Boden. Sie können sogar ein Bein nachwachsen lassen, wenn es ihnen von einem Räuber, zum Beispiel einem Vogel, abgebissen wird.

Wir sahen den Salamander ein paar Sekunden an, hoben ihn aber nicht auf. Nicht nur, weil ihm das nicht gefallen hätte, sondern weil Salamander eine sehr empfindliche Haut haben und im menschlichen Hautfett ein Stoff ist, der für sie giftig sein kann. Caroline stellte den Stein neben ihm auf den Boden, weil er sich bewegt hatte und sie ihn sonst zerdrückt hätte.

Ein Stück weiter am Weg zeigte Beth auf ein paar Waldlilien. Sie sagte, dass hier in diesem Landschaftsschutzgebiet auch verschiedene seltene Pflanzen zu Hause seien, darunter das Milchkraut Polygala sanguinea und das Übersehene Gnadenkraut. Sie erzählte uns, dass die Frauen in früheren Zeiten Milchkraut aßen, damit sie genug Milch für ihre Babys hatten.

Dann sprach Beth darüber, dass heute viele Pflanzen – darunter auch solche, aus denen man Medikamente gegen Krebs und AIDS macht – gefährdet sind, weil wir ihre natürlichen Lebensräume zerstören. Damit machen wir also auch das kaputt, was wir dazu einsetzen könnten, unsere Krankheiten zu heilen.

»Mein Großvater hatte einen gälischen Ausdruck dafür«, sagte ich zu Beth. »Er heißt *cac sa nid*, das heißt *ins eigene Nest scheißen.*«

»Phin!«, rief meine Mom erschrocken.

Aber Beth und Caroline lachten nur.

Unser Team sammelte vier Säcke Müll. Als wir unsere Säcke zu denen der anderen stellten, waren es insgesamt dreiundzwanzig. Das ist eine Menge *cac*.

Als ich heute von der Schule nach Hause kam, trat meine Mutter mit einem Umschlag in der Hand aus ihrem Arbeitszimmer. »Phineas William Walsh«, begann sie, »hast du vielleicht irgendein Verbrechen begangen, über das wir reden müssen?«

Zuerst wusste ich gar nicht, wovon sie sprach. Dann gab sie mir den Brief, und ich las die Adresse der Umweltanwälte auf dem Umschlag. Eilig riss ich ihn auf und las den Brief:

Lieber Phin,

mein Name ist Julius Crandle, und ich bin einer der Anwälte, die versuchen, das Waldgebiet zu retten. Ich habe die Opferbriefe und Zeichnungen bekommen, die du uns geschickt hast, und ich bin ehrlich beeindruckt von dem, was du geschrieben und gezeichnet hast.

Ich finde, dass deine Worte und Bilder sehr gut für die

wild lebenden Tiere sprechen. Deshalb würde ich deine Arbeiten gern in den Zeitungen hier in der Umgebung abdrucken lassen, um so viele Menschen wie möglich darauf aufmerksam zu machen, welche Konsequenzen es hat, wenn Naturlandschaften durch Bauprojekte zerstört werden.
Wir würden gern näher mit dir und deinen Eltern darüber sprechen und bitten dich, uns unter der oben angegebenen Nummer anzurufen.
Mit herzlichen Grüßen
Julius

Ich konnte kaum glauben, was da stand, und musste es gleich noch einmal lesen, um mich zu vergewissern, dass ich mich wirklich nicht getäuscht hatte. Meine Mutter wartete immer noch darauf, dass ich es ihr erklärte. Ich war ein bisschen nervös, als ich zu ihr aufblickte, weil ich mir nicht sicher war, ob sie sich freuen oder ärgern würde.

»Also, Phin, was steht in dem Brief?«, fragte sie.

»Willst du's wirklich wissen?«

»Ja, natürlich.«

»Ganz sicher? Auch wenn es keine gute Nachricht ist?«

»Ja, Phin!«

Also erzählte ich ihr, dass ich Opferbriefe für die Tiere in unserem Feuchtgebiet geschrieben und sie an einen Umweltanwalt geschickt hatte.

Sie sah mich nur an, den Mund halb offen, deshalb sagte ich: »Eigentlich kam die Idee von dir, Mom. Du hast doch gesagt, ich soll einen Opferbrief an Lyle schreiben.«

»Oh, sag jetzt bitte nicht, dass das alles meine Idee war, Phin!«

Ich schwieg.

»Und – was ist jetzt? Bedankt sich die Anwaltskanzlei für deine Briefe?«, wollte sie wissen.

Ich gab ihr den Brief und beobachtete ihr Gesicht, als sie ihn las. In diesem Moment wünschte ich mir, ich wäre ein Chamäleon, dessen Augen dem Gehirn sagen, welche Farbe es annehmen soll – oder wenigstens, dass mein Hemd die gleiche Farbe hätte wie die Wand.

Nach einer Minute sah sie mich an. »Was hältst du von dem Vorschlag, Phin?«, fragte sie schließlich.

»Super?«, antwortete ich, aber es klang mehr wie eine Frage.

Meine Mutter sah mich nachdenklich an. Sie schaute auf den Brief hinunter, dann wieder zu mir.

»Okay, Phin«, sagte sie, »wenn dir das wichtig ist und wenn du es wirklich machen willst, dann geht es für mich in Ordnung.«

Als sie das sagte, hätte man mich mit einer Feder umhauen können. Wirklich. Mit einer ganz kleinen Meisenfeder!

Ich sauste zum Telefon und wählte die Nummer, die im Brief angegeben war, um Julius Crandle zu sagen, dass er meine Bilder in die Zeitung setzen konnte!

Als Bird und ich heute von der Schule nach Hause gingen, fing es an zu regnen. Bird begann ganz schnell zu gehen und rief: »Los, Phin, wir müssen raus aus dem Gift.«

»Wovon zum Kuckuck redest du?«, fragte ich und schaute zum Himmel hinauf.

Daraufhin erklärte er, gestern Abend habe er in den Nachrichten gehört, dass im Regen und Schnee Chemikalien gefunden worden waren, die weibliche Hormone verursachten.

»Was glaubst du, würde passieren, wenn wir zu viele weibliche Hormone hätten?«, fragte Bird.

»Na ja, wahrscheinlich hätten wir höhere Stimmen, und vielleicht würden uns Brüste wachsen«, vermutete ich.

»Was?«, rief Bird. »Wirklich? Du glaubst, dann könnten uns Titten wachsen?«

»Ja, und noch ein paar andere Dinge«, antwortete ich. Was ich ihm nicht sagte, war, was die Wissenschaftler schon länger herausgefunden hatten: Bestimmte Chemikalien im Plastik bewirkten, dass Jungen einen kürzeren Penis bekamen.

»Nein!«, rief Bird.

Wir beschlossen, dass wir die Regentropfen nicht mehr mit der Zunge auffangen würden, wie wir es bisher immer gemacht hatten.

Als wir zu Birds Haus kamen, fragte ich ihn, ob er sich jetzt Sorgen mache wegen dem, was mit der Umwelt passiert.

»Ja«, sagte er. »Ich will keine Titten. Meine Mom sagt, ein guter BH ist sauteuer, und ich gebe mein Geld lieber für Videospiele aus.«

Ich denke mir, wenn schon Leute wie Bird, den nicht so schnell etwas aus der Ruhe bringt, anfangen, sich Sorgen zu machen, dann ist das ein gutes Zeichen – auch wenn es nur wegen der Titten ist.

Als ich heute von der Schule nach Hause kam, hatte Mom ein breites Lächeln im Gesicht und eine Zeitung in der Hand.

Letzte Woche in seinem Büro hatte Julius gesagt, dass meine Bilder wahrscheinlich auf eine halbe Seite kommen würden – aber jetzt war es eine ganze Seite! Julius Crandle hatte alle drei Bilder und Briefe an die Zeitung gegeben, und jetzt war eine ganze Seite voll damit. Eine ganze Seite!

Ich war total aus dem Häuschen und redete superschnell,

und Mom lachte, weil ich so aufgeregt war, und half mir, die Seite zu scannen, damit ich sie Oma und Dad mailen konnte. Ich mailte sie auch Bird, der gerade am Computer gesessen haben musste, weil er mir sofort zurückschrieb. »Das ist echt stark!!!!!«, schrieb er. »Du bist berühmt, und wir können noch berühmter werden, wenn wir allen erzählen, wie wir Knuddel retten wollten!!!«

Ich schrieb zurück, dass das wahrscheinlich keine so gute Idee sei, aber ich weiß nicht, wie lange er dichthalten wird.

Am nächsten Tag zeigte Mrs. Wardman allen meine Bilder in der Zeitung. Dann hängte sie sie ans schwarze Brett. Ich fand das ein bisschen komisch, weil mein Earth-Day-Bild nicht einmal zusammen mit den anderen aufgehängt worden war. Aber davon ließ ich mir nicht die Freude verderben.

Weil ich mich so gut fühlte, wurde ich nicht einmal wütend, als mich Lyle in der Mittagspause ärgern wollte. Ich griff in meine Tasche, nahm meinen Sorgenstein in die Hand und versuchte ihn zu ignorieren.

Aber dann sagte Lyle: »Deine Bilder sind echt beschissen, Froschjunge. Du bist nur ein kleiner Fucker.« Und er fuchtelte mit dem Mittelfinger vor meinem Gesicht herum.

Vielleicht lag es daran, dass ich mich so gut fühlte, dass ich darauf sagte: »Ich hoffe, dass du nie ein Fucker wirst.« Ich will nämlich wirklich nicht, dass sich Lyle jemals fortpflanzt. Dann sah ich ihm in die Augen und bemühte mich, nicht zu blinzeln. Bird zog mich am Arm, und ich machte einen halben Schritt zurück.

»Was meinst du damit, du verfickter Frosch-Fucker?«, fragte Lyle und machte einen Schritt auf mich zu.

Bird trat zwischen Lyle und mich. »Hau ab, Lyle, sonst kriegst du das hier zu spüren«, rief er und zog eine kleine Sprühdose hervor, auf der *Pfeffer* stand.

»Was ist das, kleiner Birdie-Boy? Glaubst du vielleicht, du kannst mir mit deinem Duftspray Angst machen?«

Bird zog die Schutzkappe von der Sprühdose und hielt sie hoch, damit Lyle sie besser sehen konnte. »Wenn ich da draufdrücke, Lyle, dann hast du eine Ladung Pfefferspray im Gesicht, und das brennt so sehr, dass du dir am liebsten die Augen herausreißen würdest.«

»Ja, sicher«, höhnte Lyle und kam Bird so nahe, dass er mir später sagte, er habe Lyles Atem gerochen, der nach verfaultem Fleisch stank, wahrscheinlich weil er alle frisst, die schwächer sind als er.

Bird hielt Lyle die Dose vors Gesicht und legte den Finger auf den Sprühknopf.

»Du machst mir keine Angst, kleiner Birdie-Boy«, sagte Lyle, aber sein Mund zuckte ein bisschen.

Bird drückte leicht auf den Knopf. »Willst du's drauf ankommen lassen, Lyle?«

»Aber sicher, du kleiner Fucker«, knurrte Lyle.

»Ich mein's ernst, Lyle«, sagte Bird. »Das brennt dir die Augen raus.« Er hielt die Dose noch ein bisschen näher an Lyles Gesicht.

Lyle zögerte eine Sekunde, dann machte er einen Schritt zurück. »Dich krieg ich schon noch, du kleiner Scheißkerl«, brummte er, dann spuckte er auf den Boden und lief weg – wahrscheinlich um sich jemanden zu suchen, der sich leichter piesacken ließ.

Ich konnte nicht glauben, was gerade geschehen war. »Heilige Scheiße, Bird, danke!«, sagte ich.

Bird zuckte nur mit den Achseln, aber seine Augen traten hervor, und ich sah, dass er selbst nicht glauben konnte, was er getan hatte.

»Woher hast du das Zeug überhaupt?«, fragte ich.

»Von meiner Großmutter. Ich hab ihr gesagt, was Lyle mit dir gemacht hat. Jetzt hoffe ich nur, dass er es nicht Mrs. Wardman sagt, ich kann nämlich echt nicht noch einen Verweis brauchen. Und was zum Henker ist überhaupt los mit dir, dass du solche Sachen zu ihm sagst – ›Ich hoffe, dass du nie ein Fucker wirst‹? Willst du unbedingt verprügelt werden?«

»Lassen wir das Zeug lieber schnell verschwinden, für den Fall, dass Lyle es Mrs. Wardman sagt.«

Bird und ich beschlossen, den Pfefferspray im Kies beim Apfelbaum zu vergraben. Ich stellte mich vor ihn, damit niemand sah, wie er das Loch grub, die Dose hineinlegte und sie mit Steinen zudeckte. Dann arbeiteten wir eine Strategie aus: Wenn es das nächste Mal so aussah, als wollte Lyle einem von uns etwas tun, würde der andere schnell den Pfefferspray holen und ihn auch einsetzen, wenn es sein musste.

Ich glaube nicht, dass ich heute ein Problem damit hätte, das zu tun. Die Dinge ändern sich, und ich bin fast zehn. Mit dem Nettsein ist jetzt erst mal Schluss.

Heute habe ich meinem Dad einen Brief gemailt. Ich hatte in den letzten zwei Wochen jeden Tag ein Stück daran weitergeschrieben. Er ist vier Seiten lang. Ich habe den Rat meiner Mutter befolgt und ihm erzählt, wie es mir damit geht, dass ich ihn kaum sehe. Ich habe versucht, es in netten Worten auszudrücken, aber trotzdem ehrlich.

Für den Brief hatte ich mir extra eine Woche lang die Abendnachrichten angesehen. Das tat ich, um etwas über Menschenrechtsverletzungen hier bei uns in Kanada zu erfahren. Ich denke, wenn Dad davon wüsste, dann würde er vielleicht lieber Geschichten über die Dinge schreiben, die in unserem

Land passieren. Deshalb machte ich eine Liste mit drei Themen, die mir besonders interessant vorkamen:

1. Die Ermordung von indigenen Frauen im Westen des Landes, wo die Polizei nicht viel zu unternehmen scheint.
2. Die kanadische Regierung lässt es noch immer zu, dass Asbest an Leute in anderen Ländern verkauft wird, obwohl jeder weiß, dass man davon sterben kann. Ist das nicht genauso schlimm wie das Melamin in Lebensmitteln aus China, über das so viel berichtet wird?
3. Manche Öl- und Gasunternehmen schüchtern Leute ein, die sie daran hindern wollen, ihr Land zu zerstören und sie krank zu machen.

Am Ende meines Briefes erwähnte ich noch, dass Mom sich manchmal mit einem anderen Mann trifft und dass ich einfach das Gefühl habe, das sei irgendwie nicht richtig, und jedes Mal zornig werde, wenn ich sie mit ihm sehe. Ich erzählte ihm, dass Mom behauptete, sie und er würden nie mehr zusammenkommen, und fragte ihn, ob er das auch so sehe. Ich will einfach seine ehrliche Meinung dazu wissen. Dann malte ich noch ein paar Bilder von den Wesen auf Reull und erklärte ihm, was dort gerade vor sich ging.

Als ich den Brief in den Postkasten geworfen hatte, fühlte ich mich erleichtert. Ich hatte ihn an die Zeitung adressiert, für die Dad arbeitet. In ein paar Wochen kommt er nach Hause, und ich weiß, dass meine Mom unbedingt will, dass ich mit ihm über das alles rede. Die »große Aussprache« nennt sie es. Darum denke ich, es ist besser, wenn er ein paar Dinge im Voraus weiß, damit er nicht ganz so überrascht ist. Ich mag ja auch keine unangenehmen Überraschungen.

Hoffentlich kann mir mein Dad erklären, wie es möglich ist, dass man einen Menschen an einem Tag liebt und am nächsten Tag nicht mehr. Ich bin nämlich nicht recht schlau aus dem geworden, was meine Mutter mir darüber gesagt hat. Ich glaube auch nicht, dass es bei irgendwelchen anderen Tieren auf der Welt genauso ist. Vielleicht würden die Menschen auch nicht so schnell weglaufen, wenn sie alle in einer sozialen Gruppe wären und richtig gut zusammenarbeiten müssten, um genug zu essen zu finden, damit alle überleben können. Vielleicht wären sie dann so wie die anderen Tiere, die ihr ganzes Leben lang zusammenbleiben, wie die Tannenzapfenechse, die Kanadagans und der graue Wolf.

Aber vielleicht irre ich mich auch. Vielleicht sind die Menschen nun mal keine Tiere, die sich an einen festen Partner binden. Womöglich sind sie mehr wie die Tiere, die nur für eine Jahreszeit zusammen sind.

Ich weiß, wie meine Mom über Dad und sie denkt, aber ich muss auch wissen, wie Dad zu der Sache steht. Ich muss einfach absolut sicher wissen, ob die Jahreszeit für ihn und Mom wirklich vorbei ist.

Heute Vormittag, als Mom und ich gerade zur Schwimmstunde fahren wollten, klingelte das Telefon. Es war Caroline, die fragte, ob wir zu einer Kröten-Rettungsaktion im Feuchtgebiet kommen könnten. Es ging um genau das Feuchtgebiet, durch das jetzt eine breite Straße führt und wo Julius und seine Anwaltskanzlei weitere Bauprojekte verhindern wollen. Caroline sagte, dass Hunderte von Kröten die Straße zu überqueren versuchten, um zu ihren Paarungsplätzen auf der anderen Seite zu gelangen, und dass viele von ihnen dabei von Autos überfahren würden.

Meine Mom überließ mir die Entscheidung, ob wir helfen würden, erinnerte mich aber daran, dass ich dann meine Schwimmstunde verpassen würde. Ich schlüpfte sofort in meine Gummistiefel. Dann fiel mir wieder ein, dass Bird richtig begeistert gewesen war, als ich ihm von dem Frühjahrsputz im Amphibienpark erzählt hatte, und auch gern mitgemacht hätte. Also fragte ich meine Mom, ob wir ihn mitnehmen könnten.

Kurz bevor Mom, Bird und ich die anderen Autos erreichten, die am Straßenrand geparkt waren, konnte ich zunächst nicht glauben, was ich da sah. Es musste ein Albtraum am helllichten Tag sein. Auf den ersten Blick kam es mir so vor, als würden Hunderte kleine Steine auf der Straße liegen. Aber als wir näher heranfuhren, sah ich, dass einige von ihnen hüpften und andere zuckten. Mom parkte den Wagen und wir stiegen aus, und da erkannte ich die schreckliche, grauenhafte Wahrheit: Hunderte von Kröten lagen tot auf der Straße. Kröten mit plattgedrücktem Körper und hervorquellenden Augen. Kröten mit heraushängenden Innereien. Ungefähr einen halben Kilometer weit sah man nichts als tote Tiere und dazwischen unzählige, die noch lebten und verzweifelt versuchten, über die Straße zu kommen.

Bird, Mom und ich standen einfach nur da und betrachteten das grausige Bild mit den lebenden, gerade noch lebenden, sterbenden und toten Wesen. Es erinnerte mich an den Opferbrief, den ich für den Frosch geschrieben hatte. Für einige Augenblicke sagte keiner ein Wort – was ziemlich ungewöhnlich für Bird war, der sonst immer sofort losplappert. Als ich die toten Kröten zählte, die allein auf dem Meter vor mir lagen, hatte ich das Gefühl, keine Luft mehr zu bekommen. Meine Mom strich mir über den Rücken.

»Da sieht man's mal wieder«, stellte Bird schließlich fest.

»Wenn die Leute ein paar Kröten damit verdienen können, dann bauen sie sogar eine Straße mitten durch einen Kröten-Wanderweg.«

Ich lachte, obwohl ich gar nicht wollte, und bekam dadurch wieder Luft in die Lunge.

»Okay, Phin«, sagte Bird, »dann woll'n wir mal ein paar Kröten retten.«

Wir gingen zu Caroline, die Eimer und Schuhkartons an die ungefähr dreißig Leute austeilte, die sich um sie herum versammelt hatten. Ich sah Beth, und sie winkte mir zu. Ich erkannte auch einige der anderen, die vorige Woche im Amphibienpark geholfen hatten.

Caroline erklärte uns, dass wir die Kröten so sanft wie möglich anfassen und dabei gut auf den Verkehr achtgeben sollten. Zum Glück sahen wir von unserem Platz aus die Autos schon, wenn sie noch ungefähr einen Kilometer entfernt waren.

Bird, Mom und ich machten uns an die Arbeit. Weil es so viele Kröten waren, konnten wir leicht einige fangen, aber man musste mit beiden Händen zupacken, und das war nicht so einfach, wenn man gleichzeitig den Eimer halten musste. Also legten wir uns eine Strategie zurecht: Meine Mom hielt den Eimer, und Bird und ich füllten ihn mit Kröten. Immer wenn wir ihn fast vollhatten, lief Mom über die Straße und ließ die Kröten hinaus.

Das Schlimme war, dass wir immer wieder zusehen mussten, wie Kröten überfahren wurden, ohne dass wir etwas dagegen tun konnten. Denn wir mussten die vorbeikommenden Autos durchlassen, die alles plattwalzten, was ihnen in den Weg kam. Es war sehr schwer für mich, einfach dazustehen und nicht auf die Straße zu laufen und zu versuchen, die Kröten zu retten, die sich noch bewegten. Die meisten Leute sagten leise *Sorry*, wenn sie vorbeifuhren, und ich glaube, es tat ihnen wirklich leid. Aber einige taten so, als ob nichts wäre, und einer ließ sogar das Wagenfenster hinunter und rief: »Werdet endlich erwachsen, ihr Spinner!« Bird zeigte ihm den Stinkefinger, als er weiterfuhr, aber Mom ermahnte ihn, dass er das nicht tun solle.

Caroline kam zu uns, während wir ein paar Autos vorbeiließen. »Es tut mir leid, Jungs. Ihr dürft das nicht so tragisch nehmen. Manche Leute sind einfach ziemlich rüpelhaft.«

»Kein Problem«, antwortete Bird. »Jungen wie Lyle sagen in der Schule noch viel schlimmere Sachen zu uns, stimmt's, Phin?«

Ich nickte, und meine Mutter lächelte gezwungen.

»Ja, *Spinner* ist leider noch ziemlich harmlos gegen das, was auf dem Spielplatz los ist«, sagte Mom zu Caroline.

»Okay«, sagte Bird, verdrehte die Augen und ließ die Zunge heraushängen, sodass er richtig bescheuert aussah, »dann seh'n wir Spinner mal zu, dass wir die Kröten von der Straße bekommen!«

Wir machten uns wieder an die Arbeit. Während wir viele Dutzend Kröten retteten, kamen immer mehr Leute, die auch mithelfen wollten. Sie kamen allein oder zu zweit oder als ganze Familie! Gegen Mittag mussten es schon an die hundert von uns Spinnern sein. Als ich sah, wie alle zusammenarbeiteten, um die Kröten zu retten, hatte ich einen Frosch im Hals.

Der Kerl im Auto hatte uns Spinner genannt, aber für die Kröten, denen wir über die Straße halfen, war es keine Spinnerei, sondern die Entscheidung über Leben und Tod.

Fiddledee hatte Bird ordentlich erwischt. So würde es mein Großvater ausdrücken, wenn er noch da wäre. Vielleicht hätte er auch gesagt: »Na, Bird, da hat sie dich aber mal so richtig begrüßt, was?«

Fiddledee hatte es gar nicht gewollt, sie war einfach ein bisschen zu aufgeregt. Bird lief mit einem Wollfaden im Wohnzimmer herum, und sie jagte hinter ihm her. Als er plötzlich stehen blieb und sich auf die Couch plumpsen ließ, sprang sie auf ihn drauf, um den Wollfaden zu erwischen, der von seiner Hand herunterbaumelte. Dabei zerkratzte sie ihm das Handgelenk, und es blutete.

»Au! Au!«, rief Bird und sprang wie wild im Wohnzimmer herum. Einmal sagte er sogar das F-Wort, aber nur ganz leise.

Es sah wirklich schlimm aus – es tropfte sogar ein bisschen von seiner DNS auf den Fußboden. Ich sagte ihm, ich wüsste eine Methode, mit der es ihm gleich besser gehen würde. Daraufhin hielt er mir den Arm hin, und ich holte einen Filzstift. Als er ihn sah, wurde er ein bisschen misstrauisch und zog den Arm wieder zurück.

»Bird, vertrau mir«, sagte ich. »Ich weiß schon, was ich tue.«

»Na gut, Phin, aber wenn du mir noch mehr wehtust, dann schuldest du mir was. Eine ganze Menge sogar.«

»Okay«, sagte ich und malte einen Kreis um den Kratzer.

»Was zum Henker tust du da, Phin?«, fragte er, und ich erklärte ihm, dass das die Grenze für den Schmerz sei. Wenn er an die Grenze stieß, würde er dadurch immer schwächer werden. Meine Großmutter hatte das einmal bei mir gemacht, als ich hinfiel und mir das Knie aufschürfte, und es hatte funktioniert. Bird verdrehte die Augen – aber das Lustige war: Es funktionierte. Schon nach wenigen Minuten erklärte er, dass der Schmerz ganz weg sei.

Ich sagte ihm, er solle froh sein, dass er Schmerzen spüre, weil er sonst dauernd irgendwelche Sachen anstellen würde, bei denen er sich verletzte. Manche Tiere und auch Menschen haben eine eigenartige Krankheit – sie spüren keine Schmerzen, und das führt dazu, dass sie sich oft schwer verletzen, ohne dass sie es überhaupt merken.

Ich würde am liebsten vielen Tieren solche Grenzen für den Schmerz ziehen – wie zum Beispiel dem Stier, den ich einmal in einer Sendung gesehen habe und der mit einem Gummiband kastriert wurde. Er lag da und stöhnte, aber wenn jemand zum Zaun kam, sprang er sofort auf und tat so, als hätte er überhaupt keine Schmerzen. Sobald der Mensch wieder weg war, legte er sich hin und stöhnte und stöhnte. Als ich das sah, hatte ich ein Gefühl, als würde mich innerlich jemand packen. Aber das ist ein anderer Schmerz.

Wenn ich mir den Schmerz auf der Erde als eine große Wunde vorstelle, dann ist sie tiefrot und hässlich und so groß wie die Erde selbst. Dann zoome ich mich in meiner Fantasie an unsere Stadt heran, so wie man es mit Google Earth machen kann, und sehe auch da einen gar nicht so kleinen dunkelroten Schmerz.

Aber jetzt denke ich mir, dass es doch Möglichkeiten gibt, Grenzen für den Schmerz zu ziehen, zum Beispiel indem man etwas für Tiere tut, so wie das, was wir im Amphibienpark und an der Straße im Feuchtgebiet gemacht haben. Darüber bin ich super-unendlich-froh, weil ich schon gedacht hatte, dass ich erst als Erwachsener anfangen könnte, Tieren zu helfen.

Und darum stelle ich mir jetzt vor, dass der Schmerz in unserer Stadt an den Rändern nicht mehr ganz so tiefrot ist, sondern eher ein bisschen rosa.

Nach der Mittagspause kam Lyle mit einer geschwollenen Lippe und einer blutigen Wange in die Klasse.

»Lyle«, rief Mrs. Wardman, »um Gottes willen, was ist denn mit dir passiert?«

Lyle zuckte nur mit den Schultern.

»Hat dich jemand geschlagen?«

Lyle zuckte wieder mit den Schultern.

»Lyle, bitte geh zu Mr. Legacie und erzähle ihm, was passiert ist«, forderte ihn Mrs. Wardman auf.

»Ich hab nichts zu sagen«, antwortete er.

»Bitte, geh«, wiederholte die Lehrerin.

Daraufhin stand Lyle auf und ging hinaus. Das Komische ist, dass er es tat, ohne zu widersprechen oder spöttisch zu grinsen. Er benahm sich gar nicht so, wie man ihn kannte. Ich hatte Bird von dem Angebot des großen Jungen vor ein paar Wochen erzählt. Jetzt drehte sich Bird auf seinem Platz um und schaute zu mir zurück. Ich hob die Augenbrauen und zuckte die Achseln. Das war irgendwie echt krass.

Als Lyle draußen war, fragte Mrs. Wardman: »Weiß jemand etwas darüber?«

Niemand meldete sich.

»Okay«, sagte Mrs. Wardman, »dann nehmt eure Schnellhefter heraus und beschreibt etwas mit so vielen Eigenschaftswörtern wie möglich, so wie wir es gestern besprochen haben.«

Ich nahm meinen Schnellhefter heraus und überlegte, was ich wählen sollte. Beim letzten Mal hatte ich darüber geschrieben, wie sich jemand fühlt, der mit den Fingernägeln über eine trockene, mit Kreide beschriebene Tafel kratzt. Davor hatte ich erklärt, wie sich jemand fühlt, wenn er dieses Geräusch hört. Dazu verwendete ich einen ganzen Haufen

Eigenschaftswörter: trocken, kratzig, schrill, quälend, nervtötend. Ich hatte mir eine ganze Liste mit anderen nervigen Dingen gemacht, extra für die Englischstunde – zum Beispiel wie es sich anfühlt, wenn einem Läuse über den Kopf krabbeln und Nissen legen, oder wenn man Madenwürmer hat. Heute beschloss ich aber, Mrs. Wardman eine kleine Verschnaufpause zu gönnen, und so schrieb ich über die Krötenrettungsaktion.

Als die Stunde ungefähr zur Hälfte vorbei war, kam Lyle zurück. Er setzte sich auf seinen Platz und nahm seinen Schnellhefter heraus, ohne dass Mrs. Wardman es ihm fünfmal sagen musste.

Ich frage mich, was ihm passiert sein mag. Vielleicht hat tatsächlich irgendjemand dem großen Jungen Geld dafür gegeben, dass er ihn verprügelt. Oder es gibt da draußen in der Savanne einen Jungen, der Lyle die Position des Alphamännchens streitig macht. In manchen Primatengruppen kommt es vor, dass sich schwächere Angehörige verbünden. So können zwei oder drei mittelstarke Affen jedes große Alphamännchen bekämpfen, denn zwei Köpfe und zwei Gebisse sind besser als eines. Wenn ein kleinerer Primat ein Bündnis schließen will, wendet er viel Zeit dafür auf, einen anderen Primaten zu groomen und sein Fell von Parasiten zu befreien.

Vielleicht sollten Bird und ich uns ein, zwei Jungen zum Groomen suchen.

Als ich von der Schule heimkam, sah ich ein fremdes Auto vor unserem Haus stehen. Es war eines von diesen kleinen Autos, in die nur zwei Leute hineinpassen. Ich lief zur Haustür, und da stand meine Mutter und machte ein ganz komisches Gesicht. Zuerst dachte ich, oh nein, vielleicht hat ihr die neue Feuchtigkeitscreme die Haut verätzt; zu der Creme hatte ich sie gestern überredet, weil sie ohne Tierversuche gemacht wird. Aber dann lächelte sie mich an und sagte: »Phin, wir haben Besuch.«

Ich schaute ins Wohnzimmer, und da saß Julius. Er stand auf und rief: »Es gibt tolle Neuigkeiten, Phin: Die Provinz hat angeordnet, dass die Bauarbeiten gestoppt werden!«

Julius lächelte so breit, dass es aussah, als würden seine Zähne gleich herauskommen.

»Toll!«, rief ich. Ich konnte es noch gar nicht glauben.

Julius erzählte mir, dass meine Bilder ein richtiger Hit gewesen seien. Nachdem sie in der Zeitung waren, schrieben eine Menge Leute an den Umweltminister, der sich den Fall daraufhin noch einmal ansah. Schließlich entschied er, dass es sich um eine »ökologisch wichtige Landschaft« handle und dass die Bauarbeiten deshalb sofort gestoppt werden müssten.

»Und ich hab noch was für dich«, sagte Julius und nahm einen ganzen Haufen Briefe aus seiner Aktentasche. Sie waren alle an mich adressiert, und die Poststempel waren aus der ganzen Provinz. Schnell riss ich den ersten Brief auf. Julius bat mich, ihn laut vorzulesen. Darin stand:

Lieber Phineas,
ich habe deine Bilder und Briefe in der Zeitung gesehen und wollte dir nur sagen, dass deine Opferbriefe eine ganze großartige Idee sind. Deine Arbeiten haben unsere Organisation bewogen, uns an die Kinder im ganzen Land zu wenden, damit sie auch solche Briefe im Namen der Tiere schreiben. Diese Briefe werden wir auf unserer Webseite und in unserem Newsletter veröffentlichen.
So trägst du zusammen mit den vielen anderen auf der ganzen Welt, die sich für die Tiere einsetzen, dazu bei,

dass Tiere in Zukunft besser behandelt werden. Mach weiter mit deiner wunderbaren Arbeit!
Mit freundlichen Grüßen
Morag McCann
Direktor des Wildlife Rescue Fund

Ich zählte die Briefe – es waren noch achtzehn andere von Leuten, die meine Bilder in der Zeitung gesehen hatten. Meine Hände zitterten immer noch, und mir war ganz schummerig vor den Augen. Mom nahm meine Hände in die ihren und hielt sie fest, dabei lachte sie, weil ich mich so freute.

Die meisten Briefe waren von ganz normalen Leuten in unserer Provinz und unserer Stadt. Alle wollten mir sagen, dass ihnen meine Bilder und meine Opferbriefe gefielen. Ein paar meinten sogar, dass ich sie damit zum Nachdenken über etwas angeregt hätte, was ihnen vorher nicht bewusst gewesen war. Ein Mädchen schickte mir eine Einladung – ich sollte einen Vortrag in ihrem Kindness Club halten!

Mir schwirrte so der Kopf, sodass ich gar nicht richtig hörte, worüber Mom und Julius sprachen. Ich sah weiter die Briefe durch. Als meine Mom Kaffee machte, sagte Julius: »Weißt du, Phin, ich glaube nicht, dass sich der Umweltminister die Sache mit dem Feuchtgebiet noch einmal angesehen hätte, wenn du diese Opferbriefe nicht geschrieben hättest. Damit hast du die Menschen sehr berührt.«

Ich sah ihn nur mit einem wahrscheinlich ziemlich dummen Lächeln an, weil ich nicht wusste, was ich sagen sollte. Ich konnte es einfach nicht glauben.

Während Mom und Julius ihren Kaffee tranken, las ich die Briefe immer wieder. Bevor Julius ging, schüttelte er mir die Hand und umarmte mich.

Dann sagte meine Mutter: »Das muss gefeiert werden.« Sie

legte ihre keltische Fiedelmusik auf, nahm mich an den Armen und wirbelte mich herum. Wir tanzten so wild, dass der Fußboden zitterte und Fiddledee machte, dass sie hinauskam.

Einmal stieß Mom mit der Zehe gegen das dicke Wörterbuch, das die Esszimmertür offen hält. Sie sprang im Zimmer herum, den Fuß in der Höhe, und rief: »Au, au, au!«

»Hey, Mom«, sagte ich, »daran sieht man mal wieder, dass Worte auch verletzen können.« Da packte sie mich und kitzelte mich, und ich lachte und lachte, bis mir alles wehtat.

Vor dem Schlafengehen machte mir meine Mom eine warme Honigmilch und las mir etwas vor. Wir begannen mit einem neuen Buch, das den Titel trug *101 Dinge, die du wissen solltest… (oder auch nicht)*. Ich hörte aber nicht besonders gut zu, weil meine Gedanken zu 64 Prozent immer noch bei dem waren, was heute passiert war. Ich dachte mir, dass es nicht nur berühmte Leute wie David Suzuki und Pete Le Roux waren, die sich um Tiere und die Umwelt Sorgen machten, sondern auch viele ganz normale Leute. Mittlerweile hatten meine Mom und ich einige von ihnen kennengelernt, wie zum Beispiel Julius und Beth und Caroline und all die anderen, die mitgeholfen hatten, die Kröten über die Straße zu bringen. Vielleicht lebten sogar einige von diesen Leuten in meiner Nachbarschaft und ich gehe jeden Tag auf dem Schulweg an ihrem Haus vorbei, ohne es zu wissen – es ist ja nicht so, dass sie irgendwie anders aussehen oder anders riechen als andere Menschen. Wie sollte ich sie also erkennen?

Dann stellte ich mir vor, dass es überall solche Leute gab, von denen die meisten nichts voneinander wussten. Diejenigen, die mir Briefe geschrieben hatten, wollten damit vielleicht auch sagen: »Ich bin hier!« So könnten sie sich finden und gemeinsam etwas unternehmen. Dadurch würden wir jeden Tag, jede Minute mehr werden – zuerst ein paar Hundert, dann einige Tausend, dann Zehntausend und irgendwann Millionen.

Bei dem Gedanken musste ich an Heuschrecken denken. Wenn es wenige gibt, leben sie vereinzelt über das ganze Land verteilt. Aber sobald sie sich stark vermehren, schließen sie sich zu einem riesigen Schwarm zusammen und ziehen gemeinsam weiter wie eine unaufhaltsame Kraft. Ich stellte mir vor, dass auch die Menschen aus allen Teilen des Landes zusammenkommen würden und so den ganzen Schmerz, das Leid und den Tod überall auf der Welt ausrotten.

Während ich so in Gedanken versunken war, lehnte ich mich an meine Mom und hörte ihre Stimme durch ihre Brust vibrieren. Ich fühlte mich so, wie ich mir vorstelle, dass sich ein Hirsch inmitten seiner Herde fühlt – ruhig und wachsam zugleich, geborgen in seiner Familie.

Heute habe ich am Telefon mit meinem Vater gesprochen. Er war begeistert, als er meine Neuigkeiten hörte, und sagte, dass er sich darauf freue, die vielen Briefe zu sehen. Er meinte, dass ich mein Talent sehr kreativ für eine großartige Sache einsetze und dass er sehr stolz auf mich sei. Außerdem sagte er, dass sich vielleicht auch andere Gruppen, wie Greenpeace oder die Tierrechtsorganisation PETA, für meine Briefe interessieren würden. Als ich das Mom erzählte, sah ich, dass sie nicht gerade begeistert von der Idee war, aber sie sagte nichts.

Mein Dad verkündete, dass er in genau elf Tagen nach Hause kommen würde, und riet mir, eine Liste der Dinge zu machen, die ich gern mit ihm unternehmen würde.

Das ist meine Liste:

1. zum Meer fahren
2. Großmama besuchen (sie hat gesagt, sie habe ein Geschenk für mich, um meine wichtige Arbeit zu feiern)
3. ins Naturwissenschaftliche Museum gehen
4. ins Kino gehen und vielleicht Bird mitnehmen
5. die »große Aussprache« mit ihm, wie Mom es genannt hat
6. ihm meine Geschichten zeigen, um konstruktive Kritik zu bekommen

Da ich Dad meine komplette Reull-Geschichte zeigen will und seine ehrliche professionelle Meinung darüber hören möchte, nahm ich das Heft heraus und schrieb das letzte Kapitel.

Ich berichtete davon, wie die gefangenen Gorachs tagelang schreien und weinen und flehen. Die Wooloofs lassen sie in dem Glauben, dass sie für immer in ihren Käfigen bleiben müssen.

In Wahrheit haben sie das aber nicht vor, weil sie verstanden haben, dass alle Teile des Lebens wichtig für das Ganze sind – auch diejenigen, die uns böse erscheinen. Sie wissen nämlich, dass Böse und Gut nicht ewig und unveränderlich sind.

Es dauerte eine ganze Umdrehung des Planeten Reull um seinen Stern, bis die Wooloofs und die anderen Wesen des Universums nach heftigen Gedankenkämpfen zu einer Entscheidung darüber kamen, was mit den Gorachs geschehen sollte.

Diese Entscheidung sah so aus: Jeder der gefangenen Gorachs würde seinen eigenen Baum bekommen, um den er sich kümmern musste und der ihm dafür das geben würde, was er zum Leben brauchte. Wenn ein Gorach es schaffte, ein ganzes Jahr lang mit nur diesem einen Baum zu leben – ohne Klingelwurm-Armbänder, Sprinklerdüsen aus den Nüstern der Oster und anderen Schnickschnack –, dann war er frei. Wenn er es aber nicht schaffte, durfte er nicht auf Reull bleiben. Seine Seele musste dann in die Geisterwelt des Universums zurückkehren.

Genauso geschah es auch, und alle Wesen des Universums stießen einen erleichterten Seufzer aus, da sie diese clevere Lösung begrüßten. Das machte die Bewohner von Reull sehr froh, weil sie es endlich geschafft hatten, das Problem mit den Gorachs zu lösen. Und wie jeder weiß, kommt es ja nicht nur darauf an, eine Idee zu haben, sondern auch darauf, sie dann in die Tat umzusetzen.

Ende (aber hoffentlich nicht für die Gorachs)

# Danksagung

Als die Idee zu diesem Roman Gestalt annahm, war es so, wie es William Faulkner einmal beschrieben hat: »Es fängt meistens mit einer Figur an, und wenn sie einmal auf eigenen Beinen steht und sich zu bewegen beginnt, kann ich nichts anderes tun, als mit Bleistift und Papier in der Hand hinter ihr hergehen und versuchen, mit ihr Schritt zu halten, um niederzuschreiben, was sie sagt und tut.« Phineas William Walsh geisterte mehrere Jahre in meinem Leben herum, und wären da nicht diejenigen gewesen, die mich immer wieder dazu ermutigten, ihm mit Bleistift und Papier in der Hand zu folgen, dann würde er noch immer nur in meinem Kopf für seine Überzeugungen eintreten.

Mein Dank gilt meinen Agenten Carolyn Swayze und Kris Rothstein für ihre Ermutigung und Unterstützung und dafür, dass sie sich für dieses Manuskript eingesetzt haben.

Herzlichen Dank auch an meine Lektorin Alana Wilcox für ihre Begeisterung, ihr Wissen, ihren scharfen Blick und ihre sorgfältige Arbeit. Ein großes Dankeschön gebührt Evan Munday, Christina Palassio und dem großartigen Team von Coach House Books.

Mein Dank gilt auch der Familie Gunn – meinen Eltern David und Carolyn, meinen Schwestern Heather Gunn (die die ersten Seiten dieses Manuskripts las, bevor sie Zwillinge zur Welt brachte), Susan Henderson und Teri Anne Stairs.

Und damit kommen wir zum Kern – meinen Söhnen. Was soll ich sagen? Während ich an diesem Buch arbeitete, halfen sie mir stets mit ihren brillanten Kenntnissen und ihren scharfsinnigen Gedanken. Sie haben mich inspiriert, gefordert und mich manchmal so heftig zum Lachen gebracht, dass mir der Bauch wehtat. Bessere Bauchschmerzen kann es gar nicht geben.

Nicht zuletzt geht ein großes Dankeschön an Chris McCormick, der mich bestärkt hat, wenn ich unsicher war, der Szene für Szene gelesen hat, einen Entwurf nach dem anderen durchging und der mir jahrelang zugehört hat, wenn ich über Phin schwafelte. Ohne seinen Rat, seine Unterstützung und seine Ermutigung hätte ich längst aufgehört, hinter Phin herzulaufen.

Während ich diese Geschichte schrieb, habe ich viele Bücher zurate gezogen, unter anderem *Natural Conflict Resolution,* herausgegeben von Filippo Aureli und Frans De Waal, und auch so manchen wissenschaftlichen Artikel, wie etwa die von Dr. Sam Gosling. Außerdem habe ich mir in der CBC-Radiosendung *Quirks & Quarks* viele der faszinierenden Interviews angehört, die Bob McDonald mit verschiedenen Tierforschern geführt hat. Phins Geschichte von den Ozies wurde durch einen Aprilscherz inspiriert, der am 1. April 2006 in dieser Sendung zu hören war.

Im Gegensatz zu Knuddel ist der Frosch auf dem Cover kein Korallenfinger-Laubfrosch, sondern ein Rotaugenlaubfrosch. Er gehört zwar noch nicht zu den gefährdeten Arten, doch auch sein Lebensraum schwindet in besorgniserregendem Tempo.

# Über die Autorin

Neben dem Schreiben ist Carla Gunn als Arbeitstherapeutin tätig und unterrichtet Psychologie. Ihre Texte erscheinen in der *Globe and Mail* und der *National Post* und sind auf CBC Radio zu hören. Sie lebt in Fredericton, N. B. Dies ist ihr erster Roman.